雪山之恋

丁颜 著

译林出版社

图书在版编目（CIP）数据

雪山之恋 / 丁颜著．— 南京：译林出版社，2023.7
（现场文丛 / 何平主编）
ISBN 978-7-5447-9801-3

Ⅰ.①雪… Ⅱ.①丁… Ⅲ.①短篇小说 - 小说集 - 中国 - 当代 Ⅳ.①I247.7

中国国家版本馆 CIP 数据核字（2023）第 099136 号

雪山之恋 丁 颜 / 著

丛书主编 何 平
责任编辑 侯擎昊
装帧设计 吴 悠
校 对 戴小娥 孙玉兰
责任印制 闻媛媛

出版发行 译林出版社
地 址 南京市湖南路 1 号 A 楼
邮 箱 yilin@yilin.com
网 址 www.yilin.com
市场热线 025-86633278
排 版 南京展望文化发展有限公司
印 刷 南京新世纪联盟印务有限公司
开 本 850 毫米 ×1168 毫米 1/32
印 张 10
插 页 2
版 次 2023 年 7 月第 1 版
印 次 2023 年 7 月第 1 次印刷
书 号 ISBN 978-7-5447-9801-3
定 价 58.00 元

目录

红尘灼心

一

冬季的原野被苍茫大雪覆盖，远处的枯树被风一吹，雪撑不住，掉下去，露出黑色枝干。整片大地远远地直伸展到天边，也是除了白就是这寥寥的几抹黑，残酷得就像简构出来的黑白影像。远处有笑声传来，黑白的影像离天边半里有了裂痕，绛红色僧袍从那裂痕中一个连一个跃动上来，随身影起起落落，红尘有了，人事也有了。

藏传佛教的尼姑寺院虽小，但仿的是拉卜楞寺的规格，也一派重檐叠角。早餐的螺号响起，年轻女尼们脑袋瓜光秃秃从经堂出来，顿时就感受到高原彻骨而又迷人的寒冷，套穿好靴子，将绛红色僧袍一角往头上一搭，就在雪地里奔跑，踢雪，再捏一把雪，你泼我我泼你，欢笑打闹着往厨房走。厨房里炉具、锅碗瓢盆、茶几案板被擦拭得锃光瓦亮，存放食物的柜子里，茶叶、米面、酥油、糖盐作料，样样都有。

她们自己做早餐，主要是糌粑和酥油茶，做好后又一起抬到经堂，一个个盘腿坐在饭桌前，喝一口茶吃一口糌粑团子。正吃着，门帘一动，寺院的禅师来了，边走边不知跟女僧官说些什么。这倒是件稀罕事，按往年惯例，冬季这位老禅师都会去逼仄的小房子里坐禅闭关。那小房子修建在山坡或者悬崖绝壁处，她不出门，也不说话，独自一人一直静坐到来年春天雪化了才出来见人。若提前出关，寺院里肯定要有什么事发生或已经发生了什么事。

果不其然，禅师站在经堂中央说今年的入殿仪式提早，开春就举行，这次通过试经考试的女尼，举行完入殿仪式之后，将被收纳为寺院里的正式尼姑。要度众生首先要化为度母。大部分人的生活未必像她们这样目的明确。小卓坐在餐桌前，依然慢条斯理地低头吃碗里的糌粑，捏一个团子，放进嘴里，猛一抬头，正撞上禅师看向她这里的目光。小卓淡淡地看了一眼，继续若无其事地吃糌粑，但手一抖，捏好的糌粑团子未送进嘴，撒了满胸满怀。

经堂里灯光很柔和，吃完早餐的尼姑，又各自开始修习经书。小卓内心不静，起身走出了经堂。风很大，雪地上的脚印经风一刮就消失了。小卓看见了，心里有惊动，想到了世间的沧桑与易逝，但似又无法说清楚。

小卓在寺院这么多年，年年考试都通过，年年不能参加入殿仪式。老卓玛和禅师都说她时机没到。时机没到，但穿着僧衣，光着头，像是在滥竽充数。小卓很想成为一名正式的尼姑。一起这个念头，便不由得向老卓玛的住处走去。老卓玛今年八十有余，是小卓母亲的亲姑姑，在这座寺院已出家修行七十余年。早修得古佛像前，青灯黄卷，篆香缭绕，无牵无挂。极小的院子，仅仅只有北房两间、厢房一间。老卓玛在房间里围着铁皮铜包角的烤箱捻念珠。见小卓进来了，问："今天怎么回来得这么早？"

"我入殿的时机什么时候能到？"

老卓玛听了，没说话，小卓又问："我入殿的时机什么时候能到？"

老卓玛叹了一口气，说："今年可以，但在入殿前，你要去见见你的父亲。"

"一定得去吗？"小卓头低下去，半天再抬起来的时候眼睛里泪光闪动。

"小卓，你必须要去见他，我答应过你母亲，若你一定要入殿，那入殿之前无论如何都要去见你父亲。"说着拉开五斗柜上的一个抽屉，翻半天翻出一个小盒子，从里面拿出一个手掌大的小册子给小卓，"你现在就动身，拿着这个地址，找人打听，能找到他。"

小卓接在手里，哗啦啦一翻，只头一页有字，写的是地址和名字。没什么可说的。屋子里一片沉寂，外面檐角上悬的小铜铃，在风的吹拂下，故意将铃声一阵阵送进来，搅扰人的心思。

小卓自五岁起就被送来寺院，跟老卓玛生活在一起。现在要去见父亲，原因很简单，小卓的父亲是穿藏做生意的商人，进进出出多次借住在小卓母亲的家里，跟小卓的母亲动了情，生了小卓。小卓的父亲在藏区外也有家室，这小卓的母亲知道。但等小卓长到三四岁，小卓的父亲就再也没来过。抛妻弃女，多么无情的事。小卓很小，虽摸不着头脑，但也记得母亲哭的时候歇斯底里，神情冷淡的时候又像一座沧桑的黄杨木雕像。这样持续了一年多，母亲像是突然接受了现实，将小卓送去寺院让老卓玛抚养，自己出嫁离开了伤心地。本来也可以将小卓送过去给父亲，但母亲没这么做，情伤里的男女往往都是一个人拿刀捅，另一个人用血还。但后来也可能是想通了，母亲来寺院看小卓，顺便叮嘱老卓玛，若小卓日后要出家修行，那在出家前一定要让她去见见她父亲，毕竟是人家的孩子，做人不能做太绝。小卓很小的年纪，站在门口听了这话不懂，越发地摸不着头脑。

小卓第一次出门，出的还是远门，还是在这样岁暮天寒的时候，老卓玛停下手中的念珠，微微嘘了一口气。小卓回自己的房间收拾好行装，走到自己所设的佛龛前，双膝一屈，跪了下来，又俯首叩了几个头，静静地盘坐着，沉默了一会儿。木柜上陈列着佛像、唐卡、藏文典籍、乐器、法器、工艺品。小卓将佛龛里泥金的小佛像拿过来，放进布包，带着一起离开了。走了很长的路，回过头，寺院像一座湮没在白雪中的宫殿，檐角屋瓦依稀可见。

一路新天新地，挨户化缘筹措，跋涉艰辛疲惫，形如乞讨。

终于到了，一条狭长的街道，车马络绎不绝，衣香鬓影不尽。小卓拿着地址跟人打听多次，才寻到具体的位置。一条深巷，两面多是青瓦白墙的建筑，一棵大树从最显眼的一家门头伸出枝丫，枝丫下面，两扇木门，门楹上一对春联，门扇上两幅门神。新年新换上去的，一派欣荣。小卓敲门，里面传出来一声："谁呀？"再敲，里面的人说："进来。"推开门，右手边的树下是一口井，一个四十出头的妇人，穿一身丝绒的枣红色短旗袍，在井边打水，见是一个满脸尘土疲惫不堪的小尼姑，以为是来化缘的，转身朝深深的庭院里喊："拿点馍馍出来，门上一个尼姑。"

小卓咽了一口唾沫，将笼在头上的绛红色僧袍一角放下来，怯怯地说："我是来找我父亲的。"

那妇人听了，猜测不出来人的身份，将一桶水加紧吊上来，一把提放在井台上，问："你父亲是谁？"

小卓上前将写了地址和名字的小册子拿给那妇人看。妇人不识字，将小册子递给拿馍馍出来的女子看。那女子烫了一头大波浪，看半天才拧起眉毛说："地址是我们家没错，但找的人叫苏正清，不是我们家的人。"

那妇人说："苏正清我知道，我们这个大院就是从苏正清的妹妹苏思华手里买过来的。"

日已西下，小卓看着那妇人，身体微微有些僵直。那妇人说："你找的这家人十三年前就搬走了，搬去了旧城。"小卓从她的布包里掏出一支笔，在小册子上翻了一页，跟那妇人问了去旧城的路线，记下了，看着井边的水桶说：“能舀一勺水给我吗？我一天没喝水了。”

“井水太凉了，给你从里面倒一口茶吧。”

“井水可以。”那妇人就给小卓舀了一勺，看着小卓咕嘟咕嘟往下喝。喝完说了声感谢，抬起胳膊用僧袍的袖子擦了嘴角，向巷子外走去。

街面上有小学生放学过马路，前面的车停下来让路，后面跟的车也都停了下来。小卓站在街边看，绛红色僧袍临风飘飘，分外显眼。那烫了一头大波浪的女子开一辆皮卡过来，看见了，就从车窗里伸出手，跟小卓招呼：“我正好要去旧城送货，可以携你一程。”

小卓上了车，那女子烈焰红唇，跟小卓笑了一下，随后点了根烟，抽几口，手搭出车窗外弹一下烟灰。小卓安静地坐在车里等，等了很久。小学生终于走完了，那女子将烟摁熄，看小卓一眼，又笑了一下，摇上车窗，开动了皮卡。

驶出闹市，就是寂静的原野，车里到处都是残余的烟味儿。小卓有点晕车，伸手摇低窗户，大风呜呜直扑进来，绛红色僧衣嶙嶙然贴在身上，车子一颠，一对胸脯也跟着一颤。那女子瞟了一眼，眼角弯弯的，笑出鱼尾纹，说：“尼姑也有胸。”

小卓转头看那女子一眼，揣摩不出什么意思，问：“什么？”

那女子仍笑着：“你会有肉体上的私欲吗？”

小卓急得忙摇头:“不会。”

“或许你年纪小,不过以后一定会有的,你今年几岁?”

“十八。”

“多好的年纪,干吗想不通出家做尼姑呢?”

小卓像当头挨了一闷棍,说不出话。皮卡开得很快,风吹起那女子卷曲的头发,轻拂在小卓脸上,像蛇一样清凉。小卓转过脸,车窗外大片大片的晚霞从天空急速掠过。到了一个峰回路转的地方,从白的佛塔上绑起的风马旗,像鸟群被绑住了脚,翅膀拍着,一遍一遍翻飞,一遍一遍飞不起来。小卓说:“麻烦在这里停一下。”车子戛然停住,小卓下了车,一步一叩拜向佛塔。那女子点了一根烟,双臂交叉在胸前倚车头站着,静悄悄望着小卓的身影,手指间的烟忘了抽,自然燃着,慢慢往后移,离手指越来越近,半截灰白支撑不住自己,折断下来,纷纷掉落在地。

再次上路,车里格外寂静,小卓昏昏沉沉地睡着了,那女子轻轻推了推她,说:“到了,就是这里了。”小卓睁开眼,天已经黑了,霓虹下的夜景像华美而盛大的幻象,让她眼前陡然一亮。

二

这座城像是漂浮在高原上的一叶扁舟,载的是江南白的墙青黛的屋瓦。小卓在里面，犹如沉入湖底，绕来绕去两天，才寻到苏思华的家门。

小卓说是来找父亲的，死寂的湖面突然添了惊乍，泛起涟漪。苏思华看着，眼睛里出现一团一团的阴影，但依然非常有礼貌，在微笑。

“你真的是我哥的女儿？”

“是。”

苏思华看小卓身上穿的是绛红色僧袍，头发覆盖着头皮，有点微黄有点卷，像是被太阳晒焦了一样，但脸型圆中带尖，眼睛是单眼皮，乌亮的眼珠上罩着一排直而长的睫毛，有几分苏正清的模样，就去厢房从箱底翻来一张泛了黄的照片给小卓看。小卓指着照片上说：“这是小时候的我，这是我父亲，这是我母亲。”

“这照片是我哥十四年前托人带回来的，说他在藏区有家有孩子，再不回来。”苏思华的容貌有一种温婉的清秀，很长的一段静默之后又问，“我哥没跟你们生活在一起吗？”

“没有，我很小的时候他就走了，没有再回来过。”

“这怎么可能？他也没回家，他已经有十四年没回家了。”苏思华将信将疑，又问，“那你怎么才来找他？”

“我入殿前必须要见他一面。”

“入殿？”

“嗯，入殿成为修行人。”

“修行人？出家吗？出家做尼姑？你要做一个尼姑？”

“是。”

苏思华眼神空了，嘴唇在微微颤抖：“你母亲从没有告诉过你吗？你父亲是回民，你的先人们都是回民。”小卓摇着头说：“没有。”苏思华脸上十分悲凉，眼睛泛出泪影，说：“老的离经叛道不回来已经是个问题了，生下个小的还要去做尼姑，也不知道苏家这一门祖上失了什么德，招来这样的报应。”小卓听了，心里也说不上有什么感想，只静静地站着。

这座城里最恢宏的建筑，是城心里的那一座清真寺，嘹亮的唤词从七层高的塔顶一声一声传来，小卓听见了，睁开眼睛看曙光透过窗帘照射进来，一点一点将屋内的黑暗往外换，换也换不完，昏昏的。小卓看着有点烦，太阳影子移动，时间一天天过去，既没有见着父亲，也没事可做。起来拉窗帘，从窗户看到苏思华把毛巾搭在肩头，拿水壶上厨房灌水。这让小卓好奇，披了外套开门走出来，见苏思华从厨房出来，端的是铝制的亮得泛光的水壶，走进了自己的房间。小卓跟过去，在昏暗中忍不住朝里看了一眼。苏思华见了，脸上是温和的笑，说：“进来看吧，进来，来，姑姑的家就是你的家，别这么拘束。”

小卓跨过门槛走进房间，房间里有烤箱，相当暖和，烤箱周围摆满了水仙、虎刺梅、君子兰、杜鹃、山茶、栀子，花香混着淡淡的芭兰香的余味，像是突然走到了春天。苏思华端着水壶进了浴间，关上门洗漱，出来后将浸了水的头发一股一股编成辫子，一丝不苟地在脑后盘成发髻，插一根银簪固定，再戴上白布帽子，黑丝绒盖头，然后在炕楞边儿上坐下来将裤子的裤脚整理好，站起来扣上脖颈间的小核桃扣子，扯了扯长衫，上炕铺开了一块狭长的毯子。毯子上是牵丝攀藤的草木，极其工整地对仗循环着。苏思华站上去，站立、鞠躬、叩首、跪拜，嘴里轻声地念着。小卓看苏思华前面就一堵白的墙，墙上什么都没有，不知这一鞠一叩一跪地在拜什么，越看越觉得恍惚。房间摆设简单，波斯栽绒毛毯覆盖的大炕，拙朴温情的木柜，上面放置着刻有文字的珐琅盘、景泰蓝瓶和陶瓷茶具。寂静中浴室吊桶中没滴干净的水，一大会儿，汇聚成一点，“嗒”一声滴在地上。小卓听着，听得心里泛起一圈圈的涟漪。

早晨的饭桌上，小卓问苏思华：“我父亲还是没有消息吗？”

苏思华摇摇头，说：“早前一起穿藏做生意的人，能问到的我都问过了，都说不知道。”

一个大活人无音无信的，能去哪儿呢？苏思华心里也开始不安。跟走到饭桌前的小儿子文汉说：“你今天去给车子加油，明天开车拉我们去马怀仁那里问问，当年照片是他送来的，应该有消息。”

文汉又高又胖，仿佛还没睡醒，沉重地打了一个哈欠，说：“明天周一我得去学校上课啊。”

“跟学校请个假。”

“要高考的,学校不给乱请假。”

“就来去两天,我给你们班主任打电话。”

苏思华的小女儿叫文珊,十四五岁,正在上初中,小巧莹白的脸上微微泛出一点高原红,显出一种少女的情味,她笑嘻嘻地望着苏思华的脸说:“妈,我也要去。”

苏思华皱了皱眉,说:“我们去找人,又不是出去玩儿,你留在家里跟你园梅姐一起看家。”

园梅说:“我就是来住几天,我可不看,我也有自己的家。”

小卓听了看向园梅的脸。园梅是苏正清正娶的妻子生的女儿。当初苏正清说不回家了,那妻子就改嫁走了,留下一对女儿给苏思华拉扯。园梅是老大,已经出嫁做了人妻。那天小卓一来,苏思华就打电话将她叫了过来。还有一个叫兰梅,苏兰梅,书读得好,出国留学去了,说是前途不可限量。突然来了一个妹妹,苏正清的亲骨血,苏思华自然也打电话通知了她。

园梅的脸漂亮又文静,但眼睛里阴沉沉的,看人的时候不友好。苏思华的大女儿明惠也出嫁做了人妻,那天与园梅一起来,一样的头巾,一样的打扮,像双生子,见了小卓,满脸都是笑:“这就是舅舅在藏区生的女儿啊,眼睛这么大,眼皮又薄得像蛋壳,真好看。”又问小卓:“你怎么穿了一身和尚才穿的衣服,头发也留这么短?”苏思华听了,没忍住,说:“人家要去做尼姑呢。”明惠以为是玩笑，完全没当真：“好好的做什么尼姑，快来，姐姐带你去换了这一身。”然后拉着小卓的手往里屋走，小卓一下蒙了，手抽回来不肯走，明惠又说：“算了，新归来的人，我们出去换一身新衣新裤，权当给你接风洗尘。”拽着小卓的胳膊出了门。街上的汽车、摩托车和人潮纠缠在一起，闹哄哄的，格外刺耳。小卓一路寻来，接触过不少，但依然不习惯。到了商场，明惠将小卓带进一家服装店，挑了好几身，里里外外都换了新，小卓更不习惯。回来的路上，见明惠大包小包拎的也都是新的，就问：“我原来的衣服呢？”明惠顿了一顿，笑着说：“你那挂一片搭一片的，又旧又夸张，还要它做什么。”小卓觉得可惜，但一想到新衣旧衣，一层层褪却后，无非是一具荒凉的肉体，就又没吭声。

后来文珊跟小卓悄悄说，这大女儿明惠还有大儿子明汉是苏思华丈夫的前妻生的。现在家里的顶梁柱是明汉。苏思华的丈夫去世后，正读书的明汉就放弃学业，进藏区接替了父亲的药材生意，然后自己又做起了房地产，苏思华很倚重他。小卓看着文珊，个头跟自己一般高，但脸上挂着笑容，性格朗朗清清的，跟自己一点也不一样。

文汉开车载着苏思华和小卓出了城。阴沉的天空，有大片重叠起来翻卷的云层。路途很长，晚上还在山谷黯旧的旅店里过了一夜。旅店老板佯装给他们烧了热炕，将一抱湿草堵在炕洞口点燃，屋里屋外烟雾缭绕，实在是受罪，文汉受不了，抱起铺盖去车里睡了。苏思华呛咳了几声，回头看向小卓，暗黄的灯泡下，小卓一张沉默的脸，给人一种特殊的感觉。熄了灯，才发现窗帘只遮得住窗户半个玻璃，另一半玻璃上映着满天的星辰，像破碎的钻石。苏思华已经睡着了，呼吸一起一伏。小卓平躺着，眼睛呆呆地望着那一方玻璃，心里冷冰冰的，胀得发慌，翻了个身，是苏思华睡着的侧脸，头发上的香味淡淡的、轻轻的，一呼吸，缕缕香气拂面而来，又翻了个身，背对着苏思华，许久许久都进入不了睡眠。

茫茫峡谷里都是浩浩荡荡的雾，穿过去之后，按着苏思华的指引，车走上了一条不知名的小道。路边荒野间偶尔也有一两院土墙木梁的家屋，夹杂着一块块乱坟。一条被踏平的泥土路，通向一个非常灰淡的村落，里面有许多灯火人家。

这路走得人心慌意乱，苏思华让文汉将车停在村外。下了车就闻到空气中一股极浓的土腥味。苏思华带着小卓和文汉走进村庄，进入一个没门的院子，院子里围了两个栅栏，养了不少牛羊。屋里出来了一个妇人，怀里抱着孩子，苍黄的脸上浮着一脸的不安，站在那土台阶上问："你们找谁？"苏思华说："我们找马怀仁。"那妇人说："他不在，你们太阳落山之后再来吧。"

苏思华带文汉和小卓出来，去路旁的餐馆吃饭。三碗汤面片，一壶红茶。饭吃完了，苏思华问在柜台后面忙碌的店家："你们这里的马怀仁你认识吗？"年轻的店家边洗杯子边嘻嘻笑："当然认识，地方上的老地痞，谁能不认识。"苏思华只好微笑。店家好奇起来，问："你来找他，他是不是欠了你的钱？"苏思华说："没有，没欠钱，十几年前他给我们家的商铺站过柜台。"

店家瞅瞅苏思华，再不作声了。窗外有马车经过，车轮辚辚在路上碾过，挂在马脖上的铃铛丁零当啷。车头坐了一个胡子白花花的老者，身上穿的是羊皮袍子，头上戴的是皮里的大红风帽，曳着长长的鞭子，看上去古色古香的。文汉转过头，手臂搭在椅背上，静静地看着。小卓看了那老者，又看文汉，有一种恍惚之感，仿佛一个人赶路，赶累了，在一处坐下来，遇见好多陌生人。

等太阳慢慢下山，他们又起身去了那个没门的院子。一进门，就看见马怀仁，身量不高，四十多五十的模样，喜眉喜眼地迎出来，将他们请进了屋。屋顶夏季漏下来的雨，将白色的墙壁流出很多条暗黄的痕迹，让整个房间透出一种萧条的况味。马怀仁让苏思华上炕坐，指指身畔的妻子说："快倒茶。"苏思华抓住过来倒茶的手，说："别倒别倒，不用倒茶，我就来打听一件事。"走过去在地上的椅子上坐了下来。

马怀仁赭黄色的脸上有几道很深的皱纹，发丛里有几根花白的发丝，在苏思华对面的炕楞上坐下了。苏思华问他："你那时候送来我们家的那张照片，是我哥在哪里给你的？"

"那照片不是你哥给我的，是达叔给我的，让我顺路过来送到你们家。”

“哪个达叔？”

“就是黎达，跟你哥哥一起跑生意的那个。”

“哦，这个人我知道，但也好多年没联系了。”

“就是他给我的。”

苏思华叹出一口气，说：“我哥一直没回家，也没和藏区的妻女生活在一起，不知道人去哪儿了？”

马怀仁脸皱成一团，隐隐还带有歧视，说：“那时候你们家多好，但你嫁谁不好，偏偏要嫁一个……”文汉眼窝里簇拥着长睫毛的阴影，看向马怀仁的脸，马怀仁不说了，一口痰呼上喉咙，吐在地上，脚上的鞋踩倒了鞋后跟做拖鞋，在泥地上一擦，擦出一道黏湿的印子。苏思华脸色不好看，眼睛低垂下来，一句话都没有。

走出村落上了车，苏思华突然哭了。

寂静中，文汉心里升起一股火，摸了摸口袋，掏出一个打火机，将车头掉回去，摇摇晃晃开进村落，在马怀仁家门前，打着打火机从车窗丢出去，点燃了垒在门口的牧草。一座小山似的牧草，火顺着风向噼噼啪啪往上烧，牲畜嘶鸣。文汉开着车，踩足油门，疾驰离开。

小卓怔住了，完全没明白为什么要这样做，好几次回过头看向那着火的地方。苏思华半天才反应过来，抹了一把泪眼问文汉：“你哪里来的打火机？你干吗要点人家的牧草？你开回去，快开回去。”文汉没反应，驾驶座的靠背高竖在苏思华面前，只看得见文汉头顶立起来的几根发丝，苏思华从后面座位上一欠身扑上去，手乱拍在文汉肩头：“你快开回去，你不要傻，你开回去帮他们灭火……”

文汉刚劲傲慢地挺直脖子，开车继续向前疾驶。过垭口的时候，他们被派出所的人开车追上拦截了下来，民警稳了稳头上的帽子，敲着车窗说：“纵火烧了牧草，跑得还挺快，真将这里当没人管的野地了？”

三人连人带车一起被几位民警带了回去。苏思华和小卓哪里遇见过这样的事，民警问什么就说什么，但文汉少年气盛，竟跟民警动起了手，挨了民警几棍，还给上了手铐。估计文汉自娘胎出来都未受到过如此招待，又挣扎又骂，眼睛寒碜得要杀人。民警说：“人家为过冬的牲口储备的牧草，你一把火给烧了，冬还没出，你让人家的牲畜吃什么？火再大一点烧死人家牲畜，烧着人家的房子怎么办？”

小卓又惊又惧，手心里都是汗，愣在原地，眼睁睁地看着，文汉就被民警揪住头发，一脚踹进了一个房间，锁在了里面。又问小卓和苏思华有没有参与放火的事，小卓吓得直摇头，苏思华脸上都是泪，浑身都在颤抖。从派出所出来，苏思华要打电话，在一家小卖部的窗口找到一部座机，打给了明汉，在电话里边哭边说：“你一定要找人将他保出来，他今年要高考，这样的事万一被记进档案，你让他以后怎么办？”电话打了很久，苏思华一直在哭，几根散乱的发丝从盖头下面露出来，被泪水沾在面颊上，像昏黄灯光下的写意画。

小卓向空中望着，望见被月光照亮的云团，在风中慢慢移动，不知道怎么就感到一种悲哀，心里倒安静了下来。她们在派出所附近的招待所里住了一夜。苏思华躺在床上蜷缩着身体，微微颤抖，小卓走过去将脸压在她的肩头上，等安定下来，帮她盖了被子，然后坐在床边将双腿盘上去专注地打坐。曙光渐渐出现，窗外的天空出现了灰白，寂寥的空气被“嘭嘭嘭”的拍门声震出一圈圈波纹，苏思华吓得一骨碌坐起来，小卓也被吓了一跳，连忙去开门，门外是文汉，苏思华的眼睛一下子又充满了泪水，问：“你是被放出来的吗？你怎么找到这儿来的？”文汉说：“派出所的人说你们住这里，带我过来的。”苏思华再也忍不住，眼睛里滚出很多泪，文汉将手放在苏思华背上说：“没事了，大哥找人保了我，我们走。”

行了一段路，冬晨的银雾渐渐散开，三人在一处加油站停车，给车加油。小卓很沉默。苏思华问小卓：“你还好吧？”小卓说：“我没事。”文汉将一块青稞面锅饼子掰成三份给小卓和苏思华递过来，苏思华盯着文汉问：“你哪里来的？”

“什么哪里来的？”

“这饼子你哪里来的？”

“我出来时从值班民警的桌子上顺手拿的。”

苏思华气得全身发抖：“你是生来刨祖宗坟的吗？活得

这样张狂。”文汉一双亮晶晶的黑眼睛像是正叮在伤口上的苍蝇，说：“他们能打我，我为什么就不能拿他们的饼子？”苏思华转过身四面望了望，扬手说：“我请不起你，你自己打车回家，我雇个开车的人。”文汉一口干饼子嚼在嘴里努力咽下去问：“你要去哪里？”苏思华没好气：“我去找黎达。”

“你找黎达干什么？”

“你说找黎达干什么！找你舅舅啊，没一个让人省心的。”

那一个饼子小卓和苏思华都没吃，文汉自己一个人吃完了，吃完拍了拍手，重新上车开了几十里的山路，将苏思华和小卓拉到一个镇上，要帮她们雇一个开车的人。苏思华说：“算了，你一个人回去搞不好就是放了缰绳的野马，我更不放心，一道走吧。”

三

他们找过来，没找到黎达的家。父亲到底在哪儿呢？小卓默默地看着车窗外淡白的一片，心里空得像纷飞大雪之后的寂寥旷野。苏思华说：“他家在这里我是知道的，但没去过，具体在哪里，可又不知道了。”星期五主麻，聚礼的日子，大街上不少戴白色无檐小圆帽的人，苏思华让文汉也去清真寺参加聚礼，顺便为自己点火烧牧草的事忏悔。文汉问她们去哪儿，苏思华说："去卖掉的老宅里问问，当初卖宅子的时候，黎达是中间的介绍人，那家人应该知道黎达住哪儿。"苏思华带小卓走进深巷，去敲门头有树枝丫伸出来的那一家大门。出来开门的妇人，穿一身墨绿色的对襟短旗袍，见是小卓，就问："你又来了？"看见苏思华，又说："呀，真是稀客，快请进。"一进三院，一院一道门，全都物是人非，苏思华看着，脸上的怅惘掩不住。

妇人请她们进了堂屋，坐上了炕，炕上横着一个炕桌，红木的，漆了一层清漆。那日烫了大波浪的女子，今日将那大波浪绾起来，在脑后绾了一个发髻，拿来杯子摆在炕桌上，提着锃亮的大水壶进来冲茶。苏思华向前一伛偻，看进杯子里问："这是什么茶叶，水冲进去这样清亮？"那妇人坐在苏思华对面，说："茶叶就是普通的茶叶，是水的问题，我们这是井水。"苏思华说："到处都接了自来水，你们还喝井水？"那妇人说："我们没接自来水，井水喝惯了，那自来水白漾漾的一股药水味，喝不下去。"苏思华说："我们那边的井，自从接了自来水后，都被公家的人给填埋了。"那妇人笑着说："我们这口井，本来也要求填埋的，但水汪汪的，填了多可惜，就费了好大的劲保留了下来。"苏思华说："那是口好井，自我小时候就在那里，有一年天旱到河水都干了，那井里还是有水，方圆几里的人都跑来这里挑水。"苏思华说着井水，桌上茶杯里的水却一口都没动。倒是小卓，坐在炕楞边沿，早将自己面前茶杯里的水喝到底，只等人再来添。苏思华又跟那妇人问起黎达，那妇人说她也不知道，得问她家出门在外的掌柜的，就去厢房打电话问了。

苏思华下炕走向后院喂养牲口的栅栏，小卓也跟了过去，低着头走进圈舍，里面圈满牲畜，空气憋闷浑浊。苏思华仰起脸，借助昏暗的光线在门梁上寻找，寻到一块檀香木的木板，上面雕着花纹一样的文字，苏思华手伸上去轻轻地抚摸，说："这个是我小时候钉在这里的，小时候总见家人将经文刻在木板或者写在纸张上悬贴高处，祈佑平安。有次家里的奶牛病了，我就照着他们的做法，找了一块檀香木板，找阿訇刻上避魔的经文，钉在了牛圈的门头上。家人都笑我将檀香木钉在牛圈，是去给牛熏香。"苏思华回头看了看，怕有人看见，随机用脚拨开过来哼哼求食的猪崽，抓起手边的一个木耙将檀香木块撬下来，掏出手绢一包，装进了自己的衣服口袋，说："当时搬家的时候走得急，将它给忘了，后来想起来，总惦记着。"去往墙上立木耙的时候，一眼又瞧见隔壁杂物房里堆满老柜子和旧椅子，走过去指间摸了一下柜子上的尘土，说："这些柜子原来是钉装在墙上的，搬家的时候怕破坏墙壁，就留给了他们，没想到他们拆下来了。"顺手拉开柜子抽屉，里面厚厚一层浮灰盖住一本书，将书拿出来翻倒在地上一片灰白，又吹了吹，才看清书面上"真境花园"四个字，有点吃惊："这书是我做姑娘的时候从旧书摊上淘的，淘来翻也没翻就找不见了，今天却在这里翻出来了。”将上面没吹干净的灰掸了掸，递给小卓说：“我现在不爱看书了，送给你吧。”小卓接过书，感觉已成为苏思华的同道和共谋，就看也不看，装进了挎在身上的布包里面。两人又四处闲闲地看了会儿，苏思华叹着气说：“这房子多好啊，但你父亲不回来了，我就将它给卖了，卖的钱一笔给了他改嫁离家的老婆，一笔留下来用在了两个孩子身上。”小卓安安静静地听着，就跟没听一样，没任何反应。

两人走回来，刚回到原处坐下，文汉也找来了，两只手抄进裤兜，在地上踱来踱去好几圈，转过头问：“妈，我们可以走了吗？”苏思华坐在炕上半身倚着墙围，斜瞪了文汉一眼，说：“你消停坐一会儿，等问清楚了就走。”文汉垂着眼皮说：“我想喝水。”那头发大波浪的女子进来听见了，在回汉杂居的地方，知道回民一到汉人的家里，杯盘碗筷沾也不沾，倒茶上去也都是摆设，就说：“我去帮你舀一瓢井水吧。”

那女子去前院的井边舀水，苏思华从衣服口袋里摸出那块檀香木板给文汉看。文汉接过来，手指抠着上面斑驳的脏垢问：“这从哪儿来的？”苏思华笑着往小卓的脸上看了一眼，跟文汉说：“秘密。”

文汉眼睛里都是好奇，乱猜测：“捡来的？”苏思华正要说，刚巧那女子舀的井水来了，白石台阶上脚步一声一声，又没说，从文汉手里拿过去，重新用手绢一包，装进了衣服口袋。清潾潾一大瓢井水，文汉接过来，咕噜咕噜一气喝下去一半，装模作样“啊”一声，发出一句：“感赞为主的，这水真甜。”眼睛滴溜滴溜故意往苏思华脸上瞟，苏思华为了不长文汉的势，装没看见。谁知那女子却故意逗起了文汉，说：“水是我给你舀来的，不感赞我，感赞为主的？”文汉收住嬉笑，愣了一下，说：“感赞为主的，就是感赞你，万物一体。”那女子继续逗文汉：“我上哪儿去找为主的领受你的感赞？”文汉却认真起来：“为主的本然是自然，随处可见，不需要找。”

“好了好了。”苏思华皱着眉打断了文汉，说，“让你去跟主麻，你跟完来这儿给我虔诚了。”

文汉羞红的脸，红得像一朵开错了枝头的胖蔷薇。那女子一下子笑得透不过气，摆着手说：“我知道了，你的为主的无处不在，你的感赞也无处不在。”

小卓压根就没懂他们在说什么，眼睛注视着他们，只觉得他们越说越高兴。

那妇人打完电话进来跟苏思华说：“我问我家掌柜的了，他说黎达早几年前将家卖了，给两个儿子分了家，两个儿子各走了各的，黎达去了哪儿还真不清楚。”苏思华连忙问：“那他两个儿子现在住哪儿？”那妇人说：“这个我也问了，我家掌柜的说不知道，得打听。”

下午的阳光照进来，照亮炕上的一角，看着有点悲哀，苏思华沉默了半天，轻轻叹息一声：“找个人竟这么吃力，上哪儿打听。”那妇人说：“要真打听，人托人，也是能打听到的，只在时间的长短。”苏思华留下电话号码，站起来拉着那妇人的手说：“拜托你家掌柜的再帮忙打听一下，若有消息，就麻烦打电话给我们。”

待他们回到家里时，明汉也在家里，说是回来给过世的父亲念三周年的殁祭。

小卓从车里下来，就看见明汉，穿一件黑色的羽绒服，身材很高大，从门口迎出来，先给苏思华祝安，又朝小卓微笑并点了点头，脸上和和善善的，比起文汉更像一个学生。苏思华像劫后聚首，满心都是委屈，边跟明汉并肩往堂屋走，边一个劲地说文汉的不是，明汉也不说话，就一路微笑着听苏思华吐苦水。文汉去后院停车，停好了跑进来，一扑扑到明汉背上，双臂大钳子一样夹住明汉的头问：“什么时候到的？”明汉像卸东西一样将文汉的双臂从头上卸下来，说：“开了一路的夜车，今天天未亮就到了。”苏思华看着这一幕仿佛感到了一点安慰，脸上的惆怅下去不少。天色隐晦，院心放了一座大铁锅炉，烟囱上一缕缕冒着轻烟。明惠和园梅都在，系着围裙，忙前忙后地为三周年的殁祭做预备。空气中都是油煎食物和蒸糕的气味。

晚饭的饭桌上，大家围坐在一起吃饭，一盏雪亮的大灯从屋顶远远照下来，满桌满房间都明亮。苏思华担心找不到苏正清，问明汉：“万一找不到怎么办？”明汉端起茶碗喝了一口，说：“我也托了人在找，放心吧，会找到的。”窗外下着雪，被风吹成斜面的大雪，像一场渺茫的往事，小卓静静地望出去，想起了寺院里的老卓玛。

第二天念殁祭，香炉里的芭兰香燃完了好几茬，但请的阿訇左等右等都不来，来的乡邻亲戚们渐渐不耐烦了，谈笑的，打喷嚏的，进进出出的，下过雪的天气，房檐上的消水滴滴答答下来，沾了人脚底，满地板都是潮湿而凌乱的脚印，小卓看着感觉心底有个小火在熬煎。

一直等，等到晚钟敲过，月亮已经出来了，白色的，半圆形，高挂在暗灰的天上。今天这一天已经到头了，白过了，小卓心里有一种说不出的惆怅，回到自己睡的那间房，手摇着经轮，默念经咒。

房间里黑洞洞的，文珊进来开了灯，连头带头发一起包进一块红色方巾里面，问小卓："我包严了吗？"净白小巧的脸上像支了一座红色帐篷，小卓想笑，问："你干什么？干什么包成这个样子？"文珊说："我得将头发包好了去堂屋，阿訇来了，正跪在堂屋的大炕上念呢。"小卓在炕桌上左右寻找带来的泥金小佛像，寻不见，着急起来，问文珊："我的佛像哪儿去了？"文珊指着壁上的橱柜说："那儿，那不是吗？"文珊进洗浴间，自己在镜子前看了看，又拿来两块颜色不一的方巾，问小卓："你想在头上包哪一条？"小卓说："哪一条都不包。"文珊看小卓手里拿着佛像，就说："这又不会妨碍你做尼姑。阿訇念求祭，你去坐着听听就好了，听完了跟大家坐一起吃饭，无论什么人都得吃饭不是吗？”小卓说：“我不去。”文珊问：“为什么？”小卓说：“不想去。”文珊眼里有点失望，说：“好吧，那你继续在这里念你的经，我去听我们的阿訇念的经。”

人死如灯灭，那一缕魂魄在后人的心里总飘着，一年一年总求祭它去个好去处。但阿訇念求祭的时候，踩的是异域的音调，声音时高时低，有一种极大的仓皇感，让人听着仿佛死者的生命里有很多黑暗可怕的秘密，要用这样的方式一层一层敲打开，扬出来，好减轻那一缕魂魄的重量，极早飞归到安宁处。

小卓将泥金佛像放在炕桌上，上炕熄了灯，盖着一床厚毛毯，在黑暗中听着，听也听不懂，像个不信佛的人在佛前双手合十，说装样子也不是，说虔诚也不是，轻轻叹了一声，问自己：“生生死死，兜兜转转，这究竟是一个怎样的红尘？”半闭上眼睛，渐渐睡了过去。

等再醒来时，房间的灯正照在小卓的眼睛上。小卓以为跟她睡一屋的园梅回来了，又听见细碎的说话声，声音很低。苏思华和园梅坐在炕楞边上说话。一波一波声浪扑打过来，给小卓一种微妙的冲击，彻底醒了，听见苏思华说：“他的终身大事还没有办，但好姑娘都是花儿，开一朵被人摘一朵，我总是慢人一步。”园梅说：“也不用担心，以他的条件不怕没好的。”又问苏思华：“你有没有想过让他跟小卓结婚？”

小卓刚要起来，听到这话，吃了一惊，闭着眼睛不敢动。

园梅又说："你看他们年龄相差不多，其他各方面也都可以。"苏思华若有所思："可是她……"园梅说："你真的不会是想让她再回寺院做姑子吧。"苏思华说："怎么会？"想了想又说："他俩若真能成，自然是好事，但婚姻还要看个定然，定然不到，也不能强扭。"谈话停了些许，园梅叹息了一声，说："我想的是劝她结婚，无论跟谁结，一颗心就有了牵绊，就不会再想那出家做姑子的事。"苏思华也叹了一声，说："先喊她起来吧，让她去吃点东西，她一天没好好吃饭，晚饭也没吃。"

说完苏思华起身出去了，但听了这些话的小卓气恼早就积上了脑门，园梅刚一轻推她，她就一把推开园梅的手，一下翻身坐起来说："我来这里，是为了见父亲一面。"园梅看着小卓说："我们都知道啊。"小卓静静地坐着，不动也不再说话，就紧盯着园梅，园梅问她："你想吃什么？我去厨房给你拿点。"小卓说："你们刚说的话我都听见了。"园梅迟疑了一下，说："父亲不管我们……我就想给你找个安稳的归宿，以后大家都轻松点。"

一刹那小卓喉咙哽住了，与园梅沉默对视，像冤家对头，这击伤了园梅，她恼怒起来："当然，我是俗人，想的都是俗事，忘了你是不食人间烟火的。"过去拉了窗帘，转身抓起小卓放在炕桌上的泥金小佛像说："就远的不说，就说你天天拜的这个……这个释迦牟尼，你知道他在二十九岁之前都在干什么吗？他过得跟所有普通人一样，吃喝拉撒，娶妻生子，该经历的都经历了，但你……你一开始就过他遁世后的苦行生活，他的觉悟来自生活，你的觉悟从哪里来？靠你拜他，靠你的无知和荒度生命吗？有些东西必须拥有过，才有权利做决定要不要，你干什么？直接过滤掉中间地段，出家去做姑子，那这样，那人干吗还活着？不如生下来就直接死了算了，反正最后都是死。”

小卓的心被搅得烦躁又复杂，不由得生气，气得脸通红，一把夺过园梅手里的佛像，放在了自己这边。“你生气了？你也会生气？但天下的道理都是一样的，花样年华你不要活得太天真。”园梅问小卓，问得整个房间仿佛围城，困着两只兽，气氛很紧张。小卓下炕踩了鞋气冲冲摔门而出，走了几步，乍清静下来，内心生出一丝煎熬，想到既然选择避开冲突，那连摔门也是不应该有的，一生气就忘了自己是修行人，说白了还是道行不够。将胳膊伏在走廊的护栏上静静地望着，檐灯仿佛特别亮，几个男的正在院心帮忙卸锅炉，卸完后从走廊走过，过了又都回头来看小卓。

明汉捧着一个杯子，边喝水边将这些男的送出了大门。院里空空落落的，浩浩的风吹过来都是寒意。明汉走过来问小卓：“你还没睡啊？”小卓只勉强露出一个笑容，点了一下头。明汉并没有要走的意思，停下来，也把胳膊伏在栏杆上，抬头看天上的月亮，半轮黄月浮在静荡荡的空中，给人一种别样的安慰。明汉仰头将杯子里的水一口喝下去，两只手掌来回地搓着空杯子，边搓边问小卓："你是睡不着吗？"小卓说："刚睡醒。"明汉说："怪不得一下午都不见你人。"小卓没说话，明汉又问："不习惯是吗？"小卓点了点头，说："特别不习惯，我从小在寺院长大，现在来这里，又要跟着你们变成一个回民。"明汉有点惊讶："从小在寺院长大？那你妈呢？"小卓沉吟片刻，低下头抠着手指甲说："父亲不要我们，她就嫁人走了。"

说话间小卓肚子咕噜噜一阵响，明汉听见了，笑了一下，说："其实我也饿了，也还没吃晚饭，你……要不跟我一起去厨房吃点。"小卓说了声好，明汉顺手关了檐灯，满院子壁垒森严，小卓加紧脚步跟在明汉后面往厨房走。厨房里的一切都已经被洗刷归置得整整齐齐，但明汉熟门熟路，拉开柜门，端出油香和糕点，揭起大小的锅盖拾包子盛粥饭，打开碗柜拿杯子放茶叶，问小卓："要不要加冰糖？"小卓说："不要。"厨房里的烤箱还没熄，煤炭烧空了，发出轰隆一声坍塌响。明汉将所有的吃食与筷子勺子一起用托盘端过来放在烤箱上，将一碗麦粒粥放在小卓面前，又分给她一个白瓷汤勺。清水涮过的白瓷汤勺没有擦，水澄在勺心里，灯光一照，像盛了一个赤裸裸的鸡蛋黄，很有滋味。明汉执着茶壶给小卓倒茶，边倒边微笑着说："每年念殁祭，我忙来忙去，忙到最后都是一个人吃饭。”麦粒粥是热的，口味相当好，小卓喝了一口，看了明汉一眼，感觉明汉真的比文汉和善。文汉胖乎乎一张脸，又鲁莽又冲动，小卓心里有点怵他。

当小卓再次回到房间时，灯还亮着，但园梅已经熟睡，一起一伏地呼吸着，一丝面部表情都没有，异常地荒凉。小卓在炕楞处站了一会儿，才过去熄了灯，悄无声息爬上炕睡了，但吃了些饭又喝茶提了神，睡不着，就静静地躺着，躺了很久，还是深夜的气氛，但屋外很远的地方，公鸡没道理的啼鸣一声一声，像一根刺耳的破竹竿，使劲往天上竖，竖得整座城都在黑暗中浮起来，浮到竿头，变成了一张无关紧要的薄地图。

四

早晨的饭桌上苏思华对明汉说宰牲节宰牲的事，吩咐明汉去市场挑一头牛牵回来。明汉站起来说：“我现在就去。”苏思华说：“吃好了再去，不忙。”明汉说：“我已经吃好了。”

天上没有太阳，上下一色都是潮湿新鲜的灰色。明汉从廊檐下走过，风转了向，直吹上他的脸，他一侧头，脸颊轮廓立体得像是刀砍斧削出来的一样。苏思华日日都喝茶，茯茶里面泡几个花骨朵，泡久了，涨开成花朵浮在杯口。她端起来要喝，看着明汉没喝，又放下杯子说：“我们家明汉真不错。”

眼睛笑着，转回去看在小卓脸上，又看在园梅脸上，小卓和园梅昨晚那么一吵，再坐在一起都有点僵，倒是明惠做出会心的微笑，拉了拉小卓的衣袖，笑着问："你觉得我们家明汉好不好？"

明汉？好不好？她们要干什么？小卓心里像直戳了一把刀，坐着没吭声。明惠还是笑着，说："我觉得我们家明汉长得比爸年轻时还要好看。"苏思华说："那当然，老虎的皮子，父亲的儿子，都是比本尊要好看的。"明惠笑着说："这话不对。"苏思华喝了一口茶，问："怎么不对了？"明惠抿着嘴笑问道："文汉难道不是爸的儿子？"苏思华颔首而笑，说："养儿跟舅舅，文汉是跟了他舅舅，一身的倔脾气，像头牛，死倔死倔的。"明惠一听，笑得直咳，园梅僵滞的脸上也是笑。

后来的几天，小卓脸上凉凉的，有时候即使苏思华问她，她也都不开口说话。明惠和园梅回了婆家，到宰牲节的那天又来了，跟丈夫孩子公公婆婆一起来的。房里院里好一番热闹。牛放在后院的花园里宰，文汉和明汉两个人早早在大树底下挖了一个盛血的大坑，但还是没能装下涌出来的血。黑郁郁的牛，绑倒在地像一座山，动弹不得，颈部一刀子下去，血实在是多，喷了宰牛人一脸一手不说，地上也喷出去好远，太阳一照，猩红一大片，一阵一阵的血腥味儿。等牛静下来，文汉赶紧铲了土往那些血上面盖。上午血腥味儿、肠肚的粪酸味儿弥漫了空气，下午煮进锅里的牛肉又一阵一阵地飘香。

未煮完的肉切割成块，送给邻里分享。堂屋以及廊檐下都摆了长桌子，亲戚邻里、大人孩子热热闹闹、兴兴旺旺坐上来，等肉煮熟了端来。节日的一天孩子们都穿了新衣服，苏思华也一身新，容貌谦和温润，从人身边走过一阵馨香也缥缈而过。文珊和文汉听了苏思华的安排，将年纪大的、辈分高的，拉拉扯扯往堂屋的大炕上拖，有些已经在廊檐下首的地方坐稳了，双手乱划乱挡乱架着，不肯再起来。小卓觉得好乱，站在廊檐下，呆呆地看了会儿，走进屋内深处，在女人们身边坐下了，但她不知道的是过惯了大家庭的女人们坐一起，永远都是欠身向前，嘁嘁喳喳。远看着安静，坐近了却像进了小雀的窝。小卓坐在一边，头低得像个不会飞的雏鸟，希望不引起注意，可是那怎么可能？这些人眼睛早在小卓身上瞟了好几遍，你一言我一言终还是讲到了小卓身上，讲其他的也就罢了，还讲小卓要跟明汉结婚，讲明汉的好，讲小卓要出家去做尼姑，但横竖也是苏思华的侄女，苏家的人，苏思华多么聪明的一个人，最后肯定会想办法了了这一桩头痛事。

声音低低的，小卓身上陡然一阵寒飕飕，脸发了白，站起来逃似的穿过桌椅走了出来。院门大敞着，院子里到处都是人，连她睡觉的那间房子里也都是人，地上的桌椅上，炕上的炕桌旁，都是人。无限的繁盛在人与人之间起伏。

小卓在檐下站了一会儿，穿过一道门，跟在一个端盘子的人后面进了后院，后院里倒很安静，临时搭起的帐篷下面是一个锅灶，两三个妇女忙着在灶旁煮牛肉捞牛肉。偏在一边的太阳，明晃晃的，像一张圆脸，与小卓脸对脸狭路相逢，她孤零零地站着，既不那么孤单，又像是被自己遗弃。她活在寺院的时候，无所谓去哪儿，无所谓见谁，所以当要求她来见父亲一面的时候，她就来了，她对此毫无想法。但来了后，见父亲一面却成了漫漫长途，没有路牌，也没有终点。牛肉的香味在空气中飘浮，像寻找目标的鹰，无声而缓慢地盘旋，一圈又一圈，一圈又一圈……小卓皱着眉，在太阳底下踱步。文珊端着一个大洋盘来后院看见了，叫小卓去前院，小卓拒绝了。一会儿苏思华来后院又问小卓："你怎么在这儿？快去前院，前院已经开桌了。"小卓越来越抑郁，摇了摇头，走过去在花园边有太阳晒到的地方坐了下来。阳光透过枯树枝，在小卓背上织了一层凄迷的网，风一动，网一动，小卓自己完全没感知。听见有脚步走来，以为是苏思华又来叫她去前院，就头也没转，说："我想在这里晒晒太阳。"

"这里太阳还挺暖的。"是明汉的声音。他朝小卓走来，说："他们说你一个人在后院，为宰了牛的事闷闷不乐。"小卓转过头，一副落落寡欢的漠然表情，问："我为什么要为宰牛的事闷闷不乐？"明汉笑了笑，也在花园边并着小卓坐了下来，说："和尚吃素，禁止杀牲。"小卓摇着头说："藏传的寺院，净肉是吃的。"明汉又笑起来，说："常进藏区跑生意，但这一方面没关注过，还真不知道。"小卓沉默了一会儿，说：

“高原苦寒，长不出蔬菜和粮食，肉也就不是肉了，是续命的粮食。”

太阳更偏了，白苍苍的天空中生出来不少流云的影子。明汉仰着脸觑着眼向天上望着，望了半天，突然说：“跟你一说话将正事给忘了，我是来跟你说好消息的，刚朋友打来电话，黎达的住处找到了。”

小卓起初怔住了，但随即像是看到了路的尽头，心里轻松了不少，猛地一转头，发现明汉正看着她，眼神里有一种异彩。小卓心里咯噔一下，一股像沙子一样的东西，散散地从头顶直灌到脚底，有点难受，但一双眼睛乌沉沉的，完全置身事外，问明汉：“找到了黎达，是不是很快也可以找到我父亲？”明汉说：“理应是这样，但也不一定。”沉默了一会儿，又问：“你是不是很想见到你父亲？”

“嗯。”小卓点点头说，“见过父亲，我就可以回去入殿了。”

“入殿？你真的要出家做尼姑吗？”

“嗯。”

“可是……回民哪有人糊涂到要出家做尼姑的？”

“我是在寺院里长大的。”说出的话过分冷静，明汉微微笑着叹了口气，问：“在寺院长大就要去做尼姑吗？怎么会有这样的想法？”小卓有点不耐烦，低下头，目光落在脚面上，表示不想再多谈。明汉觉察到了，在小卓旁边静静地坐着，起了风，很冷，明汉一头茂密乌黑的头发被吹得凌乱，他说：

“走，进去吧，前院里的人已经走得差不多了。”小卓一下午在后院错过了午饭，被明汉叫去前院进厨房提早吃晚饭。文珊看见了笑着说：“你们真说对了，小卓姐姐只有大哥去叫，才叫得来。”厨房里的其他人都在笑，明汉也跟着嘴角浮起一丝微笑，小卓孤零零的，说不清自己对这样的笑的感觉是什么。

晚上睡觉前小卓进浴间洗手，顺便洗了一把脸，对着盆中的水发现，头发长长了，洗脸时沾了水，湿黏黏地搭在耳朵尖上，用手指一掠，还能掠到耳朵背面。她抬起头对着镜子端详自己，一头旺盛生长的头发，前额毛茸茸一片，东卷西卷。之前她不知道自己是卷发，或许也知道，只是没太在意。过去她的头发一直只剃得盖住头皮，短短的一身轻，修行人讲的就是一身轻。

第二天，明汉说生意上忙，一早就开车走了。苏思华也收拾了一番，要带小卓去车站坐车找黎达。明惠用围裙擦着两只手，将她们送到门口，笑着说：“自己坐车有诸多不便，还是应该让文汉再开车送你们去。”苏思华边戴手套边咕哝道：“快算了，文汉到哪里，哪里就被搅得绝不会有好事。”

大客车摇摇晃晃走了一个上午，摇得小卓直想吐。下了车，苏思华带小卓穿过一个窄巷，敲一家人的门，敲了半天没反应。苏思华说：“他们说的就是这里，我们没找错。”又继续敲，还是没反应，停歇了一会儿，继续敲，声音非常大，对面的门开了，出来一个女人，满脸怒气，说：“有这么敲门的吗？干脆将门拆了卸下来搬走好了。”苏思华问那女人：“你知道这家人去哪儿了吗？”那女人说：“不知道，但你们别再敲了，我孩子正在睡觉。”苏思华看了小卓一眼，难堪地笑了笑，说：“我们先找个吃饭住宿的地方吧。”

街边一家老旅馆，楼下饭厅，楼上住人，木楼梯已经被时光磨损得油光发亮。楼梯口迎出来一个老妇人，背有点佝偻，白色纱布盖头，斜襟盘扣齐膝长衫，绑腿裤，看上去很老了，但精神矍铄，满脸都是凡俗人的福分。苏思华说：“我们是来住店的。”老妇人慈眉善目，跟苏思华说：“来来来，跟我来。”两人被安排在坐北朝南的一间客房里，有桌有炕有洗浴间，炕还是热的，丝绒的窗帘，毛毡上面是棉布的床单和被子，收拾得像家一样齐整。苏思华很满意，跟小卓微微一笑，进浴间洗漱。旅馆里每个房间都是三面环墙的大炕，也都有洗浴间。老妇人背篼里背着羊粪，一座炕一座炕地烧填。小卓站在一边观望，然后悄悄经过老妇人，走过长而狭窄的走廊，在转角临街的屋檐下停下来，胳膊伏在栏杆上往外看，远处山脉之间隐约露出雪山峰顶，在暮色中寂静地闪烁着蓝光。街头巷尾房屋紧凑，幽暗深长的巷子里人影车影不绝。

两人去楼下饭厅吃饭，端盘子的男服务生肩上搭了一条白手巾，端来油炸甜品和土豆汤面。饭厅中央的大木柜上放着一个不大的电视，电视里面人影晃动，旗帜飘飘，正说澳门回归的事，坐电视前吃饭的几个人，一个比一个兴致好，从三百年前的历史谈到后来的家仇国恨，再谈到到底也是要回归了，回归了就是好。小卓缺乏机会去理解和关注这些，但听到他们说回归，就想起寺院里的入殿仪式，不知道能不能尽快见到父亲，尽快回去。

休息了一晚，第二天再去那条窄巷，去敲那扇门，敲门声越敲越激烈，敲得周边又是狗吠又是孩子哭。但门里依然鸦雀无声，苏思华侧耳贴在门板上静听。挑扁担进深巷卖馍馍的人，进去的时候见她们在敲门，卖完馍馍出来见她们还在敲，看不下去了，扁担换了个肩头，跟她们说："别敲了，这里面的人在前街开了一个军用铺子，白天都在铺子里。"苏思华带着小卓按卖馍馍的人的指引，找到了那家军用铺子，铺子门口直至里面，摆的都是各种不锈钢的铁锅、军用胶靴、皮带、马掌、马鞍子等，里面的柜员出来了，非常年轻，一问是黎达的二儿子。

苏思华说明来意，那年轻人就将铺子交给妻子来看管，自己开了一辆拉货的小型货车，拉苏思华和小卓去见黎达。住得偏远，一路上不知是什么年间残存下来的长墙深壕，一个又一个，各个路口、各个山头，狼烟墩台明堡暗关遍及，偶然掠过的破败家屋，蒿蓬没顶，人迹荒芜。苏思华和小卓坐在后排，都转头看窗外，看得久了，苏思华就问那年轻人："你父亲怎么搬到这样偏僻的地方住了？"年轻人吁了一口气说："父亲去年得了直肠癌，前面没查清楚，当肠炎来治，治来治去钱花光了，不得已就将城里的房子卖了，再后来查出是肠癌，就放弃了治疗，搬到乡下跟我哥住在一起，也是活一天算一天。”

他们在中午时抵达，车子平平地驶进一个土城门，城门洞顶黑黢黢，可能乱世年间被烟熏火燎过，两边都是陈旧的木楼，颓毁腐朽摇摇欲坠。过了城门，是一条长路，路两旁每家庭院门头上方都种了菊花，开败了也没收拾下去，在冬日里成了一把枯草，迎寒风瑟瑟抖颤。到了黎达的家，空荡荡的屋檐廊柱，冷清得像被世界遗忘了。房子里面，地面、家具、炕铺都努力保持着干净和体面，但还是有一股混杂着臭而酸涩的病人体味，直往人鼻子里冲。躺在炕上的病人，白发苍苍，眼睛紧闭，手放在被子外面，手指形如枯槁。那年轻人俯下身叫醒了他。一得知来的是苏思华，就忙让年轻人扶他起来。年轻人先靠墙立了两个枕头，再扶病人起来靠枕头坐着。苏思华环顾着房间，在炕楞边沿坐下来，轻声问道：“你病成这个样子，怎么都不让我们知道？”

黎达发出沉闷呻吟，问苏思华：“你怎么找到这儿来的？”苏思华说：“我找不见我哥，就去找马怀仁问，他说当年给我们家送来的照片是你给他的，话也是你让他传的，我打听到你，来找你问问。”黎达苍老的嘴角轻轻颤动，问：“你怎么找到马怀仁的？他住得比我还偏远。”苏思华说：“我父亲在的时候，带我去过他家。”黎达轻轻叹了口气，说：“人算不如天算。我以为马怀仁那样的人，那样的性情，是掘地三尺也不可能被找到的。”苏思华怔了一下，为马怀仁挽自尊：“怎么会？以前柜台上他可是我父亲最器重的人。”黎达说：“也是，那时你家柜台上所有脏活累活都是他冲锋陷阵。”苏思华说：“那是因为他信任我父亲，有一份情意在。”黎达原本没表情的脸上，突然有了那么一丝笑：“那他应该挺恨你挺不欢迎你的吧？”苏思华说：“你这又是什么话？”黎达说：“你找你哥，你哥……那时若不是你嫁人搅得你家鸡飞狗跳，你哥也不可能一直不回家呀。”苏思华苦笑：“我嫁给我自己选的人，错了吗？”

“你选的人……你选谁不好，选一个二婚的带孩子的老赖，气死父亲，气走你哥，好好的一个苏家被你给毁了。”一个说话慢吞吞的病人，突然出言犀利刻薄，不留情面，苏思华的脸色都变了，说：“你别糟践我。毁苏家？我可没那么大能耐。我父亲可以纵容我哥在家里娶一个女人，在外面养一个女人，却不容许我自己做主自己的婚姻。”黎达说：“你不能跟你哥比，你是一个女人，你父亲是为你好。”苏思华情绪有点激动，说：“为我好？我哥离经叛道，十多年不回家，也是为我好？都是为我好？”黎达注视着苏思华不说话。苏思华厉声问：“我哥现在在哪儿？”黎达默默看了苏思华半天，说：“死了，死了十四年了。”所有人都愕然，黎达的眼里有了泪，脸痛苦地扭曲了，摇着头说：“十四年了，是我要了他的命。”苏思华不相信，情绪更激动：“死也有一个尸骨在。在哪里？尸骨在哪里？……”一声一声的逼问，逼得黎达泪流满面，从枕头上滑下去，背向苏思华蜷缩起身体，像是要躲起来。苏思华情绪失控，一下扑上去，死命揪着黎达的衣领晃：“我哥在哪里？在哪里？”如同一只猫玩弄一只将死的老鼠。小卓倒吸了一丝冷气，几乎是和年轻人同时上去拉住了苏思华的手。

家庭主妇刚开始还在地上的茶几上倒了茶，放了干果，后来听见屋子的响动与争吵，就不进来了，连一两个小孩子也都被挡在门外不让进来。小卓和苏思华还有那位年轻人，都在地上的沙发上坐了下来，苏思华眼泪滔滔，战栗不止，小卓看着，陷入一种半真半幻的空洞，坐过去将苏思华的头搬放在自己的肩头，试图给予安抚。

回来的路上，苏思华无力地靠在小卓身上，喃喃地说：“我要找到他，即使是尸骨我也要找到。”年轻人开着车，好几次回过头看苏思华，似乎想说什么，努力了好几次，才说：“我那时候还小，我父亲有一次回来，脸上没血色，神情恍恍惚惚，也是从那次之后，他卖掉了车，再也没出门做过生意。事情应该就是那时候发生的。”

苏思华面色惨白，不喝一口水，不吃一口吃的，不说一句话，眼睛睁着，在旅馆的炕上已整整躺了两天，整个人僵硬得像是陷入了一种沼泽般的境地。小卓的沉默本就是四面的墙，现在那墙又加高加厚若干尺，很无助，一点办法都没有，就坐在炕楞边上，一手握着苏思华的手，一手不停地掐数珠，希望得到能力帮助苏思华从痛苦中解脱出来。

外面夜色浓重，有人在敲门，小卓去开，站在外面的是黎达的儿子——开车带她们去见黎达的那位年轻人。苏思华转头看过来，眼睛里一片干涸。小卓照顾着苏思华的情绪，走出来，轻轻带上了门。穿堂里光线很暗，只看得见那年轻人脸上大致的轮廓，那年轻人说："你们家人的遗体，我问了我父亲，他跟我说了。我带你们去找，但有一条你们得答应我，就是不能去报案，我父亲剩下的时间不多了，我想让他安静地离开。"小卓听着，什么也没说。那年轻人又说："他们的官司，是我们局外人说不清的糊涂官司，就让他们自己放在要久历的后世去打，可以吗？"突然苏思华从里面发出一声撕心裂肺的号哭，小卓打了个寒噤，连忙说："可以。"那年轻人说："那好，那明天早上我来找你们，带你们去。"小卓点了点头，跑进去看苏思华。那年轻人将提在手里的一袋水果放在门口，悄悄地走了。

五

天一亮，那年轻人就来了，车停在旅店门口，自己进来坐在饭厅里等。小卓劝苏思华吃一些东西，苏思华就要了一碗白米粥来喝，喝着喝着眼泪扑簌簌涌出来，掏出手绢擦一把，又继续喝。小卓好几次抬头看向她，简直不敢相信一个状态明亮、有香气、面容清净的人，两天之隔就换成一副蜡黄的脸，像要腐烂般浮肿膨胀。

她们坐上年轻人开的车，去了苏家卖掉的老宅，说苏正清的遗体就在老宅的井里面。清早的太阳高高在头上，泛着青，像一粒酒瓶里泡过度的青梅。宽广的天空既不是灰色，也不是蓝色，也没有云，冷冷清清四面罩下来，荒凉到极点。停车走进深巷，树的枯枝丫从门头伸展出来，像一个孤独的手势，做着无望的昭示。年轻人敲门，出来开门的妇人，穿一身天青色对襟短旗袍，看看苏思华，又看看小卓，说："你们又来了。"打开门说："快请进。"

年轻人说明来意，那妇人极力抵触："不可能，这怎么可能？吃水吃了这么多年的井里怎么可能有个死人？"苏思华身体憔悴如枯叶，站着一句话都不说。小卓想起自己喝过井里的水，心里惘然，向井边走去，井台四周的空气静谧清凉，绕着井台转了一圈儿，又掀开井盖朝里望，井内光线幽暗，潮湿迷蒙。俯下身，朝井的更深处看，看到底，幽蓝的水发着微光，静得出奇。从井旁捡起一块卵石，扔进井里，空旷的一声响，井水泛起一圈圈涟漪。

那妇人听见了，转过头朝小卓盯了一眼："哎呀姑娘呀，那是给人吃水的井，你可别往里面乱扔东西。"

头发大波浪卷的女子也来了，涂了口红的嘴唇，像秋日里的槭树叶一样嫣丽，走到井边，朝井里看了一眼，跟那妇人说：“我记得我们刚搬来的时候，你从井里打上来过一只手表。”那妇人的脸一下子像阴干的果实，收缩出很多皱纹，说：“对对对，你不说我倒忘了，那时我来井里打水，什么东西都能打出来，手表呀，裤子呀，袜子呀，还有一双鞋，我当时还想，说回民家干净，但吃水的井里什么脏东西都能捞出来。”

年轻人问那妇人：“那打出来的手表呢？”

“那手表是坏的，不走，我拿出去从收废品的人那里换了两个搪瓷盆。”

头发大波浪卷的女子要报案，年轻人立即阻止。那女子厉害起来，说：“你们之间的冤仇矛盾，你们自己处理，但这是我家，这个案我一定要报，还有井里的水是活的，真有尸体，就我们这些人谁下井搬？怎么往出搬？”

警方一到现场，就先使用抽水机抽水，碗口粗的水管，有两支，从井口拉到大门处，水像决了堤一样往外冲，冲进路边水渠，漫到青石板路上，像一条滔滔的大河，流到巷口开阔处，水流慢下来，漫得像一面发光的幽暗的湖。这样整整抽了一个中午，才放人下去打捞。打捞者从井底喊：“吊一把钢丝剪下来。”说尸骨上用油丝绳绑了一盘石磨，解不开。院门大敞着，前来围观的人越来越多，都不顾警戒线，直往井边挤。尸骨要吊上来，警方迅速围井设了一圈帐幕，家属和相关人员可以靠近，其他闲散人员一律退后。小卓看到那一具尸骨，像潮湿的没有见过阳光的苔藓，带着一股幽凉的腥气，不由得向后退了一步。尸骨平放在铺展的塑料布上面，除了保存相对完好的一根牛皮裤带，身上的衣服降解得只剩下零星碎片，法医从碎片推测死者生前上身穿了一件厚夹克。又做了一番检查说腿骨和肋骨上有多处明显伤痕，应该是生前被人用利器所伤。尸体的各个部位都发生了位移，腿部的骨头在头顶上方。可能是尸体在水井多年，受到水流冲击造成的移位。

头发大波浪卷的女子踉跄两步过去，手扶在树上，一口一口地呕吐。那妇人脸色发青，也好像要吐，捂着嘴掀开帐幕跑了出去。法医拉开一块布，苫在尸骨上说："死者的手指骨节和脚趾骨节，经磨损已脱离骨架，若都要打捞上来，那得需要人拿筛子下井去淤泥中筛，但也不一定能筛到。"苏思华早已被巨大的疼痛席卷，跪坐在尸骨前，手揪着自己的胸口，像在没顶般的窒息中张嘴大哭，只有眼泪没有声音。

年轻人急急跟警方的人说："我去吧，放我下去捞。"他穿一身专业的制服下去很久，什么都没有捞到，又被吊了上来。警方的人处理完该处理的都走了。小卓内心浑浊僵硬，不知道怎么办，就转头问苏思华："要不要通知家里的人？"苏思华还跪坐在地上，哭了太长时间，已经哭不动了，跟小卓说："我不想让他们任何人看见他已成这个样子。"小卓又问："那是不是要请喇嘛来超度一下？"苏思华愣了一下，眼泪又储满眼眶，艰难地起身说："要请也是请阿訇。"年轻人沉默地伫立在旁边，脑袋垂得很低，苏思华吩咐他出去买一块白布，请几个打坟的人，再去清真寺请几个阿訇，回来与尸骨一起拉去坟园。

阿訇来了，用清水象征性地给尸骨做了洗漱，又用白布裹缠了尸骨。头发大波浪卷的女子又来旁边看，低声问年轻人："这是在干什么？"年轻人说："换一身干净的水，穿一身干净的白布。"裹了白布的遗体，放进抬亡人的木匣子里，看着像是一个刚逝去的枯瘦安静的老人。

拉了一车厢人去苏家的坟园，山路波折漫长，风很大。坟园里野草萧瑟，无数个坟头上面也都是枯萎凌乱的野草。选好一块空地，竖直挖下去，在右手边掏出一个穴位，留在下面的两个人将白布裹缠的尸骨小心接下去，置入空穴。阿訇跪着念悼词，众人往坑穴里填土，太阳的光随一锨一锨的土抖个不停。这具尸骨，终于可以在这一处永久地安息下来了。世间业缘流转，是旧的终结也是新的开端。小卓双手合十诵经祈求轮回，祈求再到另一个好的躯体里面重新再来。

苏思华看见了，眼里又沁出泪花，说："你这样做，这一坟园的亡人没一个会高兴。别再这样做了。"小卓朝四面潦草地看了看，疑疑惑惑地放下了手。

新坟的堆坟垛子起得很高，一场简单的葬礼结束了，冷风扫过，周围群山沉寂。小卓扶住苏思华的手臂往车里走，感觉苏思华的身体在微微战栗。

在车里苏思华一直闭着眼睛，小卓将苏思华的头搬放在自己肩头，然后长时间凝望窗外的暮色。她终于见到了她的父亲，万没料到父亲已成一副骨架，但也是见到了，见了一面，一颗盘旋很久的心，终于可以落下了。但感觉很复杂，有一股力量搅动着她，没法平静。她费力地在脑子里回想父亲生前的形象，却怎么也想不起来，即使是想前不久在照片上见过的，也只是一个轮廓。父亲曾在她心中真实存在过，最后一个有父亲的记忆中，母亲也在，模糊的影子，轻颦浅叹，转瞬如烟而逝。

一路回来，年轻人先将阿訇送去清真寺，再拿钱打发了挖坟的人，最后带苏思华和小卓到一家餐馆吃饭。此时苏思华已经很冷静，问年轻人："你父亲为什么要杀我哥？还将遗体绑在磨盘上沉井？为什么要丧心病狂到如此地步？"年轻人握着筷子，头沉沉地低了半天才说："最后一刀要你哥命的人是我父亲不错，但挑起这件事的人是杨德昌，你哥进藏不回，我父亲失去生意伙伴，只好再跟杨德昌搭一起，一次顺路杨德昌叫我父亲跟他一起去劝你哥回家，言语不投，起了争执，扭打在一起。"年轻人抬起头，看着苏思华说："那时候穿藏做生意的人身上都带刀，这你知道，当时杨德昌拔刀刺了你哥几刀，你哥力气大夺了刀反过来乱刺，我父亲险急中也拔了自己的刀，一刺刺过去刺进你哥的要害处，当场要了命，连个送去医院的机会都没给。"

听着多么可怕，空气中有什么东西碎了，众生所闪烁的慈悲光芒也消失了，只剩下白刀子进红刀子出的杀戮，小卓心里很潮湿，生出一种从未有过的恐惧。苏思华目光盯视在年轻人脸上，沉默半天，崩溃了，鼻涕眼泪顾不得，只咬牙切齿："怪不得……怪不得那时建议我将父亲的老宅子卖掉，怪不得那么热心地帮我找买主。"

年轻人想了想说："我父亲跟我说了很多。这些年他背负着它，像一艘被搁浅的船，船底在腐烂，说也不能，不说也不能。"后来年轻人开车走了。苏思华和小卓在车站附近找到旅馆，各自疲惫地睡下。月光从没有拉严的窗帘边角洒进来，流淌到枕边。小卓想着那年轻人说的话，好像这起悲剧的真正缔造者是那个叫杨德昌的人，黎达只是被裹挟了进去，就问苏思华："杨德昌是谁？"但苏思华好像已经睡熟了，静静地没回应。

第二天天一亮，小卓和苏思华面对面坐着。小卓已经穿好了衣服，布包斜挎在身上。而苏思华是刚醒来的样子，头上的帽子偏在一边，眼睛浮肿，眼角皱纹密布，鬓角黑发丛中白发斑驳。奇怪的是两个人都不说话，好像两个人都各怀心事。朝阳初升，窗外汽车站人流车流声不绝。

小卓说："我要回去了。"

苏思华问："回去？回哪里？寺院吗？"

"嗯。"

"一定要回去吗？"

"你是不是很介意？"

苏思华沉默半天，紧紧抱住小卓低声哭泣，哭到最后又沧桑又疲惫，说："谁也绑不住谁，要回就回吧。"两人出门一起吃了一顿早饭。高原湛蓝无垠的天空，飘浮着小朵孤零零的白云，苏思华目送小卓走到对街，小卓回头跟她挥了挥手。隔山隔水隔信念，这一别大概是不会再见了。

小卓按原路返回到寺院，老卓玛已经圆寂火化。院子房间不仅灰土沉沉，还搬走了不少东西。小卓像是死了一回，六道轮回，变成什么别的东西又回来了。光秃秃的炕上给她留了一个小箱子，打开那个箱子，最上面一件是她幼年初到寺院时穿的衣服，一件枣红色缎子面的羊皮藏袍，红底如意云纹图案，暗金色的马蹄领和袖口。小卓看了半天，又低下头看看自己穿来的衣服，脱下来换成绛红色僧袍后，扔进那只箱子一起搬到院子里，划火柴点燃了它们，挥不去的烟雾，犹如旧事起伏回荡，似近似远，既亲且疏，是跳跃的，犹如无数人的影子，在小卓眼前晃动个不停。一种自相矛盾的痛楚，在小卓心里像野草野性而蓬勃地生长。原来真正的困扰才刚开始，相比起来，漫长的路程和艰辛的寻找，简单得近同于一个惊醒困扰的喷嚏。

年轻女尼们为入殿，天天早起煨桑熏烟，吟诵经文。但小卓一直在外面打转，进入不了状态。有一种离奇的距离感。

她对这里还是一如既往完全熟悉，可这里仿佛对她没有一点兴趣与关心，看都不会看她一眼，更不会对她输出一些私人的东西，既不维持也不切断这无意义的关系。小卓很奇怪，为什么一出寺院再回来，就会和这里有这么强的距离感。

高原春迟，到五月之末，六月之初，原野才见绿意，但更高海拔处的寺院，依然苍茫一片雪白。大禅院的活佛过来主持入殿仪式，整个佛堂无数的酥油灯微微跳跃，无数的燃香到处缠绕，女尼在佛座前伸出右手，用左手抓住一个滤水器，滤去一切杂念。活佛端坐佛座抓住女尼的右掌，问："愿意受戒吗？"

"愿意！"

再提问三十六条戒律，问一句答一句。问答结束，活佛宣布从即日起，你们已经是受戒的人。受了戒的女尼，跪拜三次，接受活佛摸顶，正式入殿。小卓没有上前，远远地站在佛堂外面，心就像一个飘忽的小小的酥油灯，在大风里用两只手护着，怕它被吹灭了，但那一苗火左一下右一下，却将手心烫得生痛。

小卓跑去问禅师："为什么？你说过我有慧根，但为什么会这样？"

禅师掐数珠的手指停了，说："以前你看起来从来不会有恐惧和愤怒，这是修行者苦修无数个日夜渴望抵达的一种理想状态，你不修就有，但现在呢？"

现在小卓觉得寺院跟外面的世间一样，一样华丽一样缥缈一样残酷，觉得自己的影子在佛堂里面、在酥油灯前，和她本身撕扯着，觉得自己被扯得奇形怪状。她憎恨和轻视自己，于是也附带憎恨和轻视父亲。后悔去寻父亲一程，她为此时常失眠并痛哭，白日里又跟以往一样按时跟着其他女尼一起学习，一起参加寺院里的大小事宜。

但一系列用言语无从表达的经历，已经转化成身体里面流淌的东西，源源不断生长出来，像除之不尽的野草。梦里常常出现无人的旷野、奔波的汽车、黑暗狭窄永远都走不到头的楼梯、疯狂生长的头发、昏暗的旅店房间、窒息的牢笼、挣不脱的油丝绳、铺天盖地的蝙蝠、森白的尸体骨架、被黑色野草淹没的坟园、深不见底的古井、泛出冰冷瘴气的井水……这些摆脱不掉的困扰以及梦魇般的幻感，时不时使她陷入癫狂，忘了自己是谁，恍恍惚惚一头栽进雪里，很久很久才缓过神，异常清醒，知道自己是谁，与谁是怎样的关系。她已经好久都没有体会过清净的心是一种怎样的感觉。在经堂学习的时候，她开始彷徨，觉得是在浪费光阴。而且学成之后可以做些什么？度化他人？现在连自己都度化不了！仿佛以往所学的一切都已经没有用。她已经陷入混乱，她说服不了自己。

茫茫深夜，屋子里一片沉寂，外面檐角上悬的小铜铃，在风的吹拂下，将铃声一阵阵送进来。小卓怕梦魇不敢入睡，趴在枕头上抚摸手背，抚触手指、指尖、指甲和手腕上凸起的青色静脉，又爬起来开了灯，去拿装在布包里的泥金小佛像，手伸进去摸到一本书，拿出来，竟然是苏思华送给她的《真境花园》，一路背忘了，竟背回了这里，习惯性地哗啦啦一翻，翻到夹在书页间的一张红格稿纸，双折着，泛黄泛得比书页还厉害，小卓打开来看，满一页极为工整细腻的正楷字。

六

“噫！余自西而来！感为主的造成！始而安塌于寺中，南北社之雅爱堪至，继而建巷城西，数十家的深情难忘，亲戚之所为者，无非至教，道末所图进者，亦是清真，可恋者碧山绿水，可慕者朴素之风，人谓余观妙入微，则吾岂敢，余且思淡泊宁静，乃其所愿，承蒙垂顾，莫酬分毫，虽浩浩之量，庶或见原，然区区之衷，多有抱愧，良夜思之，无由报人以德，我重思之，却愿赠人以言，先民有言，饶一着，添子孙之福寿，退一步，宽驹隙之易过，忍一言，免驷马之难追，息一怒，养心神之精神，善哉言乎，良可忆也。大凡非礼之加，唾面自干者为贤，倘有横逆之来，存心忍耐者为贵，福寿皆有命，何必争长竞短，得失总在天，不须论是说非，休挑三寸舌，只陷七尺躯，鷦鷯争巢于林，只借一枝为栖，所占无多，鼹鼠竞饮于河，不过满腹之水，所求有限。来来往往，终属幻境，行行走走，到底成空，独不见绿鬓未几，而白发早侵，又不见贺者来临，而吊者随之，想及于此，良可慨也。夫今者余年向衰，辞气渐觉颠动，鄙性事懒，容止殊多不恭，况躬屈岩阱狭道，稍亦偏转恐为所陷，且身驾汪洋扁舟，微起风波，必为所坠，聊目荒淡，奉恳诸亲，凡有公务自度为高，若以私言，贻咎不少，开口神气散，所以因箴自警，舌动生是非，是故座右铭，伏惟鉴照，原宥是祷告。”

没有署名，没有图章，连时间都没有。不知是何人的言语，就这样夹在旧书里面，像一封远信投递到小卓手里。小卓坐在炕楞边上细读了两遍。这也是一个修行人，既不出世也不入世，跟小卓在寺院里参的禅有些一样有些不一样。小卓微仰着头，注视着头顶上的梁柱，她发现自己已经倦怠于诵经参禅的事，她想的东西缥缈无着，漫无目的，连她自己也理不清头绪。坐着发了会儿呆，又拿起那一张稿纸细读，隐隐感觉有益，沿着走过去不知会是怎样的天地？

文汉来寺院找小卓的时候，已经入冬了。外面很冷，一线清瘦的月光在云层中若隐若现，文汉嘴唇上一层血痂，神色很疲惫，说苏思华过世了，家里安排他来接小卓回去参加葬礼。小卓怔住了，转而泪流不止。连夜就出发了，天色是暗淡的青灰，万物已归于安然，一辆车黑洞洞的，像寒天野地里的一只鹄，沿着数重山的大黑影子，冷欣欣往前飞。

大门完全敞着，文汉一进门就嗓大气粗一声喊：“人我接回来了。”满院子都是人，都齐刷刷地看向这个穿一身绛红色僧袍进来的人。小卓脚步慢下来，与厢房这边的女客站在了一起。廊檐下明汉眼神深邃，眼圈下青青的一轮，眼膜上几缕血丝，好几次看向小卓这边，眼神里有一股说不出来的复杂情绪。小卓转头四处寻找，不见明惠，不见园梅，厢房深处文珊头上披着一条西湖水色的蒙头纱，已哭成了一个泪人。小卓走过去，轻轻戳了一下文珊的肩头，从文珊那里借了几件旧衣服，换掉了自己的僧袍，又学着文珊的样子在头上蒙了一条头纱。

堂屋的门从小卓进来起就一直关着，突然明惠从里面打开走出来说可以面见亡人了。担架上一个僵硬的遗体，只露出一个头脸，头上缠着绷带，有血迹渗出，鬓角一处血肉模糊，闭着眼睛，像一个玩受伤没来得及洗干净的孩子，顶着一张破碎而天真的脸睡着了。小卓看着，一股风一样的疼痛灌进身体，浑身都在颤，她轻声问旁边的人："这是怎么了？"但前后左右的人脸上都是一副讳莫如深的表情。遗体被清洗包扎好抬出了门，男人们也跟在后面出去了，留在家里的女眷全都哭哭啼啼，看着比死者还可怜。小卓轻轻走过去问园梅："发生了什么？为什么脸上头上都有血？"园梅凄凄地哭着，声音低低的："去新买的楼房里擦窗户，不小心从窗口掉了下去。"

过头七那天，外面一直在下雪，狂风卷着雪花，漫天飘飘洒洒，大地转瞬就被大雪覆盖，白茫茫一片。明惠试探性地问小卓在寺院过得好不好。小卓没说话。又试探性地问："要不就留下来，别再去寺院了？"小卓侧过脸看着窗外，白雪中苍茫的院落，被墙一围反而像在悬崖边沿，临近深渊的悬崖，跳下去，自身清净，众生清净，不跳，那就只能往后退。

小卓点了头，愿意留下来。明惠高兴坏了，开始为小卓和明汉准备婚礼。小卓心里并没有十分分明地这么想过，看过去看在明汉脸上，明汉喉结咕噜上下一滚，说："妈的头七刚过，要不要再等一等。"明惠说："有什么好等的，明月不圆定得缺，得抓紧。"

新婚的门上，贴了一对喜字，玻璃上贴了两对，新房里珠罗纱帐，床单被套全一色大红，说是为了喜气，但看着像是在熬熔的红蜡烛里面荡漾了几下捞出来的，太刺眼。明汉本来脸部线条锐利硬朗，再穿一身西装配一双皮鞋，就更加挺拔高大，丰神俊朗。明惠看着不禁发出苏思华一样的唏嘘：我们家明汉真不错。

新郎还好，简单一身新衣，在堂屋里应酬上门来贺喜的客人。但新娘就不同了，旧传统里那种讲究而细腻的生活情趣和温润之气，全要由新娘来衬。请来专门修头面的老人，在旁边替小卓修脸梳头化妆，小卓的头发很短，为了戴花冠，还是要认真梳一梳。灯光照着，小卓的脸被涂得近于银白色，薄薄的单眼皮，撑上去弄成双眼皮，一看还没细致的单眼皮好看，又卸掉重新来，桃红的眼影，大红的嘴唇，黑墨笔一笔勾出来的柳叶眉。小卓看着镜中的自己，想起寺院里供着的红度母，红霞艳光禅坐于莲盘，不贪不恋。

据修头面的老人说，这是一座和江南人的血液有传承的古城，又说新娘头上戴的花冠是从江南秦淮河畔传来的。一头累累的花朵，在阳光下争奇斗艳，小卓在花下垂着眼睛，穿着大红的细腰旗袍，胸前佩一大片银饰，白闪闪的，吊了很多铃铛，一走就带着陈旧的迷茫的欢喜，丁零当啷一路响，衬着灰淡的冬天，凝冷的空气，使人不禁微微打了个寒战。

娘家的喜娘婆家的喜娘都是明惠和园梅，两个女眷两边挽着，小卓踩了高跟鞋，高高的个子，头上顶着一方大红的纱，直垂到下颏处，低着头只看得见自己移动的脚面。主持婚礼的阿訇头上无檐小圆帽跟雪一样白，站在大红桌布前面，清清咽喉，敛住表情，念新婚的誓言，念完后在什锦果盘里挑来挑去，挑出两个最饱满的核桃放到新人的手中，然后端起果盘，将所剩的一把一把全都抛撒给眼前的证婚人。

习俗相沿，他们的婚姻已经成立了。

文汉考上了大学，去上学不在家。家里平素就小卓、明汉、文珊三个人。明惠和园梅偶尔会来，见小卓穿着名贵的鞋子一脚就踩进了泥泞里面，忍不住笑，然后开始指教她如何在家里过日常生活。说家里各个角落日日都要清扫，清扫时要全身心投入，做饭也一样。茶碗饭碗这样的东西，不能用手摸碗边，要用托盘端上来。更具体的指教是如何与人打招呼，如何饮食，如何穿衣打扮戴头纱，如何祈祷，如何做礼拜，礼拜中如何跪坐鞠躬，如何接人待客。她们说：“我们世代都是清廉人家，这些都得注意，都得有自己的样子。”小卓一板一眼学得很好，她想这也是一种修行，没什么不可接受的。但当听到“清廉人家”时，思绪一下子跑远了，在苏思华的葬礼上，她也听到有人压低嗓门在说清廉人家：“清廉人家的人，美丽良善了一辈子，临终了却一副血肉模糊的模样。”

小卓每日都一副自然健康的样子，她似乎已接受了新的开始。

夜晚，月光将枯树的影子映照于白墙，风一来，树影就在墙上摇来摇去。明汉忙生意晚归，小卓一人在房间，从窗户里看见了，立马想起井边的那一副枯骨，那一副枯骨湿滴滴在梦里出现的次数多了，竟成了她心底里挥之不去的阴影。刚放下窗帘，又听见好像有敲门声，心里像被什么钝器割了一下，惊得连呼吸也不敢。细听了半天又没有，心想是不是明汉回来没带钥匙，就披了件衣服，出来拉亮檐灯站在檐下细听，只有风声一缕一缕穿过枯树枝的声音。

从文珊的窗前走过时，听见一阵低低的啜泣。敲了下门进去，房间里窗帘紧闭，一团漆黑，小卓开了灯，问：“文珊，你怎么了？怎么哭成这样？”没想到文珊放声哭起来。小卓拍着文珊的背说：“你有什么伤心的事，跟嫂子说。”文珊哭了很长时间，突然抹了一下眼泪，一边哽咽一边说：“妈不是从窗户掉下去的，是她自己跳下去的。我亲眼看见的，可是我跟谁说，谁都不相信，都让我别乱说。妈从那次送完舅舅回来，情绪就一直不对……”文珊一脸的泪痕，小卓呆呆地看着走了神。半天过去，文珊还在强压硬抑着咽气、抽泣，小卓揪回心神安抚了文珊一番，劝她睡下了。

月光冷冷的，院子里一片死寂。小卓听见文珊的哭声还萦绕在自己的耳边，窸窸窣窣，在夜里微颤。小卓游目四顾，什么都没有，又站在檐下，朝苏思华的房门看过去，盖在棉门帘上的绣花绸缎，被风吹起来，像纸片一样单薄。小卓看半天，想起与苏思华最后分别时的情景，心里又酸又沉重，泪水滚落了下来。

因为晚上站在夜风中着了凉，小卓又头疼又反胃，饭桌上没吃几口，就跑去外面吐。明惠说：“怕是有了吧？”园梅说：“结婚不到一个月，即使有了，也不可能现在就吐呀。”明惠问明汉：“你们结婚证是不是还没领，抽个时间去领啊，万一有孩子了，一道一道的手续堆一起办，可麻烦了。”园梅说：“不如今天就去领。”明汉说：“明天吧，还得给小卓上个户口，今天怕来不及。”明惠问园梅：“家里的户口本在哪里？是不是在妈箱子里？”园梅说：“我待会儿去帮他们找找。”天寒日短，太阳下去了，明惠的丈夫来接明惠回去，园梅拖着孩子也一起出了门。出门前还特意过来将找到的户口本交给了明汉。

清晨浴间的门打开，不用转头，小卓也知晓明汉热气腾腾围着浴巾出来的样子。小卓正跪在炕上叠被子，明汉说：“户口本在柜子上，你记得装你包里，吃了早饭我们就去办结婚证。”那个户口本旧得几乎要散了，小卓伸手一拿，就看到“杨德昌”三个字，拿近了看真点，户主杨德昌，小卓心里咯噔一下，问明汉：“杨德昌是谁？”

“是我父亲。父亲去世后户口注销了，但那户口本一直没换，旧得像个破皮袄。”

“你父亲叫杨德昌？”

“是啊，德昌药材行就是以我父亲的名字取来的商号。”明汉背着小卓一边穿衣服一边说自己的父亲，简直就是让祖坟冒青烟的人物，从白手起家到有自己的药材行，再到赚到好多钱，置下好多处房产。

小卓脑子里一片空白，眼睛直望着明汉的脊背，那脊背干净得像刚出窑的瓷器。一道脊梁骨又像是附上去的一根红蜡，从里往外燃烧着，猩红的烛泪流下来一摊，血一样，灼得小卓眼睛生疼，怔了好一会儿才说：“我父亲是杨德昌和黎达杀的。”

“你说什么？”

“他们杀了他，还将他沉了井。”

明汉眉毛一皱，定一定神，直盯着小卓的眼睛问：“怎么回事？”

小卓问明汉：“难道你什么都不知道？”明汉摇摇头说：“妈回来就说舅舅已在藏区去世好多年了，她找人搬了骨，送进了祖坟。”

小卓将事情细细说给了明汉，明汉像是一下子噎住了气，好半天才说：“这怎么可能？”小卓默默地看着明汉，犹如在梦中，看了半天说：“我要走了。”明汉问她：“走？去哪儿？”小卓说：“跟你在一起我要怎么面对我死去的父亲，我是亲眼看着他的枯骨被人从井底吊上来的。”

“你因为这个，就要走吗？”

小卓一句话都没有，心里一阵一阵地疼。明汉看着小卓说：“说走就走，我差一点忘了你原本就是个四面不挨的修行人，放得下，可是我怎么办……”说着又收住了话头，干笑了两声，眼睫一扇，眼睛里生出很多泪，蹲在地上哭起来，如同一个含了冤的孩子。

小卓听到明汉口中的修行人，恍如隔世，但也毕竟是修行人。从炕上下来收拾自己……

“生命中是有爱与责任的，相形之下，其他的一切都可以不计较不是吗？”明汉声音里带着哀恳。小卓有些许吃惊，转头看了他一眼，有点不忍。又想到人生八苦，生老病死爱别离怨长久求不得放不下，都经历遍了，都是苦，好苦，苦得一颗心都萎缩停顿了。

明汉用大拇指抹掉眼底的眼泪，顺势也抹掉了脸上的泪，独自坐在炕楞边儿上，蓦地静了下来，久久地沉默。小卓四周看了看，也没什么好收拾的，就一件来来回回多次挂在身上的布包，重新拿起来挎上肩头，然后去衣柜里拿了一件大衣，婚礼那天阿訇给的那颗核桃，自大衣口袋里掉出来，在地上弹了两弹，自裂成两半，小卓弯腰要捡，又没捡。明汉问小卓：“一定要走吗？”小卓系着大衣的扣子说：“一定要走。”

明汉站起来，嘴唇翕动：“罢了罢了……”语气里已没多少力量。小卓听来竟有点为他心酸，这件事里面他应该是个无辜的人，但往深了说，说到结果，血液是流淌传递的，谁能无辜？小卓开门走出房间，明汉迎着窗外蒙蒙的亮光站着。小卓回头看了一眼，寂静的房间，就一个灰暗的人影子，一动不动地钳在墙上，像一个幻象。

……

又是一个寒冷冬天，天空灰淡，大地被苍茫大雪覆盖，天地之间依然残酷得就像黑白影像中的构图。小卓孤清一人，从远方走来，对面即是寺院，围墙檐角都带沧桑气韵。再往前走，尼姑身上的绛红色僧袍也出现了，一起一起地跃在雪上，像无穷尽的红尘，在雪地里伸展开去，到底还是免不了红尘。小卓将脸往大衣的领子里面缩了缩，没有再继续往前走。人生在这世上，哪能离得开红尘，过得一尘不染？千丝万缕，牵牵绊绊，放下了，心就静了，心静了也就跳出来了，心中无事，在哪里都能领略到超越与脱俗的宽敞与淡然，大概那些云游修行者的传说就是这么来的，可是谁又说得清楚呢？

2020年7月1日完稿于临潭

雪山之恋

一

窗户正对着拉卜楞寺的殿堂，不知是风还是人，将悬在殿角的铜铃摇了又摇，一声一声的，像在给清水里面滴清凉油，凉凉地沉浸下去，又迅速浮上来，浮出一层淡青的油花。他在窗前的椅子上坐着，很静，坐了很长时间。远处山脉之间隐约露出的雪山峰顶，在寂静中隐隐发蓝，完全不同于近处的未融化的雪的白。

他是临潭马姓人家最小的儿子。临潭赫赫有名的马姓人家开在夏河的藏器古玩店因一场大火，烧了个精光，同时不幸烧死在里面的还有他们雇来给他们看店的藏族青年扎西。

最后在各方协调下，双方都同意拿命价来私了。但临潭这边因为大火的损失，一时拿不出这么高昂的命价。夏河这边说，拿不出也行，就用临潭人在夏河的一整个古玩仓库来抵。临潭这边当然不愿意，若是将仓库抵出去，被大火烧没的生意，以后连翻身的机会都没有。老父亲脸色晦暗，跟全家人一起商量的时候，眼睛一瞟，瞟到小儿子马贞身上，他不是生意圈里的人，刚留学回来，是惯宠在家里的富贵闲人，大腿一拍，当即决定让这富贵闲人去守仓库，不但要守，还要住到夏河人家里守。夏河这边一听，立马明白了，这是放一个人过来做人质，也可以，等临潭这边什么时候拿来全部的命价，就什么时候放守仓库的人离开。

进入夏河的时候，山谷中大雪纷飞，不多时四周的荒芜灰色尽被白雪覆盖。他扭头望着窗外，一点都不想理正在开车的马坚。车厢里很闷，窗外远近虚白浮生，他望着，心境和视线几乎一样，白茫茫，寂然无声。

马坚作为大哥，专门开一辆皮卡送他过来。过来后先挑了一个茶馆靠窗的位置，同他坐了一个下午。雪天茶馆里没什么人，对面是之前被大火烧成一片焦炭的店面，只剩下砖墙的框架，竖在窗框里的防盗钢筋一根一根，焦黑而潦草地伸展在汹涌的风雪之中。

马坚大概也是有意让他看清楚家里现在到底有多残败。他也真的看了，看完仰起头叹了口气，双眼竟有点红。马坚抿了口茶，说："你现在的任务就是安静住在那个家里，直到家里的钱都周转开了，能拿出命价为止。"

他本就是一个话不多的人，在这种完全被动的情况下更是无话可说，只重重点头，"嗯" 地答应了一声。

仓库在扎西的家里，从店铺走路过去不过十分钟，马坚从车厢里扯出一捆铺盖，夹在臂膀间，与他并着肩走，边走边说："扎西的父母早亡，现在家里就剩下他阿婆和他妹妹雍措，两个女的。你住进去后安全是没问题的。"

雪已经停了一会儿了，街道沉寂空落，但大风刮得猛烈，不远处的拉卜楞寺像是雪天停滞在荒凉高原上的一艘华丽船舶，上面各色旗子哗然翻飞。这于他来说是难以轻易寻觅和观望的景致。穿过房屋林立的巷道，到了扎西的家。大门是开着的，院子十分宽敞，雍措正铺开唐卡，目光放在上面安静地描绘，漆黑的发丝在风中轻轻浮动，脸上的皮肤很薄，被冬日的寒风吹透，显出天然的少女红晕。他第一眼先看到的是画唐卡的颜料，一盘子全都是传统的金、银、珍珠、玛瑙、珊瑚、松石、孔雀石、朱砂等矿物质以及藏红花、大黄、蓝靛等植物粉末。都是天然的。他知道，他学细密画的时候，用的也都是与这些类似的天然颜料。再看看雪地里的雍措，穿的是深紫色的直筒马蹄领缎袍，一条湖蓝色的围巾缠腰，发辫长长地搭在腰背上，再加上身后恢宏的拉卜楞寺，像极了纷飞大雪之后突然出现的假象和幻觉。

马坚对一切都很熟悉，刚一进院门就大声问："雍措，画画儿呢，阿婆在不在？"雍措停住画笔，转头看向他们，一双圆而漂亮的眼睛，因白雪的映照，清澈到透净。马贞向雍措略略点头，礼貌一笑。雍措十分冷淡。马坚咧开嘴，讨好似的笑着说："我这个弟弟同你一样，也喜欢画画，你去拉卜楞寺画唐卡时带上他，让他开开眼界。"雍措听也不听，从他们身边走过去，走进了房间。一位发辫斑白蓬松的老阿婆，腰弓背驼从里屋走出来，穿的是一身反毛皮的藏式宽袍，各个边上翻出来的白羊毛，早旧成了米黄色。马坚用藏语跟她打招呼：

“阿婆，您最近好吗？”

老阿婆似乎一个字都听不懂，脸上的肉全部往下坠，沉沉的，没回一句话。

马坚停了几秒，态度依旧恭敬，说：“阿婆您看，这是我弟弟，我父亲最小的儿子，我们送他过来给我们家守仓库了。”

“让他去住那里吧。”老阿婆手一伸，指向藏式房子的最底层。

是一小间用木头和石块堆垒在仓库前的耳朵房，门窗低矮，很阴冷，而且没有电，黑洞洞的，像一个地窖，蒙着尘，布满蛛网，充溢着牛粪和酥油发酵的憋闷气味。马贞有一丝失神。马坚注意到，脸上歉意浮升上来，说：“你坚持一下，我们尽量早一点来接你，生活费会按月汇给你，你住在这里肚子吃饱，别让自己生病，需要什么东西就自己出去买。”随着话音一口一口的白雾只往外喷，真够冷的。

对窗的墙上砌了一座不大的土炕，炕上铺满干黄的麦草，想必之前也有人在这里住过，靠窗还放着一个干燥发黄的柏木柜子，两把旧椅子。马坚上炕帮忙铺铺盖，觉得不行，又出去买回来一张草席和一包白蜡烛，放在那柏木柜上，左走几步，右走几步，太冷了，冷得耸起肩膀直搓手，说：“这里一冬几乎天天有雪，你这屋子必须得生炉火。”又叫马贞一同出门开了皮卡，寻到卖炉具、卖煤炭、卖干柴的地方，一样样买全拉了回来。屋梁上绑半截铁丝，吊住烟囱从窗户架出去，红胶泥和湿抹了炉腔，晾一晚应该可以生火。天寒地冻，到处一层冰，和泥的冷水是马坚从老阿婆那里要来的，老阿婆好像并不愿意给，马坚站在门口喊了又喊，估计四邻都听到了，才见一双手从门帘缝伸出来，将一盆冷水咣当一声砸在门口，水面晃了两晃，溅出来一波。现在抹完炉子剩下的不多，马坚一把一把撩出来洗尽手指缝间的红泥说："我看这屋子里缺的东西不是一样两样，你住下来自己慢慢置办，虽然现在家里钱紧，但你住在这里也不要怕花钱。"

马贞坐在炕沿边上如梦初醒似的看着马坚，他依然是商人，理性使他能够将需求和付出做对应，而自己则像是流浪至此的乞丐，之前曾被安逸而富裕的生活耗费掉的大量时光，轮转回来给了他重重一记耳光。

二

马坚像是有点放心不下他，又挽起袖子帮他拾掇起房间，敲敲锤锤，又扫地，又刮墙，做完时天已经暗了，为了能早点赶回去，晚饭没吃就开车走了。窗户上装的玻璃旧了，灰沉沉的，看出去可以看见拉卜楞寺的殿堂和远处的山坡。马贞挪过椅子，在窗前坐下来，坐了很长时间。天窗里暗淡的光一格一格进来，越来越暗，暗得看不见了，他才出门找饭馆吃了晚饭，又路经杂货店买了些急需的洗漱用品，顺便也买了两三斤水果，提过去给祖孙俩，算是见面礼。门帘后面的门是关着的。马贞轻轻地叩了几下门扇，又尝试推了一下，门开了。屋子里灯光暖融，老阿婆裹着皮袍，窝在一块地毡上，斜倚着墙，眼睑睡沉沉地掐着数珠，见马贞进来了，眼睛睁大了一些，眼周围布满褶，冷冷地看着，不说一句话。马贞瞬间有了心理压力，在门口立住脚嗫嚅："阿婆好，雍措好，我叫马贞。"

雍措正坐在黄铜包脚的铁烤箱前缝制氆氇，抬头看了他一眼，又望了望老阿婆的脸，继续低下头去缝制，脸容被烤箱里的火焰映成了蜜色，腮上的高原红，犹如盛开在江南岸边的桃花瓣。

房间的天花板上描有藤蔓类花纹，家具和摆饰古色古香，四面墙壁上挂了好多幅嵌珠花边纹装饰的唐卡，上面都是各类神像，喜相的、喜怒相间相的、微怒相的、盛怒相的，或趺坐或蹲坐或站立，婀娜多姿，喜怒哀乐，将一个不大的房间，挤得越发的狭窄。马贞茫然不知所措，直愣愣立在门口，立出一个魁梧的影子。他刚推门进来时若不低一下头，肯定会碰着门框。进到屋子里，房梁一低，还是小心地低着头。他是大骨骼的人，全身被大骨骼有力地撑出一种男子汉的阳刚之美。他眼睛向着雍措，盯在她一针一针迅疾而过的走线上，用流利的藏语说："对不起，我们家的店因为安全没做到位，让你们家的人没了，是我们的失误，但请你们放心，我们一定会尽全力处理好这件事。”并又为自己来住这里打扰到她们的生活表示了歉意。他的脸是回族人常有的那种轮廓分明的瘦脸，眼睛是偏棕色的，说话的时候，眼窝变深，眼睛藏在眉弓下的阴影里面，眼睫毛一闪，毛茸茸的影子落满半张脸，鼻子也非常高挺，鼻翼两侧有深长的纹路，在汉人的命相书里，这样的纹路被称为法令纹，代表着痛苦的隐忍。

他的头发在电灯下也是偏棕色的，泛着棕色的光，与墙上鲜艳瑰丽的唐卡倒是协调，也像是唐卡上的相，说话得不到回应的尴尬相，尴尬地站着，一丝丝、一缕缕的尴尬，无声地从他的皮肤、他的头发、他的手指散发出来，与那些神的相一起飘得满屋子都是。他转过眼，望向老阿婆的脸，生硬地挤出一丝笑容，左右上下看了一眼，将提在手里的水果放在就近的柜子上，出来关上了门。但也并不觉得这些事情有什么异常，这个家里唯一的男丁不幸烧死在他们家的古玩店里，这种事谁家遇上谁家能轻易接受？

窗外不着边际的夜风，将房门吹得吱呀吱呀响，他睡不着，坐起来点上蜡烛，烛光虚飘飘，映得各个角落里都是暗沉的影子，像熟睡的梦中遇见的几个醉了酒的鬼，不肯现形，又扰得他不得安宁。实在太难忍了，受不住，一口气将蜡烛吹灭，一缕烛芯的焦味直蹿入鼻孔，更受不住了，溜出去到大街上，在漆黑荒凉的大街上，像个游魂一样走走停停，发现了一座清真寺。之后每天天未亮，就起来赶去那座清真寺做晨礼，尽管老远一路来来去去，全身冷得瑟缩，但毕竟找到了同类，好比一滴水融于江河，再怎么说也心安了不少。

他是穆斯林家庭里出来的人，礼貌和教养不只是干瘪单薄的客套，还有推己及人的周到和体谅，这考验的不只是他的情商，还有他的善良。扎西是在自己家店铺里烧死的，他住在这里，就将自己看作扎西的替身，每日去饭馆吃饭，顺路去杂货店买新鲜水果给祖孙俩带回去。自己推开门进去，放在就近的柜子上，与她们打招呼，没话找话说几句。每次雍措都是在烤箱前忙自己手里的活计，不抬头，也不回应他，无动于衷。老阿婆也一样，掐着数珠半躺在温暖的地方，羊皮藏袍在身边堆一堆，犹如一块坚硬的磐石，休想动摇。

没几天就进了斋月。马贞借着斋月的夜间拜，去清真寺吃集体开斋餐。这种参与、体验集体的机会，对于满寺院的孩子们来说可能只是热闹和欢乐，但对于他这样一个离了家的成年人，体验到可靠的依赖感、力量、友爱，心里更加知足感恩。那一晚他回来得比往常晚了一个多钟头，天空中无以计数的群星闪耀，巷道空落，一个人也没有，庭院的大车门，以及附开在大车门上的小门都从里面上了锁。他敲门敲了半天，里面的人怕是已经睡下了，正踌躇着，突然听见有脚步声传来，是雍措，裹着一件厚重的藏袍，一声不吭开了小门，站在门扇旁边等他进来。老阿婆也从房间里拄着拐杖走了出来，拉亮檐上的灯问雍措怎么回事。雍措没吭声，重新关上门，将一把大锁挂在了门扣上面。

大门正对着廊檐，一条红色方砖铺就的小道从大门一直延伸到廊檐的台阶下，夜晚被灯一照，红油油一道，像一条拉得很紧、绷得很直的宽布条，将老阿婆和雍措拴在两头。老阿婆目光沿布条过来，盯在雍措身上，有些诧异，问："你今晚锁门了吗？你是拿大锁子锁的门扣子吗？"

"家又不是旅店，为什么不锁？"雍措皱起眉头，将目光连同些许的愤怒沿布条传送给了老阿婆。

老阿婆长长叹了一口气，吩咐雍措明天找个人来将那给人进出的小门上的暗锁修好。

斋月是一项复杂而浩繁的工程，也是一场艰苦卓绝的战争，必须从日常懈怠中振作起来，克服一切烦琐。马贞沉默挣扎良久，走过去，走上台阶，站在廊檐下跟老阿婆说："阿婆，我们的斋月到了，我每晚十点钟回来，如果可以的话，小门上的暗锁我明天找人来修，再另配一把钥匙，这样你们锁门早睡，我回来自己从外面开锁进来，不会再打扰到你们。"老阿婆没说可以也没说不可以，没有回应他。第二天一大早，门外茫茫晨雾还未散尽，马贞就去找修锁的匠人来修了门锁。

太阳明黄色，各个房顶炊烟袅袅升起。一位跟雍措年纪差不多的年轻人来院子里劈柴，脚上穿的是一双绿色的军用胶鞋，身体很结实，粗木柴一斧子下去齐齐两半，不大一会儿就劈了一大堆。雍措叫他唐南，他边劈边问雍措："明天我跟几位朋友去山上骑马，你去不去？”

雍措摇头说：“不去，我没时间。”

那年轻人说：“你不去，那下次我就不来帮你们劈柴了。”

“那我们自己劈。”

“你们自己？劈得了吗？不如让住你们家的那个临潭人给你们劈。”年轻人直起腰看向马贞的房间，又说，“他脸那么白，估计也劈不了。”

“我自己劈。”雍措脸上生出一种无奈的忧伤，将劈好的柴抱过去往柴垛子上码。

马贞立在窗玻璃前，看着他们，看了半天，估量不出这年轻人是这家的什么人。是亲戚？也可能是邻居？仅剩两个女人的家里，连劈柴这种事都得求助于人。

斋月里街上的好几家清真饭馆都开始通宵营业。马贞凌晨三点去那些饭馆闭斋，再加上一天断食清心，生理上的饥饿感，每日都迫使他出去到处走。在以方形与菱形为主要构图的藏式建筑中，除了红黑白黄强烈的色彩，印象最深的就是嗅到的气味，冬日的枯草和河流的气味，人群头发和皮袄上所散发出来的特殊的气味，以及垃圾桶里的气味。他出门时看见他买过去的水果，连袋子一起原封不动被丢在门口积攒垃圾的大塑料桶里面。站着看了半天，生出的怅然，像雪花落进领子，自脖子一路向下滑，冰凉凉打了个寒噤。

但清真寺里年轻的阿訇，一脸兜腮黑胡子茬，站在大殿中央劝谏众人在斋月里要克制、要忍耐、要原谅。说挚爱的为主的出于爱，派遣他挚爱的先知带着爱去教授人类爱，只是为了爱。马贞听了，不计较了，愈加将自己替作死去的扎西，持续买水果送过去。

二十世纪九十年代中期，荒凉的高原地区电话还未普及。马贞是过了一个月去邮局兑换支票时，才顺便用公话亭里的挂机给家里打了一个电话。电话那边，老父亲问他为什么家里任何时候给他打电话过去，扎西的阿婆都说他不在。

马贞低头沉默了一会儿，说自己多半时间在清真寺里面。

天空寒冷阴沉，街上静荡荡的，只马贞一个人闷头往回走，越走越烦恼，觉得她们为了不跟他说话，才故意说他不在。可是为什么呢？在电话里面可以跟父亲说话，在这边却不与他说话，一天一天当他是空气，当他不存在，是对他有偏见还是真将他当人质？

远远看见雍措的身影，挑着两桶水往家的方向走，两只大木桶，满满两桶水，挑一会儿放地面上歇一会儿。他加快脚步走过去说："我来帮你挑。"

雍措没言语，将扁担放在肩上，挑起来往前走。这个姑娘一直都有一种倔强的、无所畏惧的性格。挑两只大桶，在他面前摇摇晃晃，没有再停歇下来的打算。他屏声静气跟在身后。突然她脚下一绊，连人带桶一起咣的一声跌倒在地，桶翻人仰，水泼了一地，整张脸失色。马贞虽向前抢了一步，但还是手忙脚乱，扁担没抓住人也没扶到。雍措自己翻身站起来，不管地上的水桶和扁担，只一个人湿漉漉往家里走。待马贞捡起水桶和扁担，整理好提在手里时，雍措连影子都不见了，只留下地上一步一个水印子。

马贞推门进去，老阿婆正往烤箱里面添煤炭，脸色沉沉的。屋子里非常静，只有火燃烧的声音，轰隆轰隆响，像是要将整个屋顶都烧塌下来。马贞放下桶和扁担，眼睛刚搜索到五斗柜一角用方手绢苫起来的座机时，雍措从楼梯上下来了，赤着脚，已经换了一件很厚的皮袍，臃肿地堆在脚面上，辫子还是湿的，黑亮黑亮地垂在胸前，让暗中的楼梯又暗了几分。她看了马贞一眼，仿佛为她刚才的逞能憋了一肚子气，侧着身子从老阿婆身后移动过去，眼睫毛低着，瑟缩在烤箱前烤火。

马贞从屋子出来，一回想起方才的情形，尽是那漫流一地的水，有点恍惚，感觉有什么不对劲，似乎身边已悄无声息地上演了什么大事，而他自己却被蒙在鼓里。可他环顾四周，身边的人，远处的雪山，每一个所能看见的，都沉寂而凝重，都冷漠、严峻、缄默无言，都一如往常。走了几步，还是觉得空气中有什么异样在扰动，像被人推搡的情绪，像翻倒在地上的水桶，水浩浩荡荡冲出来，像见了光的伤口，自己长出一道影子。

在夏河转来转去就一条主街和零星的几条岔路。主街的尽头便是名气远比夏河要大很多的拉卜楞寺，殿宇金顶碧瓦，层层叠叠，数量非常庞大，一个一个绛红色身影在其间来来去去，像极了巨大幻觉中的繁华盛世。人最容易受幻觉诱惑，尤其是一个行至荒凉沙漠，无物可观的人，一定会扑向他观望到的海市蜃楼。

马贞去的次数多了，去熟了，再去都先直接往贡唐宝塔走，那里全寺最高，眼下一条条小路来去贯通，将经堂、佛殿、佛塔、僧人们讲经的地方纵横串联在一起。是个俯瞰全景的好地方。整个寺院节奏很慢，他像看盘里的饼一样，看清楚想要的那一块，拿过来，和着僧人们很慢很平静的脚步，细细地品。

走了一圈儿，寒飕飕的，飘起了雪，就又出来了。飞雪被大风吹出巨大的倾斜面，一条有数百余间房那么长的转经长廊，在倾斜中随飞雪飘荡，宛如彩色的经幡，长长地绕系在拉卜楞寺的腰间。很多人就在雪中转经筒，老阿婆也在，头上肩上都是雪，缓缓地，边走边转动每一个经筒。她每天都会到这里来，和这里的所有人一样，沿着长廊花费一两个小时，依次转动每一个经筒。

看上去像大雪里的戏，人影杳然，白茫茫从眼前演过去。马贞走近了些，但依然像是作为单个个体被投掷到了这里，跟他们是两样人。对于他们，这一切自然而然，似乎丝毫未意识到自己的行为有什么不平常或不正常之处……尽管马贞以为他是理解的，但还是下意识地去想一个问题：他们与“我们”的区别是什么？当“我们”看见这样的人，多数人大抵会脱口而出一句:“将每日每日的时间,死心塌地用在这上面究竟是为了什么!”即使嘴上不说,心里也会这么想。

生命的气质属先天造化之功,神秘的造化,使不同人的生命里产生不同的秩序和服从的密码,使目标和方向完全不同,如两条来自同一条源头的支流,各自蜿蜒前行,培育不同的渴望与追求。一代一代心甘情愿,传统承继。一代一代土壤培育,瓜熟蒂落。他想得远了,只觉得心里很苍凉,高处下来的雪里面,还有其他东西,比雪的重量要重上很多倍,这特殊的重量与他撞上了,将他撞得头昏脑涨。

一个孩子迎面跑过来,被自己的藏袍前襟一绊,踉跄几步,直扑在了他脚边,他弯腰将孩子扶起来,要拍一拍孩子身上的雪。一个女人头发乱蓬蓬跑过来,一口唾沫唾向他的脸,幸好他动作快,用手臂挡住脸,那一口唾液挂在衣袖上,黏黏糊糊往下滴。女人仍不罢休,一步连着一步往他身上扑,连撕带扯,他四顾无援,惊慌失措中只将胳膊肘护住头连连往后躲。老阿婆走过来,厉声喝止,用手里的拄棍挡开那女人,他才得了救。

无缘无故竟让人这么恨,他大感不解,想问老阿婆,见老阿婆脸沉沉的,又开不了口,愈加觉得自己是被流放到这里的乞丐,一具身体裸露在空气中无依无靠,任谁都可以过来践踏几脚。心跳得剧烈,从地上捏起一把雪,一下一下擦掉袖子上的唾沫,身体微微颤抖,所有的情绪化作眼泪涌了上来,眼前模模糊糊的一片。

“你没事天天来这里做什么？”

老阿婆破天荒主动开口跟他说话，他吃了一惊，眉梢眼梢提上去，将眼泪提没了，赶紧回答：“就想看看。”

走在老阿婆的身边，随的是老阿婆的步子，一步一步，缓缓地，走了一会儿，老阿婆停下来歇了口气，说：“他们家的人也在大火中被烧坏了。”

“什么？”

“刚打你的那个女人，她的丈夫同我家扎西同被雇去看店，一起在大火中烧坏了。”

“我都不知道，家里从没跟我说过。”他刚没反应过来，反应过来之后，又呆住了。

老阿婆又说：“他不是你们家的，是另一家的。”

“我一直以为烧的那一长溜都是我们家的。”

“不是。那是两家子的。另一家是卖绸缎的。人在里面烧坏了，剩下的孤儿寡母不好活了。”

“没赔偿吗？”

“没有。”

“可以去法院告。”

老阿婆沉默了一会儿，说：“告不响，火是他自己搬电炉子进去烧开水引起的，烧了人家的店，也烧了你们家的店。”

刚推开门，就见雍措端一铁簸箕垃圾往大门旁的大塑料桶里面倒，倒完又将勾在手上的塑料袋子也扔了进去，袋子里是马贞买过去的水果。

老阿婆见了，往马贞脸上看了一眼，不大好消化似的问雍措："好好的你又扔了吗？"

这一问，算是将责任全推给了雍措，雍措的脸僵僵的，没作声。

"以后若不想要，就将房门从里面锁了，别让他再进来。"老阿婆人老了，说话仿佛也有点糊里糊涂。

雍措正有气没处撒，说："干什么要锁？难道明知门里有人，还要在门外上个锁，门框窗框上再箍上钢筋，失了火，将人圈在里面活活烧死？"

天还没全黑，但马贞闭着斋已经坚持不住了，眼前的一切都是暗的，雍措的脸是暗的，飘飞的雪花也是暗的，心情糟糕透了，抬起脚步往自己房间走去。脚下一软一软的，也不知是铺厚的雪软还是自己的腿软。

雍措问老阿婆："你今天怎么会跟他一起回来？"

老阿婆说："刚在寺院外面央金差点唾他一脸，还要打他，我劝开了。"

"好久都没见央金了，她好点了吗？"

"没有，人的绝望哪有那么容易被填平的。"

"你竟跟他一起回来。"雍措又抱怨起来。

"他住在我们家，我们要保证他的安全。"

雍措跟老阿婆说："我们说好的。"

老阿婆咳几声清了清嗓子，说："我没法看着一位真心诚意的年轻人平白无故受伤害。"

"受伤害，真正受到伤害的是我们好吗？"雍措有些恼怒。

老阿婆沉默半天之后才说："那我以后继续不理他。"

雍措没接口。

大雪将支画板的架子，覆盖得连形状都没有了。老阿婆边上台阶边跟雍措说："你若不在家里画唐卡，就将那画架子搬进来放好，放那里又是太阳晒又是雪水泡的，也没将它值个钱。"

雍措生着气，说："不搬，不要了。有一个不信佛的人在这里，成天地出出进进，我看着心烦，画不了。"

老阿婆听见这话笑了，嘴皮子底下低低地说："大地上到处是不信佛的人，你管得倒宽。"

马贞走得无声无息，回想自从他来这个家之后，那个架子连同画板一起就一直扔在那里，没动过，也没见雍措再在院子里画过唐卡。原来是这个原因。

三

夜晚天晴开了，月亮的白光映着雪，大地自下而上发出银白的光芒。马贞回来往火炉里添了一些煤，又点起一支蜡烛，盘腿坐在炕沿上，翻开《古兰经》来读。越读心越静，斋月是阅读它最好的时机，最初它就是在这个月中被启示给一位目不识丁的文盲，再由这位诚实的文盲将它传达给一群牧驼人、劫掠者或黑奴……这证明它真的如它自我描述的那样，是朴素的语言，明白的指导。它里面没有黄金屋、粟千钟的现世报，但那些简洁明了、动人心魄的句子，使人明白，世界是怎样一个世界，人该是怎样的人。突然就听见院子里有声响，马贞心想自己从寺里回来是不是忘记了锁大门，从窗户看出去，看见雍措一个人，裹着一件厚袍子，用一排手指扫那画板上的雪，扫净后看了半天，然后又在画板前忧伤而清冷地走来走去，大有走一夜的架势。马贞隔着一块玻璃远望，被她发现了，望了一眼，匆匆回了屋。

马贞自来的那天起，就弄不清自己究竟是在惧怕，还是在渴望？反正就竭尽全力地压制着自己，抵御那令人战栗，不由自主，属于禁忌的吸引。但越抵御越感觉已抵达危险的边缘。就着月光走出来，走向那画板，旧而薄脆的画纸被风吹得发出声响。他用手指轻轻地抚平纸张，在室外放得久了，纸鼓鼓的，变了形，因颜料的好处，图像虽有褪损，但依然清晰。是一个未画完的怒相之神，手持多种武器，头部和身上挂满可怖的骷髅，怒目圆睁配上龇牙咧嘴，反而天真喜乐。

这让马贞想起曾见过的一幅细密画，画中不知名的年轻男子，眉目清隽，一副典型的中国人面貌，但满头弯曲的卷发在表明他是雅利安人，身上的蒙古式衣裳，用朵朵金花点缀，偶尔翻起的卷边还露出红色衬里。那男子斜倚靠枕坐在地上，靠枕上有鹿、树木和云彩，都是典型的波斯风格织锦纹样，旁边放的是金壶和金盘，金盘中有石榴和梨，身后是用浅金色描绘的草地和树。

他能清晰地想起来，不是因为人物的形象，而是它们所用的颜料和画法都很相似。雍措画的是唐卡，但画法明显受到克什米尔艺术风格的影响，那种印度贵霜王朝时期的犍陀罗佛教艺术为母本，吸收西亚波斯艺术之后形成的一种融合式佛教艺术样式。一种几乎湮灭在历史长河之中的画法，他惊讶竟然能在这里见到。

斋月断食数日，人的感觉被磨砺得锋利，思考也变得较日常更为敏锐。默默地立在画板前凝望了很久。自问：艺术是从哪里来的？法国拉斯科山洞里的第一幅壁画是怎么来的？画它的人想到信仰、禁忌了吗？他是画给他的族人们的，还是被表达的欲望所驱使，想给自己的感觉、经验和爱恨一个永恒的形状？他是不是感到必须要画，他就画了？还有唐卡，它在青藏这块广袤的土地上，少说也已相传了千年，为什么自己一到这里就非要将它与自己不能接受的偶像崇拜并放在一起？

再去拉卜楞寺，他不再刻意避开各处的神佛雕像、壁画唐卡。他已经用一幅未完成的天真喜乐的怒目之神说服了自己，他现在正在一个艺术的盛大殿堂。就如他初到伊朗，去伊斯法罕的四十柱宫，看到满墙的细密画风格的壁画一样。

他自十三岁母亲去世后，就开始在学校寄读。早先受父兄影响立志当一名成功的商人，在大学学的是金融。直至一次偶然的机会，只听到吱呀一声，生命的门开启一条缝，光线瞬间进来像捕获猎物一样捕获住了他的心灵。他喜欢艺术。他讲不清楚什么是艺术，但是他感受得到，他看到了会知道它是或者不是。他的天性里有对艺术无法逃脱的追逐与爱恋。有时候是对外界的艺术。有时候是对他自己的内心。而像他的父亲以及他所认识的知道的所有的商人，是看不起艺术的，他们看不起所有天马行空无实际效益的想象，看不起所有与感情有关的事物。他们总是自以为是地谋杀掉生命中的感性，说话做事，字字带金，应有尽有，却又一无所有。

与他父亲有往来的一个老生意人，是改革开放后第一批去伊朗闯荡的中国人，在伊朗西北部承包了一座玉石矿山，开采大理石、玉矿给国内的商人，从中赚取差价。伊朗矿石开采成本低，加上当时汇率较为稳定，再加上伊朗政府对商品出口有一定的优惠补贴，从事双边贸易赚取的利润非常可观。

此时家里生意正兴隆，他父亲又是旧式的生意人，见了自然也想从伊朗扯一条生意线，但苦于没人没门路。此人建议他父亲不如让刚大学毕业的马贞去伊朗留学，一批又一批前往伊朗开创事业的中国人，走的都是“学语言—当翻译—创业—挣钱”的发展模式。他父亲一听，说这个可行，家里也不靠他养家，就应该让他去。便立即派他去德黑兰大学学习语言和国际贸易，不要他挣什么前途，就眼睛放亮学一学，学回来帮家里扩展生意。

他在他二十二岁的秋天，一个人踏上了伊朗的国土。伊朗虽是什叶派国家，但同宗同源，他适应得很快。生活安静又悠闲，各处所见的细密画，以及从阿拔斯大帝的萨法维王朝开始就聚集在王侯广场周围的画坊和画师又一次照亮了他，他在最细小的笔触和最微末的细节中再一次感受到自己曾被捕获的心灵。这是一次机会，在这里他必须要打开自己裹藏了很长时间的隐疾，并让它痊愈。

他先是去广场周围出售细密画的商店里，依照细密画画师家传的技艺，在纸上、驼骨上作画。后在学校选修了美术，加入画细密画的画坊，跟专业的学生一起学习。

拉卜楞寺寺内所有的经堂、佛殿的四壁及天花板上，几乎都绘有壁画。除了那些佛、菩萨、护法、佛传、佛本生、六道轮回的主旨壁画，还有大量山石流水、花草树木、飞禽走兽、历史故事、音乐舞蹈、宗教建筑装饰和民俗风情这样更注重艺术性和创造性的壁画。绘制的人深怀宗教的虔诚和浪漫，从波斯、古印度、伊斯兰乃至中国艺术中吸取养分，每一处都追求尽善尽美。

走至一扇门前，看见门上画着一个手拄拐杖，艰难行走的盲人。路过的喇嘛年纪很大，赤足而行，见他是生人，便跟他说，这画的是一个无明庶人。

“什么是无明庶人？”

“眼不看，耳不听，心不崇，身不入的人。”

门开了，喇嘛要沿着陡而狭窄的石头阶梯上去，他跟了上去，又是两扇朱红的木门，太阳亮亮地晒在上面，推开门，里面不知是何年代的壁画，或被香火熏染污黑，或起甲开裂空鼓，或斑驳脱落严重。喇嘛边往里走边说，这地方是很寂寞的，没有多少人会来。

四面墙壁上都有小窗口，浩浩的风、白亮的光自这一窗口进来，又自那一窗口出去。马贞被吸引，一个窗口一个窗口看过去，看见的是雍措？定睛一看，真的是雍措。她和几位画师正在临摹败壁上的图像，照原样临摹在大幅的画布上。原来她每天来这里所做的就是把将要消失的壁画临摹下来。

她在棕色的麻布藏袍上面穿了一件水波纹的灰羊绒大衣，垂落下来的衣角被太阳的光线照亮。她寂静而专注地在那里临摹壁画，像极了忘记尘世的修行人。马贞隔着一面墙，从一个窗口看着她，像看壁画，她是壁画上温柔的相。看久了，纷繁的意识和景象在他内心流动，不自觉用壁画上脱落的金粉银屑将她从芸芸众生中拉拽出来，塑成了金身玉躯。

窗外照射进来的洁白光线颤抖不定，墙壁龟裂处鼓起的一块坚持不住又跌落了下来，上面的图像摔至粉碎。原来壁画也只是一面强大的幻镜，内中种种幻境跌下去，不过一地的碎棱破角。幻影消逝，壁画为屑为尘。这样忽而极低忽而极高的支点调度，着实吓着了他，一种莫名的恐慌从心底压迫上来，使他站不住脚，往走廊这边走，走廊里的天花板和墙上也都有壁画，腻着一层黑油的烟渍，喇嘛正拿棉签一点一点地清洗。他慢慢看过去，看至兴起，跟喇嘛说："这里的壁画也许是世界上所有壁画中的一个奇迹。"

"哦？"喇嘛见生人这么说，先是惊讶，又问他为什么。

他说："不同地方的壁画所用的颜料大同小异，但风格不同。壁画的风格取决于被它所映照的客体，取决于在这一文化背景下的绘画者。"

"而这里……"他沉思着，"我为什么说这里的壁画是世界上所有壁画中的一个奇迹？它并不那么精致，但是……"他又沉思了片刻，说："它包罗万象。"

他站在壁画前，手指想要摸上去，又觉得不妥当，停在空气中，顺着壁画继续慢慢地走，说："而我之前见过的……"话未说完，又有一处新的发现，驻足细看了一番，才接着说："我之前见过很多壁画，也学过细密画的绘制，上过专业的绘画课。萨法维王朝的细密画技术臻于完美，无数的纹饰极端繁复、无限发散，让人眼花缭乱。波斯、撒马尔罕和土耳其的画师们喜爱描绘历史事件和传说。印度壁画里的人物具有完全的印度特征。它们各有各的风格。还有伊斯兰的细密画，最早的细密画创作中，画师们因惧怕可能带来的偶像崇拜，就完全避免创作任何脱离故事与诗歌的独立场景。直到十六世纪伊斯兰教中的苏菲派在伊朗兴起,阿拔斯大帝的宫廷中出现伊斯法罕画派,才打破窠臼。”

他脸上洋溢着些许的快乐,转过身,对着喇嘛又说:“但是这里,这里的壁画完全没有窠臼,许许多多的风格和画法在这里都能找到,这里像一个天真浪漫的庞大糖果盘。”

“可是这里为什么会这样呢?”他的目光回到壁画上,盯着壁画上的六道轮回图,说,“为什么这里会有这么多风格这么多画法?”

他的目光投向喇嘛,喇嘛没有给他答复,目光转开了,在满墙的壁画各处略略滞留后,重新看向他的脸。

他又转过身,雍措就在他的身后,默默地,眉宇间刻出一道深纹,正看着他。他哑住了,将说未说的话,挂在半空中像苍蝇的翅膀,闪一闪连带身体一起飞没了影。雍措飞快地收回目光,一双手硬硬地插进大衣口袋,又抽出来,转身下了台阶。

房檐上挂下来的吉祥纹帐帘随风浮动,他感到紧张,回头问喇嘛:“她为什么那么看着我?”

喇嘛笑了笑,说:“你说的时候,她就站在那里,站在那里听了半天。”

马贞脸上掠过一丝尴尬与惊讶,浓黑的眼睫垂下去,看向已经走下台阶的雍措。

“雍措。”喇嘛走过来两步，叫住了雍措，说，“要走了吗？别忘了将自己的画笔和颜料都收了，别让风白白给吹干。”

雍措没转身，抬起头朝空中回答：“都已经收了。”

马贞照常在寺院转到下午四点多出来。这个时候阳光温热，街上的人最多，男男女女全都坐在街边的台阶上晒太阳，一长排一长排，像是一条涌动的河床，回荡着血脉在岁月深处打转的声响。走到暗青的街头尽处，马贞抬头望着，望向更远的地方，那些绵延起伏的山脉，以及挺立在山脉之上，被冰雪覆盖的雪峰。他立在街头，面对着夕阳金辉映衬下的雪山，雪山的峰顶是清冷的白色，即使被太阳照着还是清冷的白色，越看越遥远。几乎疑心眼前的雪山跟那壁画一样，根本是个幻境。

还没走近大门，就从大敞的门里望见院里多了两个年轻人，一个是唐南；一个是修鞋修鞍具的匠人，有点佝偻，他将自己的一整套工具搬过来，放在廊檐下帮雍措修理常挑水的那根扁担。唐南脚上还是上次那一双军用绿色胶鞋，好像和修扁担的匠人很熟，先跟他说话，然后又像混迹于街头巷尾的小贩，跑过来殷勤地逡巡于雍措周围。

马贞走进去，没有人搭理他，他像一个隐形人，直直走进自己的屋子，再由窗子往外望去，南墙根儿下的雪一直都没有化，被太阳一照，泛起一波光晕。一个小孩正滚着铁环，从门里进来，铁环脱了环架，自己一路滚过去，滚进雪里，翻倒了。

是他那天在雪地里扶起的那个孩子，依然穿着那天那一身过厚的小藏袍。

雍措见了，问道：“罗布，你多久没来我家玩儿了？”

那孩子手上戴着混色毛线手套，跑过去将铁环从雪中抠出来，套在环架上又滚起来，边滚边说：“我妈说你家有坏人，不让我来。”

“那今天怎么又来了？”

“铁环不听话非要往你家滚，将我也带进来了。”

“罗布，你真可爱，你竟然有这么聪明的一个铁环。”雍措笑着拍了拍那孩子的头，双眸中闪现出水一样的灵气。

修扁担的年轻人在旁看着，有点心醉，说：“雍措你比罗布更可爱。”

唐南听见，立即站起来警告：“你可别打雍措的主意，我和扎西是可以割头换颈的朋友，看我不打扁你。”

修扁担的年轻人放开音量大笑：“哈哈，雍措，唐南要为你打扁我。”

“唐南是苍耳，向来不待人兜揽就自动黏上来。”雍措不甚热心，安静地接了一句，然后进房间端出来一碟煮得白烂的洋芋，跟那孩子说：“刚熟的，你端回去给你妈吃，铁环先放这里，你端过去再回来拿好不好。”

“我能一起拿。”小孩子很灵巧，将铁环往头上一套，一只手臂伸出来，接过洋芋小跑了出去。

天气晴朗，寂静的太阳晒满了院子，廊檐下老阿婆正盘腿坐在一块用来匍匐磕头的木板上，将这一切都收进眼里，笑得双眼紧眯，眉头微蹙，像极了以火焰环燃烧为背衬的那幅壁画里面的人物。马贞坐在窗前，看了许久，感觉那壁画里的火焰一点一点过来，燃到了自己身上，燃着，不热也不烫，像在烧一个拼装的没血没肉的机器人玩具。

四

正月里的拉卜楞寺节庆法会很多，早起街上满地都是飞落的风马旗。空气里有一种特殊的情味。马贞虽然孤独，但对这些并没有多少好感。他在这里将自己比作白天驰骋飞走，晚上又头顶星空一动不动思考信念戒律的修行者。可以在事物之间自由出入，不沾染任何悲喜尘埃。

这一天，马坚来看他，带来一大包食物，油煎的花馃子、馓子，大烹小割的各类肉食，都是家里嫂子们为迎开斋节做的，往桌上一放，连连皱眉，说脸黑了，又说瘦了，问是不是不能适应。马贞一直直率坦诚，说："刚开始可真觉得日子漫长，但一进斋月，用'遇到任何困难，都应当主动、心甘情愿地忍耐'将自己给劝好了，再后来常去对面的拉卜楞寺看壁画，时间过得还挺快。"聊及看过的各种壁画，情到深处，还紧握拳头，闭着眼睛，身体微微发抖，像极了黑暗中错将一道洁白闪电当成轰响的雷，潜意识里面已经被击中。

马坚坐在一边，立刻双目炯炯十分注意地提醒他："你小心点，小心被迷惑引诱，误入歧途。"

马贞笑笑，说："那不会，我去看壁画打发时间，能入什么歧途？"

马坚是极认真的生意人脾气，说："这不一样，一个完整的你自己的世界，一旦被外界侵蚀了，你就没有了。"

马贞笑着点点头，偏偏身将自己的脸往挂在墙上的小镜子里照了照。

坐着说了一会儿，马坚从大衣口袋里摸出一封信，说："给，李天乐写给你的。"

马贞呆了一呆，才接过信，笑着说："这是自我来这里她写给我的第一封信。"说完又有些难为情。

马坚只笑了笑，在他肩膀上拍了两拍。

李天乐是马贞还在留学时他父亲托人给介绍的女孩子。李天乐的父亲是官场上的人，生意人喜欢结交官场，说金钱以及权力，才是最忠诚的朋友。官场上的人大概也有这么说的。无论是什么，只要寄附在权力和金钱上，那一定都带着利益。马贞起初非常抗拒，但见过李天乐本人之后，又态度大转。

李天乐是一个聪明又漂亮的人，敢说敢笑，看人的时候眼神灼热，在穆斯林传统社会中，这样的女孩就像是困兽场中开出的曼陀罗，喷射毒液，又妖冶醉人。马贞很喜欢跟她在一起，而她自己也十分愿意。若不是家里突然发生这样的事，大概今年是要结婚的。

送走马坚，急急拆开信来看，却是一封分手信，整整大半页，说来说去，说的都是他们不合适。如果不愿意，一千个不合适的理由都能找到。马贞看着气笑了，一桩暗到看不出交易的交易，最后还是交易，眉头一皱，眼泪静静地从眼里流出来，流了一脸。

坐在窗前的椅子上，一动不动，对面山坡上有人迎着风扬起一把风马旗，像无数的灯火星星点点在风中明暗不定，又有人唱起了歌：

在那拉卜楞寺的边上，
升起了银色的月亮。
那不是银色的月亮，
而是皎洁的白色佛塔。

是什么不是什么，像什么不像什么，歌声与红尘，红尘与佛门，既相融又飘离，既不像佛门又不像红尘，真应此时的心情。嘴里有点发苦，意识到自己正在斋戒，必须要忍耐和自控，就当她是生命中奇遇的一次烟火，划过天边的刹那烟火，亮了，灭了，没了。吐了一口气，将手里的信撕了两下，又觉得没必要撕成粉碎，又不恨，就团了一团，飞进了垃圾桶。

到这一天，闭斋已闭了二十七天，再三天就出斋月了。一整天阳光始终稀薄，到傍晚去清真寺参加集体礼拜时，天就变了，大雪如鹅毛飘飞。大殿前的小黑板上写了字，大雪纷纷扬扬看不清，走到跟前去，是白粉笔写的阿拉伯语：这个月中有一个夜晚，比一千个月更尊贵。

来做礼拜的人比往常更多，大约用半个小时的时间吃饭、洗漱，解决其他事情。又用两个多小时完成宵礼和站礼，然后静坐沉思。他们都知道这个月中有一个夜晚，比一千个夜晚更尊贵。这一个夜晚大约在斋月的第二十七天。所以都低着头进入自己的内心世界，拾起所有松弛的已知事物和尚未完全实现的未知定然。

四下静悄悄的，马贞也不知道是生出了怎样的一种心境，竟在这样的夜晚一点也坐不住了。寒冬雪夜，气温零下二十度不止，一路拿手电筒照回来，落了一身白雪，冻僵了，掀开炉盖，炉子闷得太死早给闷灭了，屋子冷得像个大冷柜，搓手跺脚一转身，看见引火的碎柴也用完了，只得艰难地拿了板斧，去院子里劈几片。

夜深人静，咣咣的劈柴声，引起隔壁惶惶的犬吠，老阿婆开门出来拉亮檐灯问他在做什么。

他说："炉火灭了，屋子里冷得待不住，我劈点柴引火。"冷得牙齿打战，说出的话抖抖的，都是颤音。

老阿婆说：“现在生火，没等屋子热起来，你就先冻死了，你来，你先来我屋里烤火，将自己烤热再说。”

马贞放下板斧，往里走了两步，又踌躇起来，老阿婆说：“你来，雍措去她舅舅家没回来，我也还没睡。”

马贞考虑的倒不是这个，这样尊贵的夜晚在大殿里坐不住，却进一个挂满佛像的屋子待着，不奇怪么？

那么怎么样呢？不进去吗？真的快要冻死了，更何况他实在没想到老阿婆会主动邀请他进屋。他已经冻麻木了，一句话也没有，僵僵地跟着老阿婆进了屋。

屋里热气非常大，热烘烘地熥在脸上，一会儿冻过的脸就火辣辣地烧疼起来，手指脚趾也是。刚才真的是被冻过头了。他坐在烤箱前，烤到手暖脚暖，不再发抖的时候，才想到老阿婆这么晚怎么还没睡？大概是人老了一个人待在家里也是没睡意的。

向老阿婆看过去，她跟平时没什么两样，就窝在烤箱前那把垫了厚羊皮的椅子里掐念珠，已经掐了好几轮，半闭着眼睛，有些倦怠。莫不是担心他，在等他才没睡的？他今晚的确回来得也太晚了，但不管有没有在等他，他都得谢谢老阿婆，若不是今晚她叫他进来烤火，估计他真的就冻死了。

老阿婆听他说感谢的话，就随口问道：“你一个学生娃娃，没跟着你父亲做过生意，怎么也会说这样一口藏话？”

“哦，阿婆，我妈是藏民，说藏话。小时候跟她学的。”

"你们家也能娶藏民吗？"老阿婆露出些许疑惑。

"也不是，我妈是藏回，说的吃的穿的用的戴的都是藏民的，信的是回民的。"

"唔。"老阿婆点点头，"这样啊。"

"嗯。"

马贞坐的位置是雍措平时坐的，旁边的小桌上还放着雍措未做完的氆氇，针线顶针都放在一起。他平时站在门口时，对这如洞府一样的房间是好奇的，但此时坐在它里面，坐在老阿婆的对面，倒不知从哪里看起，眼睛从挂在墙上的那些唐卡上转了一圈儿回来，又停落在旁边的小桌子上，未做完的氆氇旁边还有一张纸，起初一扫而过没注意，再看纸上粘了胶布，眼睛眯缝起来细一看，是他的那封信，李天乐写给他的那封。怎么会在这里？不由得将两道眉毛紧紧地皱在一起，怎么会？明明早上出门的时候，连同其他垃圾一起丢进了大门旁积攒垃圾的大塑料桶里了。伸手拿了过来，撕过的信从背面用胶布粘得很仔细，正盯着胶布发愣，忽然听见老阿婆说："那个是雍措的，早上从外面拿进来粘了半天，你看了给放好，她找不到会跟我要，我又不识字。"

马贞好不容易从脸上退下去的烧热，又一阵阵传上来。拿在手里放也不是，不放也不是。心里一窘迫，脸更加地烧热起来。想悄悄塞进棉衣口袋里拿回去，可是都粘好了，想必也一定是看了，再拿回去有什么用。心里沉沉的，身上也沉沉的，沉沉地靠在椅子的背靠上，两手插进棉衣口袋，脑袋耷拉下来沉默了很久。很久之后才站起来跟老阿婆说已经缓过来了，可以了。

老阿婆站起来，端起揽煤的铁簸箕，倒进烤箱里很多煤，说："你再等一会儿，等这些煤燃红了，你掏几块过去，倒进你那边的炉子里，再放些碎煤将火生着了再睡。"他照办了，但一夜没睡着。先是尴尬，一个女孩历数的他的不是，被另一个女孩看了个详尽。再想其中的缘由，一个向来有相当隔膜的人，究竟为什么这样做？能想的都想到了，还是想不明白，边想边将煤炭往火炉里添，添了又添，可是火炉这东西向来就是这样，一烧开，心一空，给它添多少它就敢给烧多少。他一看，已经烧得炉盖子和炉壁都红了，再添，烟囱红了，估计房子就得着起来。想到这一点，赶紧收了手。不敢相信地摇摇头，但除此之外，还有什么理由，能让她悄悄关注他。

有些人内心比较强大，对于这些事情可能就不管。可是他，他的心本是空的，收到那封信以后更空得自由。平时做完晨礼，常将日出当成孤独漫步者的黄昏，一路漫步回去，一直要睡到十一二点才行。但今日下过雪，大地是白的，天空就那样自己亮了，没有好看的日出，他恍恍惚惚地回来，睡下去怎么也睡不着，翻身起来，院子里也静悄悄的，就又去了拉卜楞寺。上早课的喇嘛们进经堂前，都脱了靴子放在经堂外的踏步台子上面，这一双那一双，黑乎乎的，像收了翅膀匍匐在屋瓦上的乌鸦。他径直走去雍措临摹壁画的地方，急急走上台阶，有人已经在那里开始工作了，清洗过烟渍的地方，红的鲜红，黑的墨黑，异常地鲜艳。他看了一会儿，才见雍措抱了一个装满画笔的笔筒从台阶往上走。

雍措看见马贞一双眼睛看向她的脸，就皱起了眉头，脚步略有犹豫，又很快地往里走，轻轻从马贞身边绕了过去，然后就听见当啷一声，雍措抱在怀里的画笔筒掉在了地上，里面的笔撒了一地。雍措连忙蹲下去低头在地上捡，一支一支的。马贞也过去帮忙，捡一支往她手里递一支。她抬起头，看了马贞一眼，又很快移开视线，像是怕他从眼里读懂她的心事。可马贞从昨晚就已经知道了。两个人手底下只顾忙着捡笔，没有声音，直到捡完也都没有声音。雍措抱着笔筒走远了，马贞看着她的背影，那背影散发着能量，将人缠绕包裹在里面，给了谜底，但依然是个谜底，囫囵的谜底。

默默走下来，又在寺院里闲逛了半日。对面几个八九岁的小喇嘛，也都穿着绛红色的僧衣，正攀在楼梯的栏杆上往下滑，滑下来跑上去再滑。楼梯上面是给他们习经的地方，马贞走上去，满桌子都是乱摊乱放的书本，墙上也都是各种涂鸦。原来各处儿童学习时的场景都这般地相同。在非常近距离内看到墙上一处用铅笔画的两个小人，一个标的是悉达多，一个标的是导师。儿童的笔迹是有憨态的，很可爱。悉达多说的话，歪歪扭扭写在一个花边的框里：“一切都是幻象，要用智慧去判断。这幻象就是一切痛苦的根源。我已感受到生命背后的能量，而那之后，又是何物？”导师旁边只有一个空框，像喷出来的呼吸的气，说了什么，画画儿的小喇嘛大概给忘了，或者是贪玩儿没来得及写。

马贞看着，忽然又想起雍措，刚才他看她的时候，她眉头紧锁，眼睛冷冷的，如往常一样，一句话都没有。难道是自己想多了，要是真想多了，那就更尴尬了，心里竟也痛苦起来。在台阶上一声不响坐下来，看几个小喇嘛从栏杆上滑下去，跑上来再滑下去，将脑子都给跑乱了，摇摇头，细顺了一下，刚才还是有区别的，她接了他帮忙捡拾给她的画笔，全都接了。而那天她拒绝他帮忙挑水，还给摔了一跤。

接下来好多天，马贞都没有再见过雍措，在寺院里或者提水果去屋里，都没有见过，但他知道她在，每次晚上灯亮的时候，都能从她住的二楼的窗户上看到她的影子。她是在有意避开他。

拉卜楞寺要举行晒佛仪式，说是每年正月十三都会有这么一次，要将一张宽四米、长十米的彩缎绣制的佛像抬过去，挂在寺庙对面的山坡上晒一晒。寺里喇嘛们脚底下匆匆的，很忙。寺外大堆熙攘人群来回涌动，一阵又一阵此起彼伏。也不知道是个什么晒法。同时天色阴冷，天上飘起了雪，是落哪儿，就打湿哪儿的水雪。马贞头发上已经嵌满了雪水消融的小水珠，身上寒丝丝的，他是那晚被这里的风雪寒天冻怕了，忙忙地回来，想加件衣服再去。刚进大门，就看见唐南提着两只木桶站在院子里“阿婆”“雍措”地喊。

老阿婆拄着拐杖出来了，唐南说：“我那天看雍措挑水的那两只桶也不行，太大了，就帮忙给她新箍了两只小的。”

老阿婆说：“这真是太好了，我们家那木桶对雍措来说也真的是太大了，常常晃来晃去挑不稳。”

唐南为自己的奉献，得意地摇头晃脑，问老阿婆：“雍措呢？”

“在房子里。”又转过身对着房门喊，“雍措，唐南给我们送来了两只小的木桶。”

“哦，谢谢唐南。”

雍措的声音从房间里面传了出来。

唐南一双绿色军用胶鞋泡在泥水里，一走带起一脚泥，他把木桶放在檐下，还要等雍措出来。老阿婆着急要去参加晒佛仪式，一个劲儿地拉着他说：“谢谢你唐南，我跟雍措都谢谢你。”

“可是，雍措怎么不出来？她是不是不高兴？”

老阿婆忙说：“高兴的高兴的，雍措刚回来被冻着了。”

“雍措不去看晒佛吗？”

“她不喜欢热闹。走，我们走，一起走。”老阿婆边说边拽着唐南一起往外走。

常扔在院里支画的架子跟画板已经被水雪打湿了，马贞走过去见了，心想，不妨就顺手搬过去，放在檐下。他搬起来正往檐下走，就听见走至门口的老阿婆大声喊："你将那个直接搬进房子里去，估计已经灰沉沉地快散架了。"

"阿婆，今天我的心情糟糕透了，真的好痛苦，他们还是要在原来的画上描摹一层新的颜料。好像前人所留下的东西，是取之不尽的，任我们胡乱折腾，做败家子。"

马贞怔住了，平日里倔强安静的雍措，今日穿了一身盛装。雪天屋子里的光线不是十分明亮，雍措身上一件梅花底蓝缎子缠腰藏袍映得人眼前蓝汪汪的。像也是刚从外面进来，正背对着门，将头上的珊瑚、玛瑙之类的一个一个拿下来往盒子里装，边装边说："在上面涂一层新的颜料，就相当于将悠远的灵魂剖出来做新，新是新了，但原来的就没有了，毁掉了，以后的人们再也不能看到它们了。"

一转身过来，说了这么半天，竟然是马贞，惊得瞳孔遽然收缩，慌忙转回去，在烤箱旁边的椅子上扑通坐下，将两脚往上一缩，蜷在椅子上面。鸦雀无声。

马贞搬着一个支画的架子立在门口问她："这个放哪里？"

没有任何声音回应，他不由得向她那边望了一眼，椅子是靠背的，只望得见她的脖子和后脑勺。再向四面望了望，捡了一个能搁支架的地方放下了，要出来时，又向雍措看了一眼，她刚说的他都听到了，她说痛苦，坚持的人是会更痛苦一些，但痛苦比麻木有生命力。踌躇了一下，跟她说："你不要因为我的存在，就将自己的创作环境搞得很压抑，艺术是需要自由表达的。”

她还是静止在椅子上，像一尊雕像，肩膀上蓝蓝地发出一圈光雾。马贞忍不住向她走近几步，又停住了脚。一个看似倔强又内心无比敏感的女孩儿，总是沉默，总是装作对他视而不见。马贞沉默了一会儿，又说：“世界上一切美好的艺术，都是人性的往来。艺术没有界限，在艺术面前人人的感受是一样的，就像……”想了想，说：“就像人世间人们做着各种各样的事情，有各种各样的生活方式，却只有一种生命。”

雍措背对着他，还是一句话都没有，沉默对抗的气流在整个房间弥漫。

但就算是这样，就算她什么都不说，也没有关系。比理性的意识更为诚实的东西支配着马贞，他又走近了几步，停在雍措的身后，雍措或者也有同样的感觉，因为可以看见她后面脖颈上的柔腻的皮肤在微微颤动，但依然是沉默，沉默中，一种奇特的、一阵阵荡漾的渴望，令他愈加想靠近她，然而就在这愈加想靠近的一瞬间，他好像忽然醒悟了，绵亘在两人之间的，是无法逾越的东西。马贞的手指张开又弯曲，弯曲又张开，最后又弯曲，紧紧地攥着，攥成一朵收紧的花蕾，闷声垂悬在空气中，心脏一下一下跳得疼痛。他默然地站在她身后，站了半天，才说：“支架和画板我给你搬进来了。”说完转身走出去，站在檐前发了一会儿愣。

水雪的阵势比刚才更猛烈，漫天飞扬，肆意洒落。他想还要不要再去看晒佛仪式，走至大门前，突然想起自己是来换衣服的，又转了身。大门旁大塑料桶里面积攒的垃圾，被雪水盖得湿漉漉一层，他看了一眼，想到好长时间都没有再看见自己买过去的水果被扔在里面了。于是紊乱的心绪中升起一丝愉悦，又想，女性的确有比男性更强大的东西，那就是她们的母性和慈悲。可能这也是女性对待世界更细腻、更复杂一些的原因。

进房间换了一件大棉衣，眺望着窗外，又不想出去了，在炕沿上坐下来，很放松地一脊背瘫在炕上，仿佛跋山涉水终于到了目的地，多了一桩无法释放、容易造成内伤的心事。静默中，眼前还是那一个背影，那一个沉默的背影犹如墙上的壁画被钉在了他心里，让他的心生出了一道秘密的潜流，于无声处随血液流遍了全身的脉管。

五

沿着夏河主干街道一路向西到拉卜楞寺，再向南，庙宇群落的西南角有一座古老的石桥。石桥横跨大夏河。走过石桥，就是一座落差大约五十米的山坡。有人要去那里遛马，马蹄嗒嗒从石桥上走过。马贞听见了，便向那边张望过去。阳光很好，结冰的河面鱼鳞似的闪着光。他隔三岔五就去拉卜楞寺转，转来转去，发现转经筒不似初见时那般鲜艳，都是斑驳粗糙的，跟那些晴天下雪、日出日落都来转经的人一样，都已经饱经风霜，但总也转着，在一个一个右手的推动下，沿着顺时针往下转。

他有点怅惘，在一个地方住久了，时间被大口大口吞噬掉后，很多东西也就会失去初见时的新鲜。这大概就是异乡难住的原因，初来时气味不相投，好不容易适应下来了，一切又都旧了，旧的东西在故乡，因为感情的寄托是嫌不了旧的，但在异乡不由得焦虑。他又往四周看了看，无数的叩拜者正在红色高墙下一拜一叩，奉献一种超乎痛苦和普通欢愉之上的形象。他看着感觉自己是从陆地潜入了无垠的海底，到处都是海水。他习惯了咸涩，却习惯不了孤独。再往远处看，是雪山，也唯有雪山，因为可望而不可即，初来时怎样，现在依然怎样。

天空蔚蓝，一个安静的漫不经心的颓唐的太阳暖洋洋地照着。马贞看见老阿婆坐在寺院的一处石台子上摇着经轮晒太阳。那台子上还有很多人在晒太阳。他便也走过去在老阿婆身边坐了下来。老阿婆寂然无语，只摇得经轮一圈一圈地转。他也不说什么，全身放松下来，向那雪山看去，它一如往常宁静洁白，似乎伸手就可触及，却又遥遥相望，驱使人追求毫无瑕疵的圣洁的美。

他默默地看着，他喜欢雪山，但是怎样的一种喜欢又说不清楚，喜欢的不是雪山峰顶终年不化的雪，也不是宁静安详，而是别的东西，神秘的崇高的东西，使雪山看上去像一个巨大的谜。

他在经轮反复旋转的声音中，就那么看着，他是愿意看着的，像在精神的、形而上的层面上，为自己的孤独寻了一个依靠，一个守护者。看着看着看困了，闭起眼睛变成了倾听，被太阳晒得迷迷糊糊，只感觉暗潮汹涌的东西一波一波涌到眼前，非常愕然，慌忙睁开眼睛，发现老阿婆已经走了，身边留下一个空位置。

他又坐了会儿，等到太阳角度斜过去，就起身回去拿洗漱用的毛巾，准备去清真寺。

一进门就听见老阿婆那边房子里，东西摔得噼里啪啦响，有人尖叫着："干什么？你干什么？……干什么？……放开我！滚开！……"

是雍措的声音，马贞慌忙跑过去，房门大敞着，唐南在里面，雍措头发凌乱，藏袍上的马蹄领被扯开，领下衣襟上的核桃结也被扯崩了好几粒，胸脯白晃晃露在外面，如同欲飞的鸽子，雍措一双手正握着搛煤的火钳做武器自卫，其他的全然顾不上。

唐南看见马贞，慌慌地跨过门槛，用那一双软塌塌的绿色军用胶鞋，一步子从廊檐台上跳了下去。雍措见势本能地往后退了一步，站在暗影里，忙遮掩自己。

马贞不作声。在这一刹那间，他想起很多的事情，想起扎西烧死在他家的店里，让这个家失去一个顶门立柱的保护者，柴劈不动，水挑不动，还给人大白天的上门欺负。他想到这一切，心里像生了芒刺，太阳穴下的青筋直起，像一条暗黑的蛇一样扭动游走。

唐南仓皇往外跑，跟刚从门里进来的老阿婆差点撞个满怀。老阿婆觉出家里气氛不对，皱着眉看向马贞，很注意地向他脸上看着。马贞紧张起来，摸了摸自己的脸。

雍措已经将身上扯开的衣服收拾好出来了，马贞见了，不禁有一种迷惘之感，她仿佛是从黑暗中乍走到阳光下的，镇静功夫太惊人，冷冷静静的，简直没一点人性。

老阿婆十分着急地问她："怎么了？"

雍措终究还是无法冷静，眼里的泪花泛了一泛，又咽下去，摇了摇头。老阿婆更着急了，看向马贞，再看向雍措，密切注意着他们两人之间的神情，问："发生什么事了？"

"能发生什么事？什么事都没发生！"雍措这样发作了两句，就气哄哄地跑进去，跑上了楼梯。老阿婆跟了进去，将房门带上了，剩马贞一个人在院子里。湛蓝的天上一只鹰在盘旋，太高了，只一个轮廓，一圈一圈的，马贞看着只觉得惆怅，它怎么就瞅准了这一个地方旋来旋去，很懊悔刚才没将唐南揪住揍一顿，若是扎西在，这一顿揍唐南肯定是跑不了的。

开斋节那天，马贞为分享节日的喜悦，特意买了一斤茶叶和两大箱水果给祖孙俩送了过去，估计那水果能吃一段时间。但是今天发生这样的事，连他都很难释怀，何况是她们，晚上出去吃饭，又买了水果，以此为由，推开门去看祖孙俩。依然是老样子，老阿婆窝在温暖的地方掐数珠，眼也不睁，雍措依旧静默无声，低着头缝制氆氇。马贞的眼睛从老阿婆的身上过来，停落在雍措这边。雍措手里的针一不小心过去，戳到了另一只手，惊得一跳，发出一声难以察觉的"嘶"，移到眼前，手指上已凝出一颗小小的血珠。雍措将受伤的手放在氆氇上，转头找可以擦血的东西。那暗红的血珠在不停涨大，攫住了马贞的目光，寂静温暖的房间里，还隐藏着一种看不清的东西，像雾一样，浓浓的，十分压抑。马贞放下水果，什么话也没说，在门口站了一会儿就出来了。一个黄色的大月亮，低低地悬在院墙上，好像是从走人的巷间升上来的，试图要将这一院的迷蒙照出一点人间味。

不知道为什么，夜晚临睡的时候，马贞想起白天的那一幕，过了这么半天突然想起来，心里有一种说不出来的感觉。

睡下了，那一幕跟着睡眠涌动进了魂梦，萦绕着，如欲飞的鸽子碰触了一串铜铃，在春风中连绵不停地响起来，拨弄着他的心弦，他痴迷地看着，抑制不住，内心一阵冲动，想偷偷画下来，想偷吻她，心里怦地一跳，眼前一片浓黑，比黑夜的黑更黑百倍不止，是混合着凌辱、搅拌着恐惧、黏附着寂静而成的黏稠黑酱，兜头浇下，蒙住眼睛，捏着鼻子往他的嘴里灌注……没顶的黑酱里，百鬼狰狞，一声一声的尖叫声，叫到黑暗的最黑暗处，阳光下洁白的雪山崩塌了，无数的冰雪铺天盖地地呼啸而来。他看着，看见了无数的幻觉和幻觉的破灭。

他神志昏沉，在惊天动地的崩塌声响中，只顾仓皇挣扎，克服潺潺涌来的欲望，没有力气了，干渴得要命，感觉自己在发烧，浑身燥热，好像正躺在刚焚烧过的灰烬里面。

终于醒过来了，梦使他通过现象领悟到本质：若不是致命的迷恋深深钻进了他的心底，渗透了他的心，又何以这样软弱矛盾，被这样的梦魇折磨得如此不堪。天空隐约发蓝，还是一片昏暗。他坐起来，缓了一会儿，起身去清真寺的浴室，将热水开得很热，让蒸汽漫了整个浴室，他的眼前只有雾气。水流洒扫洗濯中，胸臆间寸寸冰释，紧绷的肌肉发达的身躯渐渐轻快，似有缕缕清风钻进全身的血管，似苍茫雨雾弥漫，但已是和风细雨，内心完全是另一番景象。

静心正意，再抬起头来，异常湛蓝的天空中有疏朗的白云，远处雪山峰顶寂静地高过一切连绵起伏的山脉，不动不移，白得无懈可击，周围的空气新鲜而轻盈，他的眼睛从峰顶移下来，轻轻呼吸一口，走去日常吃饭的餐馆吃早饭。突然街上乱哄哄的，很多人都向一个方向走，餐馆的女老板从外面进来说："前面有个女人将一个年轻人给捅了几刀，估计是捅死了。"

“我去看看。”男老板停下手里的活，围裙一解，搭在椅背上边说边往外走。

在一旁餐桌上吃饭的马贞，因不明所以的恐慌，心里抽搐了一下。但独自在异乡，这样的热闹还是少凑为妙，吃完饭就逆着人群走了回来，感觉身上某种疲累还未完全散去，就穿着鞋子躺在炕沿上，想小寐一会儿。

半梦半醒间，突然听见大门被人推开，用力过猛，飞旋过去咣的一声砸在墙上，打破了整个庭院的静寂。

雍措飞跑进来，跑得满头大汗，在院子里边哭边声嘶力竭地喊：“阿婆，阿婆，阿婆……”

一声连着一声，像是要将肝肺摧毁掉。

“怎么了？”老阿婆慌得鞋也没穿，光脚从房间跑出来，惶惑地问，“又发生了什么事？”

“他被人给杀了。”

“谁？”

“马贞！”

“马贞？”

“住在我们家里的马贞，马贞……央金捅了他几刀。”雍措满脸泪水，声音已经崩溃。

“啊？”老阿婆也被惊到。

“一起画唐卡的人过来亲眼见的，就在被烧的古玩店门口。”雍措浑身颤抖，好像愈加崩溃了，瘫坐在院里，用手抱住自己的头哭得伤心欲绝。

倒是想不到的事情，马贞走过去，对着这情形一时说不出话。

雍措嘴唇发白，眼泪流满整张脸庞，抬起头疑惑地对着马贞。马贞望着她，心里雾一样的东西仿佛被她满脸的泪冲散了，冲得窗明几净。

这一切荒谬得像一场闹剧，老阿婆站在旁边再也看不下去了，眉头紧紧蹙起来，说："起来，别坐在地上受凉。"雍措因奔跑和大哭耗费太多体力，想要站起来，又站不起来，伸手往老阿婆的手臂上搭了一把，支起身，颤颤抖抖地向屋子走去。

事情有些蹊跷，马贞惶惑不安地出了门，热腾腾的白日下，所有的人都已风闻，并谈论着这件事情。

古玩店本就被烧得一片焦黑，门口的水泥地上有好几摊血，被太阳一晒，成了暗褐色，相映衬着，看得马贞心跳得剧痛，似乎要跌碎一般。从围拢在一起谈论的人们口中得知，央金因要不到赔偿金，绝望至极，日日蹲守在这里等绸缎铺的人来，终于见人来了，扑上去就想要了对方的命，一命抵一命。是一个跟马贞差不多年纪的年轻人，被央金连捅了几刀，人没死，被抢着拉到了医院，但看那样子，救不救得活难说。

这消息对于马贞不能不说是一个意外的打击。他想如果有悲剧，那一定是建立在各自崩塌的废墟之上的。因此他也多了一分清醒，一道一道的铁丝网一样的东西，一直横在他与那祖孙俩之间，若不超越，终会出事。可是……本就是不同的两样人，南辕北辙，如何超越？他在街沿上踯躅了很久，才走了回去。中午的阳光下，雍措正坐在台阶上研磨用来画唐卡的颜料，石臼中的矿石一圈一圈在研，冷清的院子里咯吱咯吱在响。马贞沉默了一会儿，走过去问："你磨的这是孔雀石吗？"他是想随便开个话题，随便跟雍措聊点什么，先打破与她之间顽石一样的沉默再说。但雍措什么都没说，继续机械地磨颜料。倒是老阿婆，拄着拐杖从房门里走出来，咳了一声，脸上冷冰冰的，眼神里尽是敌意，死死地盯着马贞，像是在盯着手已经伸进人口袋里的盗贼。

真叫人难受，马贞望着老阿婆的眼睛，自己刚问的什么都忘了，就直挺挺地站着。雍措抱起研磨的石臼，走过去，走上台阶，跟老阿婆一起进屋关上了门。

沉寂中听见外面有车响。是马坚的那一辆皮卡，直接从敞开的门里开了进来。马坚一听说了店铺门前发生的事，就立即赶了过来，要接马贞回去，手提包里提着几栋子钱，直接推门进屋跟老阿婆说："阿婆，钱我连借带拉账给您凑了一大半，那一整个库房先给您押着，钱没给清前您怎么处理它都行。我家兄弟今天无论如何我都要给接回去。"

马贞转过头去看老阿婆，她沉着脸，默默地坐了半天，才说："接回去吧。"

马坚一听，不由得松了一口气，趁势将钱往桌子上一放，说:“您先将这钱给点一点。我车里还给您带了半头羊过来,现在就去给您抬。”

都是从银行里取的整栋子钱,老阿婆一栋子一栋子拿过去,摞在一起交给了雍措,让她收进去。

马坚扛着半扇子羊肉进来放在桌子上,对站在身边的马贞说:“你去收拾一下,我们走。”

抱着钱正上楼梯的雍措,掉转头向马贞这边看过来,目光落在马贞的目光上,相对望了一眼,马贞有些迟疑,又望了望马坚,惘惘地问:“这样行吗?你们在家里都商量过了吗?”

关键时候富贵闲人的傻气就出来了,马坚瞪了马贞一眼,正要说话,见老阿婆将脸一沉,先说了:“怎么不行,钱没了可以再挣,人没了就真没了。”说着,难过地叹了一口气,将目光投向马贞的目光,说:“那点地方就是一个黑影,吃人吃惯了,接二连三地要吃年轻人的命,回去吧。”

回来不多久,马贞的父亲因胆囊结石动了个手术。活得再有远谋再坚强的人一老再大病一场,就容易想到死,术后躺在病床上时不时嘴唇一颤,老泪纵横,说万一就这样眼睛一闭归去了,那一笔没还清的命价怎么办,重重地拖着,心灵得不到安宁,怎么过那一道比头发丝还细比闪电还快的桥。手术还没将他怎么样,这一心理压力就先将他给拖垮了。几个儿子商量来商量去,能卖的也就只有家里那广大的后院了。那是先人们留下的，等以后有钱了可以赎回来。

还是马坚和马贞开皮卡去还钱。马贞从夏河回去又过来还钱，前前后后还不到一个月，寂静的大门口，就已经换了一副模样，柏木的大门重新刷了一层亮漆，一个流浪汉手里拿着木棍，肩上携着一羊皮做的夸张面具，站在门口又唱又跳，引得许多人围观。

马贞看着，也看不出什么名堂，就问马坚："他们在干什么？"

"在唱'折嘎'。"

"唱'折嘎'？"

"唱'折嘎'就跟那些流浪的游吟诗人吟诗差不多，我想可能是雍措要结婚了，上门来祝福的。"

事出意外，也太突然了。马贞站在门口，一种莫名的、连他自己都未曾发现的心绪，搅乱了他的气息，不太连畅地问："你是说……雍措今天结婚？"

院子里放着好几辆大小不一的汽车，有人正在给车头挂哈达，马坚说："就是雍措在结婚，看，娶亲的车还没走。"

"娶亲？"本一颗直往下沉的心，又停在了半空，简直不敢信，"是给雍措招了上门女婿吗？"

马坚说："藏区可没有招女婿一说，可以男的娶女的，也可以女的娶男的，这一点上他们是绝对公平的，不像我们，去给人家家里做女婿的不是家庭贫穷娶不上老婆的，就是自身带点残缺难找老婆的。”

雍措在自己的房间里收拾打扮，只有老阿婆一个人在院子里忙着主事，院里院外人多脚乱，听是还钱来了，就特意将他两人带进去，带进了一个没人的房间。

马坚将钱交给老阿婆，含笑望着她问：“阿婆，雍措这是要结婚了吗？”

“是啊。”老阿婆因高兴，脸上比往常温和了许多。

马贞站在旁边，微笑着向老阿婆微微一点头，说：“不知道雍措要结婚，我们没带任何贺礼过来。”

眼神里尽是不好意思的犹豫和腼腆，马坚看笑了，将仓库的钥匙从皮带上解下来递给他，说：“我们一个库房就在这里，进去给雍措挑一件贺礼也是一样的。”

老阿婆虽然极力拦阻着，马贞还是进仓库去给雍措挑礼物了。直到老阿婆点完那一堆钱，还不见马贞出来，马坚又进库房去看。仓房没窗子，用电灯来照明。黄黯黯的灯光下，一个仓库像一个天方夜谭里的市场，数不尽的奇珍异宝。马贞细细地察看，看来看去，竟挑不到一件合心意的，不免生出一种沧桑感。马坚问他：“还没有挑好吗？”

“嗯，好像没合适的。”

“玛瑙、蜜蜡、珊瑚、翡翠、松石，金耳坠子、银手镯子，哪一样不能给女孩子做结婚礼物，怎么会找不到合适的？”走了两步，就挑出一副硕大的绿松石耳坠，转身给马贞看，“这个就挺合适。”马贞问：“就这个吗？”马坚说：“这个现在很值钱的，你是舍不得还是看不上？”

马贞开着玩笑说：“看不上。”

马坚哈哈大笑，拍着马贞的背说：“我知道那天老阿婆为什么愿意放你了，看你这副样子，是怕你住在这里拐了她的孙女。”

马贞一颗心突突地跳着，知道马坚是在开玩笑，也继续跟着玩笑：“你这一说，好像让我来守仓库是我们这边做成的一个圈套。”

两兄弟个子都很高，从仓库出来的时候都稍稍弯了一下腰，马坚边锁仓库的防盗门边说：“可不是吗？你办事不力，让人给识破了。”

马贞不禁微笑，微笑里面带着点失落。天空是寂寥而沉重的灰蓝色，空气中飘浮着喜宴的醉人气息，唱“折嘎”的人还在大门口唱，将一顶黑色毡呢帽玩转在手中，唱得一句比一句快。马贞在旁边默默看着，只觉这歌声像奔腾咆哮的急流自脑中而过，迅即得不留下一丁点回声。

马坚拿着绿松石耳坠过去交给记礼的人记上了礼簿，向四周看了看，没一个认识的人，就跟马贞说：“走吧，我们在这里也不能吃不能喝的，白占人家地方。”

说着，两人就从门里走了出来，马坚打开车门，先一步坐进了副驾驶，说自己不想开车，这次由马贞来开。马贞刚要上车，就见雍措从门里面跑了出来，一身藏式的婚服，上面嵌满银饰、珊瑚、蜜蜡之类的东西，看上去光彩夺目，仿佛是从荒凉高原的古老宫殿中跑出来的一缕幽魂倩影。马贞平静的面容下一颗心激烈地跳着，收回已踏入车厢的一条腿看着她。

马坚自副驾驶将头探出来问："她怎么出来了？"很诧异："我以为他们结婚前新娘子也是不能让人见的。"

雍措手里拿着那一对绿松石耳坠，跑来不说话，眼睛里泪汪汪的，就看向他们，越看眼泪越多，像是受了什么说不出来的委屈。

马贞见她这种神态，当下顿住，直直地看着她的眼睛，内心惊诧。许久，雍措才哆嗦着嘴唇说："谢谢，谢谢你们的贺礼。"声音轻轻的，像鸟群掠过水面漾起的涟漪，一圈一圈，打破水面上的平静。车里的马坚带着笑说："雍措，不用跟我们这么客气，给你的结婚礼物喜欢吗？"

雍措满脸带泪，没说话，朝马坚略点了点头，又看向马贞。

马贞僵硬地站着，看着她的眼泪，从她的眼泪中看到自己，看到自己与她之间的关系，是投入幻境中的想象，幻境中万物按照各自的轨迹生长运转，想象没有用，没有实现的途径，他没有路，她也没有路，他们都太清醒，都不愿意给自己找路。车里的马坚"哎"地提醒了一声，说："人家今天要结婚，我们该走了。"马贞略顿了顿，再看雍措，依旧在距离之外，就朝雍措微微笑了一下，跟她道别，转身钻进了皮卡。走了一段，用手指抹掉车窗玻璃上白茫茫的雾气，看出去，看见雍措还站在那里用力地对他们挥手，脸上的表情已经看不清了，脸容也不见了。

马贞揉了揉眼睛，却看见车窗外飘着雪花，也不知道是什么时候下起的。他加快油门，专往雪花里面开，一直开一直开，愈开愈白，开到无声无相的洁白中，有光，再开到光处，还是白，一片白，整个大地已经被白雪覆盖了，但那一个梦幻似的美丽影子，还好像在飒飒寒风中立着，也是白的，混沌沌的，像他仰望过无数次的雪山的样子。他带着好奇，热忱地注视着，兜转了一圈，又擦身而过，过远了，很远了，感觉那影子也没有了。

2020年4月27日完稿于兰州

玻璃翠

一

妥骏第一次将衣服拿到裁缝铺修改时，那橱窗里的一排长得轰轰烈烈的玻璃翠吸引了他，翠绿到欲滴水的叶，细碎的花朵像古书里女人额头上一点桃花红。

单位举行文艺演出，妥骏是合唱队的。统一的服装发下来，他因为太瘦，上衣套在身上没了形，裤子也不合适，一个裤腿短一个裤腿长，直堆到脚面。

站在镜子前傻呆着眼，这也太奇怪了，他笑。突然想起在步行街的花店旁边有一个裁缝铺，外面的招牌上写着缝纽扣、修理裤边之类的文字，路过的时候见过。

“麻烦改裁一下这件衣服。”

在那个裁缝铺明亮的灯光下，妥骏将衣服从袋子里拿出来，还未展开，就听店里的女人说：“改衣服二十。”她低着头正沿着尺子用画粉在一块布料上面规划。一块深棕色的布料，上面画的应该是衣服的后片，两个臂弯很明显。她都没看妥骏的衣服，妥骏想反正就是一件极不合格的西服，凑合着改一改，文艺演出一结束，也就不要了。他从钱包里掏出五十给女人，女人放下手里的画粉和直尺接钱，然后卷起那块布料，背朝着他，手伸进一个小盒子里面吱吱啦啦地找什么。

长长的工作台上零散着各色碎布，地上也有，妥骏将衣服放在工作台的一角，在缝纫机对面的椅子上坐了下来，这椅子应该就是为客人准备的，上面是用碎布拼接缝制的垫子。环顾了一周这个小店，非常别致，墙壁上挂满各种衣样，摆满玻璃翠的橱窗紧挨着花店，若不进来看还以为是隔壁花店的橱窗。心想，隔壁花店可能都没有这么多玻璃翠，同一种植物摆一排真好看。

有走过去细看，再闻一闻的冲动。那个女人转过来，看了妥骏一眼。

“请把外套脱下来。”一边将手里的软尺拉开，一边说道。

“啊？”妥骏没太明白。

“量一下你的尺寸。”

妥骏脱下外套，站在女人面前。她量了他的肩宽、臂长，又让他将手臂抬起来，量他的胸围和腰围，又让他转过去，脊背也要量。他一时像是被这个女人操作着的机器人，去医院体检都没有被如此按量过。

然后女人转过去在工作台上铺开妥骏的衣服，在上面用画粉打了不少标记。妥骏提醒女人，裤子也不合适。女人拉开裤子看了一眼，说：“看这样子，腰也是太大了呀，来，过来我再帮你量一下。”他又走近了点让女人量臀围。神态并不轻松，绷直了胸膛。

女人沿针脚拆开衣服，附在工作台上剪下不少零碎布头，然后坐在缝纫机前一只手按着画粉的痕迹，一只手移动着衣服送到针底下，嗒嗒嗒地将衣服重新缝在一起。全程样子全神贯注。

“好了，你穿上试试。”

妥骏站在镜子前看自己的同时看到身后的女人，一大把黑发随意地用夹子夹在脑后，很年轻，面容白皙，大概不是本地人。俯身帮妥骏抽线头的时候，能从领口看到她脖子的肌肤，在灯光下闪烁出淡淡的光泽。

看上去刚刚好，脱下来之后，女人用湿毛巾擦掉了衣面上的画粉印子，穿了针线给裤脚缝了边儿，又用熨斗熨平叠好之后给了他。

“衣服二十，裤子十块，共三十。找你二十。”

从女人手里接过衣服，又接过找的钱。发现外面下雨了，空旷的街道已经被雨雾笼罩，他道了声：“谢谢！”走出店门，用衣服袋子盖住头，三步并作两步跑到车前，开车回了家。

二

同一办公室的马鑫抱怨发下来的衣服严重不合格，裤子拉链上连拉锁都没有。

马鑫个子矮，宽大的衣服套在身上，肩膀大大地落下来，搞怪在腰间系了条腰带，说这样是不是可以做短裙。

“拿我们的钱给不合格产品做销路。”马鑫说着从腰间拿下腰带扔在办公桌上，哐当一声，“这样的衣服怎么穿上台唱合唱，你看我的裤子。”

妥骏从办公桌后面抬起头一看，一条腿从膝盖那里就缝扭了，像是裤子穿歪了一样，哈哈，真够滑稽的。

“我的衣服我昨天下班拿去修改了，现在穿着没毛病。就是步行街花店旁边的那个缝纫店，专给人做裤边，缝纽扣。”

“哪家？”马鑫问道。

“店面不大，橱窗里摆了一排玻璃翠。”妥骏说，“去步行街就能看见，很显眼的，那女裁缝手艺特别好，也挺快的。”

“哦，就那个玻璃翠啊，我知道。”

马鑫叫那个女裁缝玻璃翠，她之前是马鑫的邻居。

她是外来人口，是跟一个去外地做小生意的本地年轻人来这里的，那个年轻人的父亲长年在四川做生意，一年只回来两三次。年轻人是由母亲一手拉扯大的，母亲是个很传统的人，根本无法承担儿子突然悄无声息给自己带回来这么一个儿媳妇，也无法理解一个异地女子，是怎样诱使她儿子上的当。虽然她的儿子没本事，性格也懦弱，但也不至于糊涂到这种地步。

那位母亲牙尖嘴利，说话挺刻薄，“这女人就是有心计，玩儿着心眼儿拿我儿子当饭票来我家过不劳而获的日子。”在心里先看轻。他们结婚，没有父母出面，没有陪嫁，没有聘礼，没有婚宴，没有祝福，除了各领的一本结婚证，再什么都没有。这样将就草率的婚姻，受到蔑视也理所当然。她很勤劳也很能干，但就是融入不了家庭生活，也不会与婆婆周旋，天天都能听见她婆婆用“娼妇”之类的言语辱骂她。结婚是安身立命，但对她来说顶多是有了一个栖身之所，她在那个家里住了近半年，最后可能也是受不了言语的侮辱和寄人篱下的寒苦，就出去给自己找工作，起初什么都干，在商场给人擦鞋、缝裤边等等，几个月之后，租房子开起自己的缝纫店。一年后，她从婆家搬出来租房子单住，好像已经离婚了，在独立维持生活和开销。

“也挺可怜的哦！”马鑫说完这么叹了一句。

妥骏点点头，心想原来是个来古镇努力求生存的孤身女子。

“她的名字叫什么我不知道，反正大家都叫她玻璃翠。”马鑫说。

“就因为她养了很多玻璃翠？”

“玻璃翠好养活啊，折一段插在水里几天就生出须根，种哪儿都能活，是不是跟她有点像。”

妥骏看着马鑫，觉得他说的有几分道理，这不她已经在古镇站住脚了嘛。

“而且玻璃翠枝青叶翠，花瓣妖艳浓郁，是实打实的美人啊。”说这话时马鑫脸上是似笑非笑的表情。

马鑫得到这个消息，走去其他办公室问还有没有人衣服不合适要拿去修改。妥骏从办公室的窗口眺望远处矗立的高楼，就仿佛指尖伸过去就能碰到，轻轻一触，立马如灰尘般溃散。微微泛起一丝笑，但他不知道自己在笑什么。

三

“我的衣服也修改好了。”

第二天上班时，马鑫特意到妥骏的办公桌前来告诉他。脸上又是那种似笑非笑的表情。

“她比以前胖了点，皮肤也比以前白了。”

“你说什么？”妥骏不解地问。

“就那个玻璃翠呀，我去修改衣服时，看见她比之前更漂亮了。”

“那个女裁缝啊，她长什么样我都不记得了。没怎么细看，我一修改衣服的盯着裁缝看也不合适。她很漂亮吗？”

“当然啊，以前做邻居的时候，我几乎从没见过她化妆或者穿明亮颜色的衣服，衣服一直都很旧，但她的五官很干净也很漂亮，让人眼前一亮。”

马鑫继续述说着那个女人——那种家庭可能拖得她心灰意懒，现在出来了，可能心情好了，就比以前更加漂亮了。她现在胖得刚刚好，以前是太瘦了。她的头发也很黑，一直那么黑，不像是染过的。夸赞女性是男人的美德，可这马鑫也太过了吧，也不知道他明里暗里观察了这个女人多久。妥骏在大脑里回忆着那个女裁缝，突然感觉自己已经忘记了她的脸，只想得起来发夹夹起的黑色的凌乱头发。

“想不起来了，我就觉得她皮肤比本地人白一点，好像也没化妆。”

“是没化妆，但她看上去也比以前坚强多了，脸很平静，目光有点冷。”

“目光有点冷这个我注意到了，她话少，很安静，不过她的缝纫技术是不是很好？”

“要说技术嘛，还行。”马鑫站着收拾整齐办公桌上的一堆资料，然后给自己接了一杯开水，“但要我说一个人能否干好一件事，不是技术问题，而是态度问题，我觉得她很认真。你看这裤边都是用手缝的。”

马鑫将腿抬到椅子上，翻起裤边的针缝让妥骏看，裤边都是仔细用针挑着缝好的循环三角线。裤筒也不扭了，看不出是不合格产品改良过来的。

“你已经穿上身啦？我的裤脚她也是这样缝的。”

"嗯，这裤子穿身上还挺舒服的。你说是不是态度问题，以前除了自己的亲妈哪有人这样缝裤脚的，都是机器嗒嗒嗒一条线踏过去的，再好的裤子一做裤边儿，就成下等货了。"马鑫放下裤脚，边擦着椅子上的鞋印子边说。心满意足的样子。

妥骏一直在等下班，暮色已经笼罩过来，他没有开车，特意从步行街走回家，经过裁缝铺时，他驻足了一会儿。

他就想看看马鑫眼里的漂亮女裁缝究竟有多漂亮。年少的轻狂早已过去，一颗心脏早就被现实挤扁装在胸膛里跳得似有似无。不过，这一天他内心被马鑫的话语撩拨出各种细微本能的念头。女裁缝黑色的头发，像寂静而温柔的潮水，一丝丝一缕缕荡在他眼前。

步行街上空荡荡的，只有柳树的枯叶在地上回旋，风中有尘土的味道。他没有走近，只站在马路对面眯起眼睛远望，天阴着，橱窗里面有寂静的白色灯光，一排茂盛的玻璃翠的枝叶间嵌满粉红的小花朵。那个女人身影忙碌。她穿着一条枣红色的连衣裙，系着黑色围裙，在工作台上裁剪，再到缝纫机前。旁边花店里面有两个女孩子各抱着一大束花出来，穿着标致的衣裙，水光潋滟的眼睛笑得颤颤的，并排走过摆满玻璃翠的橱窗，有一瞬间窗里窗外的影子合在一起，分开的时候，窗子里面的影子似乎不受任何惊扰般地安静，也显得暗淡。

他望着女人附在缝纫机上的身影，缝纫机发出单调的响声，嗒嗒嗒的一路响过去。她个子不高，看上去很瘦、单薄，如同少女的轮廓。但马鑫说她胖了，不知她以前究竟有多瘦，他想。依然是他印象中的白皮肤，站得远看不清楚她的脸，一大把黑色头发依然用一个大夹子潦草地夹在脑后。

有一个肥胖的男人提着袋子进入店里。妥骏注视着这一幕。女裁缝停下手里的活，抬起头挺直脊背跟男人说着什么，又点点头，朝橱窗外面扫了一眼。

妥骏慌忙转身，快速移动脚步往家的方向走。他想，她应该没有看见他。怪尴尬的。

那个男人如果是要修改衣服的话，想必她也会给他量尺寸的吧。也许可能还会发生点别的什么。妥骏想起马鑫脸上那种似笑非笑的表情。妥骏在这里，在这一条人来人往的街道上每天上班下班与很多陌生人擦肩而过，为了给单调的生活找点色彩，他常常会注意他们的细节，猜测他们的人生。有时他开车穿越雨季漫漫的街道，觉得每一丝空气里面都是故事。

看过之后他心里有些许失望，觉得那个女裁缝并不漂亮，侧脸轮廓扁平。这个西北地区典型的古镇，有被文化冲击的动荡过往和野心勃勃对金钱与物质狂热追赶而意兴阑珊的现在。它是一座保守的体面的坚忍的古镇，也是一座狭隘的无情的势利的古镇。生活在其里的喧嚣人群有极其麻木的享受姿态，但因为信仰辖制，所以并不令人感到肆意，没有醉生梦死。它负载断裂的历史，被斗志昂扬的人们无限浮夸，散发出波澜起伏无限大的但并不真实的光和热，吸引很多不知情的飞蛾终结旧日生活飞过来。就如女裁缝，现在她的感情和心灵可能就像玻璃翠水中的须根一样在寻找合适的土壤。

四

周五下班的时候，马鑫跑到妥骏车跟前说：“单位星期天去聚餐的地点比较远，我车开去修了，到时搭你车啊。”

为了缓解工作压力，调和同事之间的关系，他们单位每月末的周末都会进行一次聚餐。

“我可能去不了聚餐了，得去车站接个朋友。”

“是去接苏婷吧？”马鑫一脸狐疑地坏笑。

“是，她星期天到。”

“这个事的确比聚餐重要，祝你好运。”

“好运什么呀？只是接个同学。”

“接个同学？那我也是同学，她怎么没要求我去接她？”

“我去看过你说的那个女裁缝。”妥骏转移了话题。

“啊？你现在不会是喜欢那种类型吧？”

“我不是黏着剂，见谁都喜欢。只是鉴定一下有没有你说的那么漂亮。看上去很一般啊。”

“可能萝卜青菜各有所爱吧。这次苏婷来就主动一点，可别再错过机会了。个人的事是大事，我觉得吧，苏婷也挺不错，跟我微信聊天说她辞了外地的工作，这次回来就不走了。”马鑫又将话题扯了回来。

“嗯，她在这边已经找到工作了。”

“我直觉她这样做十之八九是冲着你来的。”

后面的车子鸣喇叭，提醒他们挡着了车道。马鑫转过身向后面招了招手，“不好意思，不好意思。”向后退了几步。“你先走，有事电话联系。”妥骏点点头，发动了车子向前开去。

苏婷是妥骏和马鑫的同学，他们三个高中时在同一个班级，苏婷大学毕业后一直在外地工作，上个星期突然在班群里说要回古镇了，一个人在外面工作压力实在太大。

在这样一个太阳如同心脏般跳动的午后，妥骏突然有心情，开车沿着街道一直向前。很长的时间，他都像是冬眠的青蛙，觉得没有动一动肢体的必要。

窄窄的街道，灰土沉重，街边落满雨迹的民居，穿着偏襟盘纽扣齐膝长衫的老人在阳台上安闲地晒太阳，眉目温柔。店铺都是一小间一小间的，从外面望进去，里面一片幽深。这个小镇一直在变，但底蕴里的懒散一直也未曾改变，富庶和贫困一起泛滥成灾，生活在内里，需要慎重和勇气。

开了几公里之后，他放慢速度悠闲地欣赏着窗外的高原山野和穿着花哨的藏族女人，平静的午后，廉价的红色屋顶，陈旧的藏族寺院，晒满衣服的院子，墙壁上丰茂的植物，白杨树的叶片闪烁着阳光。路边的乡下男人全身透着贫乏顽固的生存意志，在阳光下微微眯起眼睛，面容生硬，神情冷漠。

何曾熟悉的景与物，从小到大，一年又一年，激烈地与镇内三尺窄街做着对比，拍打着镇内生机勃勃的假象。

车窗外的景物过了又过，马蹄形的道路，一个拐弯又一个拐弯。秋末发黄的草原流露出沉沉死气。远处经历百年的寺庙持有肃穆意志，他看着它的时候，呼吸的空气在寒冷中扩散成白雾。

大学毕业参加工作之后这几年的安静生活，对他而言，是静守和分辨，不免略有些颓唐。努力工作，按揭买房买车，偶尔与人相亲，或者消沉。

在一种难以言说的混沌和清醒之中，度过时日。

生活说白了就是一堆逻辑矛盾的结构。一面向往美好，一面又原地不动。很多时候他警惕自己不要去想这些充满相对意识论的问题，想来想去，不过在徒劳挣扎。

苏婷跟他在微信语音聊天时，一面跟他说好久不见，一面委婉地问他是否有房有车。

好久不见，真的已经好久不见了。他高中时的恋人，落拓纯真的女孩，上大学之后，闹矛盾、争吵、分手，丢掉彼此信息，他以为他再也不会见到苏婷了。

仿佛意识到了什么，他回微信时说："好久不见。我父母住在乡下，给我交了房子的首付，我自己按揭买了辆车。”他想真诚和耐心最终都会有回报的吧。

他感觉自己早就被现实夺去意识，情感没有着落，讨厌的同事不得不相处，讨厌的朋友不得不维持，讨厌的工作不得不继续做下去，讨厌的生活像是别人生硬草率地箍给自己的圈套，在黑暗的沼泽地里摸爬滚打，没力气浮出，状态麻木不仁，早已对生命失去敬仰，对自己失去尊重。

活在一间阴暗的屋子里，不是盲人般的黑暗，是阴暗而又安全的，将自己小心翼翼地收藏在里面，一具被改造得面目全非的残骸躯壳和一颗苟延残喘的心脏。

但现在苏婷要来了，他终于松了一口气。早过了结婚的年龄，与其隔三岔五地相亲，或者跟一个不太相识的人结婚，那还不如再努力一点，跟苏婷在一起。熟悉的好过陌生的，何况他觉得自己对她还有感情。苏婷在微信里说：“我星期天就到了，你来车站接我啊。”他笑着回答她：“好啊。”手机暗下去，屏幕上映出他的脸，有浮起的笑容。

他对有这样的机会，对自己这样的决定，不胜感激。

周六，他一个人去商场给自己买了新的衣服裤子和鞋，顺便去理发店理了头发。

走在回家的路上，他想到万一苏婷来暂时没地方去，去了他的家呢。尽管他知道这几乎是不可能的事，苏婷是洁净收敛的女孩子。但他还是想将家里弄得好一点，准备去花店看看，琢磨着买什么花泡在花瓶里会更合适一点。

大概因为是周末吧，步行街上人很多。花店里也有很多人，地上堆满大束花卉，碰碰撞撞走不开，还能听到隔壁裁缝铺缝纫机不时传来的嗒嗒声。花店的女孩将一束纯白的百合花用白棉纱包裹起来递给他，非常香。他抱着花出来不由自主地往裁缝铺的橱窗里面看去，先入眼帘的依然是花开得繁盛的玻璃翠。那个女裁缝附身在工作台上进行裁剪，凌乱松散的黑色头发在灯光下闪烁着光泽。缝纫机对面的椅子上坐着一个老妇人，慈眉善目，双手搭在拐杖上。妥骏放慢了脚步，这次离这么近应该能看清楚她的脸吧。

他盯着橱窗里面活动的背影，等着女裁缝转过身来，但直到走完橱窗，也没见女裁缝转过来。他用百合花挡住脸，闻到浓烈的香气。老妇人走近女裁缝，女裁缝帮她量尺寸，就像上次量他一样，量完前身再量后身。老妇人嘴里说着什么，脸上露出了一点笑容，不知她与女裁缝在说什么。看着女裁缝认真的样子，妥骏想起自己的工作，他不喜欢他的工作，但他每天都干得一丝不苟，从来都没有出现过差错，领导笑着夸赞他，每年年末他都会得到一笔奖金和优秀工作者的称号。

这时，量完尺寸的女裁缝突然转过身来，看见站在门口的妥骏，并不在意，坐在缝纫机前继续做工，小半部分侧脸，从额头直到下巴的线条像一笔画出来的。妥骏回过神来，这一次他终于看清楚了她的正脸，眼角稍稍挑起，不仅很白，而且还有一种不动声色的荒凉。这样的脸走到大街上应该很难给人留下什么印象。

很多时候妥骏也是这样，为了给自己留一分余地，对周围的人也不怎么在意。他觉得成年人的生活就像是沙漏，一边漏完了，倒转过来又继续漏，反反复复，封闭漏斗内的细沙一缕不少，有热情但使不出来，有梦想但觉得已经过时，处处受限。年少时还有人性深处的那么点随意和自由，对一点点细微的感受，就会做出回应，感觉不自在时也有反抗的心思。不喜欢地理老师讲的课，挨不到下课，就自顾自地在课桌上将中国地图背下来，边背边拓画在白纸上。现在他只感觉自己是个沙漏，消耗的是看不见的时间。

那个女裁缝是不是也觉得现时的自己是只沙漏呢？

在裁缝铺里养一排玻璃翠，每天开着灯，面无表情地做着自己不喜欢的工作。为了生存，为了得到物质，每天面对很多不同的人，反反复复地量尺寸，反反复复地裁剪，精益求精地做好。

妥骏想：大概所有独自生活的成年人都是这样的吧。独自生活，与外界不甚融洽，从商场大镜子前经过时，看见很多人跟恋人跟家人或者跟朋友结对行走。妥骏发现自己越来越没有朋友了，在某种意义上马鑫也不算他的朋友，他们以前是同学现在是同事，时间和环境安排给他们常相见的关系。女裁缝来这里大概也是没有朋友的吧，她去逛商场的时候有没有从大镜子里面关注过自己的身影？妥骏随意地遐想着，青黄色树叶在他眼前纷纷扬扬，像是阳光缝隙中萧条冷落的舞蹈。

回到家，先在花瓶里接了清水，将花插起来。然后穿上从商场里买来的衣裤重新在镜子前审视起来，青春早已被大风刮走，买的衣裤却是青春年少时的款式。本想打扮成高中时的模样去接苏婷，可恨岁月饶过谁。

他从衣柜里重新找衣服出来试穿，穿来穿去都觉得不称心。只好拿出之前买的没沾身的两套西装，一套藏蓝，一套灰的，套在身上这才来了感觉，对着镜子前前后后看了一遍，都合合体体的，人也精神。只是两套西装的裤子都有点长了，这也是他长放着没穿的原因。

拿到裁缝铺改一下吧。那个女裁缝裤边都是用手缝的，应该不会毁了这两套价格不菲的西装。

一看时间还不到八点，开车过去裁缝铺不过十来分钟的路途。远远看见橱窗里的灯亮着，还没有打烊，但走近了才发现玻璃门上挂着链锁。

隔壁花店的女孩子从窗子里面看见妥骏站在裁缝铺的门口，出来说："她应该是去吃晚饭了，你稍微等一会儿。"

妥骏提着装着两条裤子的塑料袋子，弓下腰隔着玻璃细看橱窗里面的玻璃翠，一盆一盆地看过去，他感觉自己喜欢这种植物，茂盛但不张扬。

街道上的灯光昏昏暗暗。此时只听见轰的一声，雷电闪耀，下起了暴雨。粗大的雨点拍打在窗玻璃上，妥骏迅速地后退，背贴在玻璃上，但依然被雨水淋到。

“你来我的花店里等吧。”花店的女孩出来，匆忙地搬摆在门口的花盆。

“谢谢！”妥骏在女孩搬过来的凳子坐下去的时候，塑料袋子跟着发出响声。

“天已经黑了，你做什么？要得急吗？”女孩往妥骏的袋子上看了一眼。

“两条裤子改一下裤边，明天用。”

“我给她打电话。”

还不等妥骏说什么，女孩拨通了手机。

“你在哪里？……你店里来了顾客……你先吃吧，吃完再过来……有伞吗？……哦……”女孩挂了电话，说：“她正在吃饭，吃完就过来了。”

白日里逼仄狭小的花店，此时显得空落落的，只有最里面的桌子上放着一盆栀子花，开得雪白，花瓣硬朗。

“那么多花都已经卖完了吗？”妥骏问道。外面大雨滂沱。

“卖掉了一些，剩下的傍晚被花圃公司收回去了，明天再送新鲜的过来。”

“这样啊。”

"嗯，鲜花都是很敏感的，这样的季节里更不宜久放。记得你今天下午买的是百合花，应该是送给喜欢的女孩子吧。"说这话时女孩脸上露出畅快的笑容。

玫瑰好像才是送给喜欢的人的花吧，妥骏心里想。"只是拿来装饰屋子的。"妥骏微笑着回答她。又觉得有些说不过去，就又补了一句——"经久未见的老同学要来。"

他们俩有一搭没一搭地闲聊。

"经久未见的同学应该是女孩子吧？"女孩又问。

妥骏笑了笑没说话。不知道为什么，他现在对人没有多少耐心。

"我感觉是个女孩子哦，呀，你是不是准备穿西装迎接她，西装太正式了点，而且还是这种颜色。"女孩子说着，眼睛看向妥骏的塑料袋子，袋子是透明的。

妥骏自然是吃惊的。是不是所有的女孩子都擅长猜心。他想起高中时苏婷爱讲星座，也常常猜得八九不离十。正在这个时候，听到高跟鞋发出的声响，比大雨的声音更响亮。一探头就看见女裁缝回来了，脚上穿的是方口的高跟鞋。将雨伞架在肩膀上站在店铺门前开锁。

"她来了。"花店的女孩说。

等女裁缝进入店里面，收了伞，妥骏才说："我的这两条裤子改一下裤边，两条都太长了。"

从袋子里往外拿裤子的时候，隔壁花店的灯已经关了，女孩用长竿子往下拉卷帘门，发出一连串咣啷啷的声音。妥骏心想，原来她是在陪自己等人，真是个善良又热心的女孩。

女裁缝停顿了一下，先将链锁放在工作台上，拿软尺量了妥骏的腿长，用画粉在裤脚做标记，她的手也很白，骨节微微凸起，静脉很明显。

“明天来取。”

“明天？这会儿不能做吗？我等一会儿没关系。”外面大雨瓢泼，街道上空无一人，灯光将两个人的影子印在墙壁上，一高一低。

“天已经晚了，我得关门回家，下这么大雨。”

上次修改衣裤就用了一会儿时间，所以，妥骏觉得改两条裤子也应该是很快就能完成的事。心里突然闪过一丝郁闷，但看着女裁缝冷淡的脸，他什么都没说。心想，苏婷明天中午到，早上来拿应该赶得及。

“那我明天早上来拿，麻烦你了。”

妥骏淋着大雨，跑进停在路边的车子里，在心里对自己嘀咕：“这么冷的女人，马鑫说她漂亮，不知道漂亮在哪里？”

从车玻璃上能够看到橱窗里面活动的女裁缝。雨点沉重地打在车玻璃上，昏黄的路灯与雨迹交织在一起变成闪烁的光影。她的单薄身影在此中晃动，收拾工作台，收拾缝纫机，再沿着橱窗给玻璃翠浇水，沉默、缓慢、仔细。再然后扫地，他安静地看着她。直到她出来拉下卷帘门上了锁。她是这样地认真，但认真的她将善待顾客这件理所当然的事做成了我不愿意我就不做的事。他是大雨天上门的顾客，等了她那么久。

雨已经停了，高原的秋季就是这样，大雨时至时歇。夜色是地面上的河流，倒映着千万盏灯火，被汽车轮胎压得水花四溅。有人脚步零乱地挑着捡着在灯光昏暗的狭窄街道走过。妥骏停了车，额头抵着方向盘，感觉到深深的疲惫，他到现在都还没有吃晚饭。点着打火机，给自己点了一根烟，街对面一间男士服装专卖店发出白晃晃的灯光。可能真的如花店女孩儿说的，穿西装去接苏婷，不免有些正式了。他下车走向通往店面的台阶，一阵冷风吹过来，脖子上冷得汗毛直竖。

店里除了一位女售货员，一个人也没有，他转了一圈儿，温和的灯光之下可选的那么多，彼此也都差不多。几年的独居生活，不间断地汇聚在柜子里的那些衣服，任何一件拿出来，都能在这家店里找到差不多相同的款式。视野狭窄，他并无太多挑选的余地，他若真的想买只能再在这些衣服里面挑一件。他觉得自己这次买衣服只是为了填补说不清楚的一种空缺。

一转身看见打折区里的一件蓝色毛衫，这种打折区一般不会有人专门来注意。毛衫是翻领，细细的纯羊毛，开襟，很朴素也很单调。但有一种别的衣服所没有的特点，与他内心所持的某种期待完全契合。

“先生，这是我们打折的衣服，现在打五折，你可以试试。”

女售货员走上前跟妥骏说。

妥骏没有试衣服，只告诉售货员自己穿多大码，让她给自己包一件。

五

开车等在汽车站的门口。这一天妥骏既没有去裁缝铺拿修改的裤子，也没有穿新买的衣服或者毛衫。穿的是他平时上班时所穿的衣服。下着冷雨的下午，苏婷推着行李箱从里面走出来，穿着白色风衣，黑色的高跟鞋，披肩长发，在人群里像白色的花朵般亮丽。妥骏将头从窗口探出去跟她招手，心里一阵欢喜。

他下车接过她的行李箱，说："苏婷，欢迎你回来。"靠近的一瞬间闻到她身上淡淡的香水的味道。

在汽车里苏婷摸出一张纸巾，擦拭落在她长发上的雨水。她说："这些年你一点都没变呢。"妥骏用力握着方向盘，安静地笑了，其实两个人都已经变了，苏婷说的一点都没变的意思可能就是他一直在这个小镇原地打转。

妥骏发觉自己的心情是愉悦的，就在接苏婷回家的路上先带她去吃饭。苏婷脱掉外衣，裙面上是一朵一朵硕大的深粉色的牡丹花样。嘴唇深红，容颜精致。她依旧很美。

他让苏婷点想吃的东西。他们相对而坐，边吃边轻松惬意地聊着这些年各自的起伏。

“回来打算继续住在父母的家里吗？”妥骏问。

“是的。转了一大圈又回到了起始地。”苏婷将一块烧鱼夹在面前的小碗里面，用筷子挑出鱼刺，然后送进嘴里。每夹一块烤鱼，都重复这样的动作。一桌子菜，她只吃鱼，喝些许银耳汤。她的指甲上涂着一层淡淡的粉色甲油。耳朵上干干净净的两枚铂金小耳钉。她化了妆，眼尾有上翘的眼线。十七岁时吻过的额头上没有脂粉——妥骏想到这句话，低下头微微地笑了笑。多少年前他们在小餐馆里这样头抵头一起吃一碗麻辣烫，多少年后竟然又这样一起吃饭，感觉像是换了身装扮，化了个妆，在演同一场独幕剧。

“那工作呢？就决定去移动大厅做话务员吗？”妥骏又问。

“嗯，回来就是想一切从头再来，工作不好找，先随便干点什么，等安定下来之后再慢慢找。”苏婷脸上的表情是愉快的。

没有一丝气馁或者悲观的神情。妥骏看着她，心想：她的心态比我年轻多了。外面已经黄昏临近，透过玻璃窗，街道上车水马龙，一片喧嚣。

要来的一壶茶，清醇温润，被妥骏已喝到见底，只感觉身心筋脉都被打通。等苏婷吃好之后，他直接对她说：“苏婷，做我女朋友吧。”苏婷点头答应。

寂静，安然，一如妥骏的期望。

“我跟苏婷开始交往了。”

周一上班的时候，妥骏告诉对面办公桌上打电脑的马鑫。

“你这速度……啧啧。”马鑫笑着跷起了大拇指。

“中午你有时间吗？我有两条裤子在那家裁缝铺里面，你路过时麻烦帮我取一下，带来办公室就行。”妥骏想到中午要跟苏婷一起去吃饭，怕是没时间去裁缝铺。

“是玻璃翠那儿吗？抱歉，我不想去，我正在相亲。”

“哦，那我自己过几天再去拿。”

“我劝你既然有了女朋友，以后也少去玻璃翠那里，那个女人怎么说呢？名声不好，周围邻居都说去她店里的往往也不是什么好人。”

“名声不好？”

马鑫继续在键盘上噼里啪啦地打着字，说：“一个女人，单凭给人缝纽扣、修改裤边，哪能有钱既开店又租房。瞧她的样子，可能就是以一间店面做个掩盖，从事不正经的行业。”马鑫好像对女裁缝的看法完全变了。

“我常从她铺子前经过，她一直在做缝纫，没觉察什么不正常的啊。”

“笑话，她能让你觉察出不正常？”

妥骏想起那天坐在裁缝铺里的那个慈眉善目的老妇人，

马鑫无非是说，那个老妇人也不是什么好人。本想反驳："她若真不正经，让人觉察出来才是她应该做的吧。"但又担心让马鑫误会了什么，就没有作声。他曾提醒过马鑫要改一改这人云亦云的毛病，这家伙嘴上答应得好，但并未改变什么。

"哪天有时间，我请你跟苏婷一起吃饭啊。"

"可以，难得你大方一回。"

"这都多少年没见了，她是不是跟以前一样漂亮？"马鑫问妥骏。

"她啊，没怎么变。"

马鑫说苏婷漂亮。那天也说那个女裁缝漂亮，今天又将她说得一文不值。妥骏搞不懂马鑫眼里的漂亮是什么概念。只是看脸蛋还是包括内在美？比起脸蛋当然是苏婷更胜一筹，但又觉得女裁缝身上具备一种苏婷所没有的……怎么说呢？对，面无表情，意志坚忍。妥骏一边在电脑上计算着报表上的数据，一边东碰一下西撞一下想着一些无关紧要的事。关键还是将自己的女朋友跟女裁缝做比较。勾起嘴角微笑了一下，自己也真够无聊的。

突然觉得这一次跟苏婷交往，比高中交往时稍微靠近了一些。他们开始以成年人的方式相处，苏婷完全介入他的生活，他独住在按揭的房子里，不开灶，也不怎么收拾。苏婷看过之后，帮他换了窗帘，进行了大扫除。冷清寂然的房子有了人气，有了烟火气。每个周末苏婷都会过来，帮他洗衣服，将白衬衣和袜子用熨斗熨得平平整整，拖地板，擦玻璃，在餐桌上用瓶子插着花束。做完之后再在厨房里做饭来吃。黄昏时告辞离开。

他们通常会一起去超市买食材回来。厨房的小木桌上放着笔记本电脑，苏婷就照着网络上做菜的视频慢慢做出一道又一道的菜。妥骏有时候会进厨房帮忙，有时候只是坐在电视机前看球赛。两个人在一起话不是很多。他们会提及自己的过去，但也并不敞开心扉，尽量避开一些雷区。对啊，都是过去的生活，有什么理由去深究呢？

一些事有人共做，其间的体会不尽相同。只是妥骏突然感觉非常疲倦。他自己明白，一切都并非如此。现在的这已经不是爱情，只是在经历。也许这个年纪的人不会再有爱情，彼此适应最后结婚就够了吧。他看着她在厨房里忙碌的身影，觉得陌生。

平常朝九晚五工作，周末又跟苏婷在一起或者待在家里或者去外面，吃喝玩乐的日常细节在他们的生活中持续铺陈。没有去裁缝铺取裤子。有时上班的时候会想起来，可是到了下班的时候就忘了。有时即便没忘，路过裁缝铺的时候，也懒得下车进去取，而是直接开车回家。

苏婷打电话过来，让他顺路买些花束回来，说她回来时忘了买。他一看日期竟然又是星期五。两人的生活比一个人时过得更加混沌麻木。庸碌的生活日复一日。妥骏决定下班之后去步行街的花店买花，正好顺便可以将裤子取回来，这都放在那里有三个月了吧。

走出单位的时候，外面冷风呼啸。他看了一下微信，苏婷在微信上发来消息，说买了花就快回来，她做了很多菜，并将菜谱上的样图截屏给他发了过来。

车窗外已经静静地下起雪来，越来越大。步行街上，花店的门已经关了，卷帘门上贴着一张纸条：有事请打电话联系。下面附着手机号码。

旁边的裁缝铺灯光暖融，一个小学生坐在缝纫机前的椅子上，与女裁缝面对面。他腿上穿的是校裤，校服在女裁缝的手里，女裁缝俯身在缝纫机上，嗒嗒嗒的针脚从校服上面踩过去。看来是校服破了，来这里缝补的。缝好之后，递给小学生。

小学生从椅子上下来，穿校服的时候，女裁缝问妥骏：“你呢？要做什么？”

“我来取我的裤子，两三个月前拿来改裤边的。”

女裁缝站起来，转过身去工作台上面找，好多布料以及袋子都齐齐整整地沿墙壁码了一排，层层叠叠的。手指点下去，看见妥骏的透明的塑料袋子停下来，一手按住上面的货物，一手使劲一抽，抽了出来。

“是这两条裤子吧？”她从塑料袋子里面拿出裤子，抖开来让妥骏看，裤脚已经改好了，但在下面压的时间太长，上面全是褶皱。

“是这两条。”妥骏皱着眉头说。

“你稍等,我帮你熨一下。”

女裁缝拿过熨斗,用指尖快速地试了一下温度,将裤子按针缝对齐,再平铺到工作台上熨平,然后又开始熨另外一条。

“阿姨,我的拉链拉不上了。”小学生低着头使劲往上拉拉链。

“我来帮你拉。”女裁缝将熨斗立在一旁,蹲下身帮小学生拉拉链,也拉不上去,转身从工作台下面拿出一支蜡烛,来回抹在拉链上,“嗯,好啦。”站起来拍了拍小学生的脑袋,笑了笑。

这是妥骏第一次见这个女裁缝的笑。不似于苏婷的笑,苏婷的笑容模糊不清,他一直想用手撕下那种像贴纸一样贴在面容上的笑。

“谢谢阿姨。”

“不谢。”

小学生背起挂在椅背上的书包,走出了店门。

妥骏的手机“嘀嘀”两声,拿出来一看,是苏婷的微信——“买到花了吗?晚饭我已经做好了,等你回来。”就这样一句话让妥骏徒然增加了不少负担。他指着橱窗前盛开的玻璃翠问道:“你这个花儿卖吗?”

“不卖,那是我自己养的。”女裁缝说。她熨着裤子并没有抬头。

熨好之后，她将两条裤子重新折叠好，装进袋子，递给妥骏。

“两条裤子二十。”

正当妥骏掏钱的时候，刚才的小学生又来了，用手遮着头。“阿姨，外面的雪太大了。”女裁缝看了他一眼，又笑了，说：“阿姨这里有伞拿给你。”她从工作台底下翻出一把伞给了小学生。“快回家吧，马上就天黑了。”然后用手指将掉下来的一缕头发，重新拨到耳后。

“谢谢阿姨，我会还给你的。”小学生撑开伞欢喜地扬起面容。

妥骏注意着女裁缝这一连串的动作，内心泛出丰富的层次。他注意着她的脸上，她的一大把用夹子任意夹在脑后的黑色头发。在这一瞬间，苏婷买花的要求、苏婷做的晚饭、跟苏婷结婚的打算都模糊了。他感觉这些费心维持的、小心翼翼计划的都可以放弃不要了。冲破牢笼，与内心长期积累的软弱和无力一刀两断，就在此地、此刻。

他多么希望这个女裁缝能够对自己的期待做出反应。这个女人独自生存，一边不与人交往，一边在心里留下一个温暖的小小的角落，对儿童善心善意。这个女人让他仰视。

女裁缝接他手里的钱的时候，往他脸上看了看，然后转身将钱放在工作台上的盒子里面，又开始忙碌。

妥骏回过神，说了声“谢谢”，提着袋子出来了。

开车离开的一瞬间，看到橱窗里盛开的玻璃翠，一晃而过，在大雪天，犹如手指间捕捉到的风一样。一瞬间滚烫的眼泪在眼眶里烧灼，但是流不下来。

2017年5月19日完稿于临夏

UFO 要来

一

望着头顶白晃晃的大灯，望久了就像是掉进了持续涨水的河里，河水没过嘴唇，没过眼睛，没过头顶。一些更加苍白的线条就乍生生出现在眼前，亢奋地缠绕成一团，像无数混乱的手指，无声无息地，想要剖出一个什么东西出来。看着可真难受。

我翻身坐起来，眼前一阵闪闪烁烁的模糊。刘医生此时正坐在窗边漆皮棕色大椅子里看电脑。平时，她就在那里，坐在桌上那几盆小小仙人掌后面，友善而温和地跟她对面的病人聊天。

她看了我一眼，问道："你醒啦？"

"嗯，这一觉睡得可真踏实。"

刘医生笑了笑，眼睛转过去继续盯着电脑屏幕，手指继续敲电脑键盘，边敲边问：

"你喜欢吃核桃吗？"

"还行。"

"我这里昨天病人家属送过来两大箱，也太多了。嗯……

我这有袋子，你装一袋子回去吃。”刘医生从办公桌抽屉里拿出一个塑料袋给我。

我站起来，懒洋洋地伸出手臂接过来，是医院里用来装药的崭新塑料袋，搓半天才将袋口搓开。刘医生站起来抱起装核桃的箱子就往我撑开的袋子里面倒，有几个核桃先从上面滚下来，滚在地上叮叮当当一阵响。

“好了好了，太多了，我吃不了这么多。”我忙着拒绝，但刘医生笑着继续往里倒，说：“你去看你父亲的时候，也可以带过去一点。”

我提着满满一袋子核桃从电梯下来。高原的冬日黄昏，总用那一两分隐约的暗，冲淡那八九分的明，很快地，盛大而细腻万千的夜就来临了。这么一大袋子核桃，提在手里沉沉的，说是给我的，其实应该是给父亲的。我一边乱想着，一边伸手在包里摸车钥匙。

一晃冬天已经过去了一大半，昏黄的路灯下一次一次积下的雪层也昏黄。我开着车，一时心头仿佛被人揪了一把，泛起阵阵悔意。

前段时间，我发现父亲又开始吸毒，躺下睡觉时，好像胸口被谁猛拍了一记重掌，一阵持续的疼涌上脑袋，像一堆烧灼的乱丝，实在等不到天亮，就裹了一件大棉衣爬上了楼顶。路灯昏黄，街道空空荡荡的，下很大的雪。那个楼顶很开阔，像一处寂静的避难所，我上去过很多次，去晒太阳，或者看远处，很远处有好多个沧桑而沉静的老院子和古寺庙，都有几十年甚至上百年历史，色彩沉沉的，犹如镶嵌在镜框里的一幅盘根错节的古画，而古画周围已被拆拆建建好几个轮回，像老娘换新衣，腰板儿不直，脸上皱纹遮不住。时间要比我想象的快很多，各个窗口的灯光一一灭去，街灯也是，但雪依旧在下。远处的东山上白茫茫一片，山底下最显眼的是暖气公司的锅炉烟囱，一道白色烟柱越往上升就越缥缈，将山顶的一座古刹萦绕得无比虚幻。刚入冬的那会儿，听说山顶古刹旁还出现过一个飞碟，像灯笼一样，忽高忽低，里面有幽暗的光，一闪一闪的，像鬼魅，停留了好长一段时间，好多人都看见了，都叫嚷着要去山顶看UFO，但因为疫情封城，各样的限制，谁都没能出去，只远距离拍了一些模模糊糊的视频和照片发在了网上。由于少了日常生活的环境做平衡，网上的讨论热度就一浪高过一浪，都期待UFO再来。我长时间坐在楼顶的栏杆上想东想西，眼睛酸累，上手揉了揉，垂头看到自己的身上落满了雪，正当要抖落时，一个过路的人看见了我，这一看见让他吃惊不小，迅速跑过来问我大清早坐在楼顶的栏杆上干什么。我就随口跟他开玩笑说："在等UFO。"这似乎让他更吃惊，睁大眼睛像看傻子一样看了我半天。我不以为意，一笑置之。

寒风飕飕，劲得很，我准备下去了，转头又看见被人遗弃在栏杆旁的一个破花盆里有一株枯萎的胡椒木，上面落满了雪，形状还挺好看，想着拿回去做插花也不错，就拔出来，使劲抖根上的土，抖不干净，又拿着在雪面上扫了几下，一抬头发现楼下一堆人，都抬头望着我，还拿手机拍我，开始向我喊话。他们以为我要跳楼。天哪，在楼顶的大风中，我慌张得像一只无法收起翅膀的笨鸟，有一种的窒息感。

握着枯枝的手心里都是汗，从栏杆往回越的时候，脚下被破花盆一绊，摔倒在了楼顶，摔得挺重，一瞬间什么东西像一只灰扑扑的小麻雀已离躯壳而去，脑袋昏昏然，晕了过去。醒来时，我躺在医院里，父亲在我身边。我要起床，父亲不让。我挣扎不休，医生护士就一起过来按住我，给我打针。

真令人心惊肉跳，我求父亲带我回家，父亲不理，他听从医生的指示，叫我接受特殊治疗。我这才发现我住进了精神科，院方在我床头写的是“精神分裂”，我用眼扫了一眼病房，旁边病床上的病人，窄窄瘦瘦一道影，头发掉得后脑勺上面就只剩下几缕，也没剪，像攀岩绳一样，吊下来搭在衣领上，见我看他，就张开嘴舌头上挂着涎水冲我嘿嘿傻笑。我汗毛都立起来了，这简直就是奇耻大辱，一着急，一句脏话飙出口。

我死瞪着父亲：“我哪有什么精神病？”

父亲的两个眼珠像没烧透的炭，模模糊糊的，特别沧桑，说：“大半夜不睡觉，跑上楼顶？等UFO？哪一件事靠谱，哪一件是正常人做得出来的？”

我听着，差点又一句脏话上来……若是不上楼顶，随便挑哪一处坐坐，都不见得会惹上这样的烦恼，还跟人开玩笑说在等UFO，生生被定上“精神分裂”的病症。真后悔。后悔死了。

我连哭好几天，见着父亲就哭，眼睛哭得又红又肿，细眯成一条缝，看谁身上都有我的眼泪。父亲无奈，问我到底想怎么样。我立即提出条件：“你自愿去戒毒医院戒毒，我就配合医生治好我的精神分裂。”心里却是另一份打算——只要你一进医院，我就立马从这鬼地方出去。

父亲往我脸上瞧了一会儿，说：“怎么敢放你一个人在医院。”就特意去找刘医生来帮我。好声好气的刘医生我自幼就认识，她是医院的心理医生，也是我父亲的老朋友，跟我母亲一个年纪。母亲去世那年，我刚十二岁，哭得快要昏厥，刘医生来参加葬礼，眼眸中带丝苍凉，将肩膀给我靠，说：“意心，要坚强。”自此我就常拿刘医生来跟我母亲比，常常想要是我母亲还活着，此时会不会也是刘医生这副温善喜乐、岁月静好的模样。

父亲神色特别凝重，一点情面也不讲，跟刘医生使劲解释我这就是精神分裂。巨大的难过像汹涌潮水，向我侵袭而来，无力到说不出一句辩解。刘医生也不勉强我开口，攥一攥我的手，建议我睡一觉。我心中恍惚，莫非自己真的生了什么心理暗疾？

后来我将发生的事一五一十地讲给刘医生听，刘医生一直都很善解人意，笑着说我没有任何问题，不用住院。我顿时有了底气，要去办出院手续。刘医生拉住了我，说："但我还是要求你每周来我这里一次，做个样子给你父亲看，让他进医院安心戒掉毒瘾。"我连连点头，为了能赶紧出院，刘医生让我做什么我都做。

二

第二个星期去刘医生那儿的时候，韩培也在，坐门口的长椅上等待。韩培每周来四次，我具体哪一天来，刘医生没有要求，所以时常会撞到一起。

韩培身上有股书卷气，说话永远低调子，看到我微微一笑，声音低低地问："来啦？"

"嗯。"

"里面的人进去多久了？"

"有一会儿了。"韩培往边上挪了挪，在自己的旁边挪出来一个位置给我坐。

"还好吧？"韩培半张脸都裹在口罩里，只露出一双眼睛，闪闪生光看着我。

"还好啊。"

"我发现你最近瘦了。"

"我最近一直在减肥。"我没有说谎，我是真的在减肥，而且初见成效。

韩培皱了皱眉头，轻声笑了一下，低声说：“你们女孩子可真会自虐。”

我微笑一下，不加理会。

韩培跟我说过他的烦恼，说他感觉自己的身体里像是生出了另一副神经系统，要控制他本身的思想及行动。有点慌，就来看心理医生。医生诊断是长期受到极大的精神折磨，又不倾吐，就压抑成了抑郁症。韩培一直没有跟我说过他因什么而长期受精神折磨，我也一直都没有问过，我想过多的打听对他来说反而是一种伤害。只是发现他有时候的确很像一个得了抑郁症的人——习惯性地沉默，非常敏感，常常通过细微的动作和语言将一件事猜个八九不离十，而且对人对事都额外留神，非常严谨，常常一见我就嘘寒问暖。

医院的暖气热烘烘的，像捂在脸上的口罩一样让人感觉局促。韩培四下观望了一下，将口罩摘下来叠好装进了棉衣口袋，脸又瘦又安静。我一向喜欢安静一点的生活，但现在的这种静，像是有人自门缝里偷窥，呼吸一声一声，非常压抑。我将口罩拉下来，包在下巴上，一会儿包出一层汗，又摘了下来，握在手里潮乎乎的，就起身去扔到垃圾桶里。

刚扔进去，就看见里面的人出来了。

“我先进去跟刘医生说一声，今天我先回去，明天再来，很快。”我转身征求韩培的同意。

“可以,你进去吧……”

我敲了下门,进去看见刘医生正坐在办公桌后面的棕色漆皮大椅子里,翻病人的诊疗册子,翻到一页,将刚打印出来的一张纸,拿订书机订在了上面。

“今天挺忙的吧。”

“早上不忙,一个人都没来,下午一下来三个。韩培在你前面,他等不住已经走了吗?”

“没有。还在外面呢,我是先进来跟你说一声,今天我先走,明天再来。”

“今天怎么……你也忙吗?”

“忙倒不忙,就是等不住……想着在这儿睡觉跟回家睡觉也差不多吧。”

“你每周来这儿,也觉得挺无聊的吧?”

“我已经来习惯了,还挺喜欢你这里,白晃晃的大灯在头顶,照得一切都融化掉,干干净净,什么烦恼都没有了。”

“是吗?”刘医生说着朝门口走去,打开门,看门口就坐着韩培一个人,就说,“今天我也没时间接待你了,刚医院通知待会儿要去院长那边开会,只能明天或后天了,实在抱歉。”

韩培一听,便搓着手站起来说:“没事,那我等意心一起走。”

刘医生的目光注意到我在看她办公桌下面的核桃,就笑着问我:

"上周你去看你父亲,有没有给他带核桃?"

"带了,全带了过去,医院的大夫说核桃对戒毒的人有助眠的功效,还挺高兴的,验过后全帮我收进去了。"

刘医生蹲下身看箱子里的核桃,又从抽屉里面抽出一个大塑料袋子,说:"那这些你都带走,带到医院,让大夫分给那些戒毒的人吃,也算物尽其用了。"

"这……那就谢谢你了,他们一定会特别高兴。"

我从刘医生手中接过塑料袋子撑开,她就搬起箱子往里面倒,半箱子倒完了,又搬起整箱子倒,足足有七八斤。想起父亲第一次进戒毒医院时,在我心里就跟犯罪进了监狱一样,战战兢兢地问民警:"我可以去看他吗?"额头上急出来的汗顺着眼睛往下淌。民警一脸温和,说:"当然可以,你父亲生病了,现在是病人,我们在治疗他,你当然也要多关心他。"这让我意外地感动了很多年。我想我将这些核桃带过去不仅要给戒毒的人,也要分给那些帮助他们戒毒的人。

我提着一大袋子核桃出来,韩培就立马过来帮我。刘医生笑笑地看着我,可能以为我在跟韩培谈恋爱,我也不加以否认,我是一个豁达的人,不大理会这些。

"这么说,刘医生是你家的故交?"从医院出来时,韩培问我。

"不是,只是我父亲的朋友。"

我之前跟韩培说过父亲在戒毒的事,现在本想再说点什么，解释得更清楚一点，却什么也没说出来。韩培一直帮我提着那一大袋子核桃，执意要帮我提到我车跟前，一大袋子核桃一直提着挺沉的，手背上青筋一根一根涌现，我每次伸手要帮忙，韩培都拒绝说没事。

“有时感觉刘医生挺孤独的。”

“可能吧，她离婚十几年了，没有孩子，也没有再婚，一直一个人……”

韩培点点头，随即黯然，一句话都没有，瘦削的脸很沉默。每次他这样沉默的时候，从耳边吹过去的风声就异常地荒凉。我借眼角瞄一瞄韩培，一时不小心，又不知挑到了他哪根敏感神经。街上人车稀少，风很大，淡淡的冬日阳光在脚下投下的一道阴影，像一张阴暗的脸。我看着，心中生起一股不明的恼怒。我没有放弃挖掘新的世界新的朋友，但我也不该这么辛苦，我总希望尽可能过得愉快，但遇见这样时不时阴着脸与人默然相对的抑郁症患者，那又该怎么办……

正当我沉浸在自己的思绪中时，韩培又开口说话了。

“明天我们去东山顶上等UFO吧。”

“什么？ UFO？”我一时没反应过来，等反应过来后又大大地诧异。

“是啊，去等UFO，听说最近要来的概率很大。”

我深深叹息一声，心里暗暗好笑，又略带愧疚。

“每年冬天东山顶上都会出现好几次，网上有人做过统计……”韩培刻意放慢脚步开始跟我讲UFO，好在我从来都不相信有什么UFO存在，所以他讲再多也勾不起我的兴趣。但我也没说什么。

三

我第一次去刘医生那儿就认识了韩培。我在刘医生那儿睡了一觉，出来就看见候诊大厅里的韩培，一个人，起身径直走过来，穿了一件灰黑色的过膝长羽绒服，瘦瘦的，个子很高，非常含蓄斯文，像是有什么话要说，又开不了口。

那一刻他给我的感觉非常奇怪，望着他涨得通红的脸，我也紧张得几乎屏住了呼吸，半天他才说："赵意心你好，我叫韩培。"

我僵立在原地，一个陌生人，从未谋过面，却连名带姓叫我叫得这么干脆突兀，他是要干吗？后来经过一番支支吾吾的解释才明白，那天他从刘医生办公室刚出来，就看见我进去，他就一直在外面等我出来。而他认识我是缘于一段视频。不知是谁将我坐在楼顶上说等UFO的话拍了视频发在了网上。

"你说你在等UFO，疫情封城时出现在东山顶上的UFO我也见了。"韩培翻出视频给我看，用几乎已找到知己的目光看着我。

这么些年，我骤失母亲，照顾父亲，意志力坚定，见识增广，但是看到这样的人，拿一段我出丑出成这样的视频出来给我看，仍然感到无限尴尬和局促。我盯着视频结尾处摔倒后搭在栏杆上的那一只脚，不甘向陌生人解释，刻意保持缄默，但最后还是忍不住笑了出来，简直不可思议。

再后来好几次来医院见到清秀沉郁多愁的韩培，心底都纳闷，这样的人，他怎么就真的相信会有UFO要来，还常去东山顶上等，太奇怪了，真想不通。

一次我跟刘医生聊天时，突然想起这件事，就将它当成笑话讲给刘医生听。

刘医生诧异："他主动跟你讲话？"

"是啊。"

刘医生不语，然后说韩培患有抑郁症，刚开始来医院时哭着说自己想死，动过自杀的念头。我一听，心里有些许静止。刘医生说："他不想用药，就选我做主诊，我给他做心理疏导时建议他放轻松一点，转移或分散一下注意力，关注一些自己感兴趣的事。也许他就是想分散注意力，就对最近吵得火热的UFO起了兴趣，也许他以前就感兴趣，现在为了让自己从抑郁症里走出来，就愈加关注。但无论怎样，这对他来说都是好事，都在往好的方向走。"

我点点头，明白了，真不该笑他。

我在刘医生这里来来去去也快三个月了。隔三岔五就遇见韩培，一见准等我一起走，开始我以为他对我有意，刻意表示好感。但自刘医生说了他的情况，就没有再多想，跟他讲话一直平心静气，有时下班他打电话约我一起吃饭，一起看电影，我都去。

第二天去刘医生那里，还是照常地睡觉，睡醒后收拾一下，围上围巾，穿上羽绒服，准备要走，可是刘医生却留住我："意心，你先等等，我有事还要问你。"

我迟疑了一下，看了看时间。今天和韩培约好去东山顶上等UFO，从这里出去，吃个晚饭，再开车到山脚下，爬上山，天就应该黑透了。其实于我来说，答应跟韩培一起去等UFO，与答应跟他一起去吃饭一起去看电影没什么本质上的区别。我有时挺怕一个人早早回家的，阒然无声的房间，将我的孤独一点一点钓出来，恍似阴云聚合，越来越晦暗昏沉，心情阴郁到极点，平躺着想要撒手人寰。

刘医生将我今天来过的记录打印出来，拿订书机订在诊疗册子里面后问："你这周去看你父亲了吗？"

"还没有，我准备明天去，将你昨天给的那些核桃也一起带过去。"

"已经治疗了三个月了对吧？"

"嗯，整整三个月了。从明天开始强制戒毒期就结束了。"

刘医生好像还有话要说，但欲言还休，似乎开不了口。我除了笑笑，也没有别的办法。刘医生见我笑，就又吞吞吐吐，喉咙里像哽着什么一样问：“我明天能不能跟你一起去看看你父亲？”

我禁不住笑出来，真不明白这有什么不好说的，赶忙说：“可以，当然可以。”

刘医生看着我，脸上是她惯有的职业性的微笑，说：“我之前申请过远程视频探访，但没被通过，说需要提供与戒毒人员的关系证明。”

我笑着说：“你应该在关系证明上写，是他女儿的心理医生。”

刘医生又笑，说：“我倒没想到这一茬儿，不过我跟你一起去应该会让我进去吧。”

“不会有问题。强制戒毒期结束后，会轻松一点，给的自由也会稍微多一点。”父亲三番五次地戒毒，我已经熟门熟路。

刘医生松了口气，说：“我本来也想早点跟你一起去看看的，可是今年疫情反反复复，医院忙得常常连双休都被占掉。”

我只笑。有时我感觉自己挺理解刘医生的，而刘医生有时也挺理解我，这种相互理解未尝不是一种缘分。

“那，我们明天几点钟过去？”

“早上十点可以吗？我开车。”

“可以再早点，我怕下午医院又有事。”

“那八点呢？八点可以吗？八点就可以探视，我们六点出发，两个小时到达。”

“可以。”

刘医生朝我微微一笑，又说：“韩培还在外面等你吧，快去吧。”我想要问她，明天去戒毒医院的路上要不要带点吃的，怕太早出发，黑咕隆咚的来不及吃早餐。但一看刘医生一副健康模样，算了，不问了，明天我自己带一点，到时她要没吃就分给她吃。

在医院电梯里，我就跟韩培说了明天要跟刘医生一起去戒毒医院的事。今天我得早回去早休息，明天早起床。韩培没有说话。

我说：“我们也可以明天去等UFO。”

“明天不知道行不行，我一整天都得上班。”

“上班？”一周四天在医院，我一直以为他是一个无业游民，“你在哪儿上班？”

“植物园。”

“工作这么轻松？一周可以请四天假。”我在图书馆工作，一周兢兢业业完成所有工作，再去请两个半天的假，还得看馆长脸色。

韩培没有注意到我的讶异，笑了一下，说：“冬天植物都休眠，就相对轻松一点。”

受疫情影响生存不容易，医院对面特设了一条美食巷子，都是篷布临时支起的小吃摊儿，一个一个灯火明亮，热气腾腾的，看过去很温暖。我跟韩培一直往前走，想找个更合心意的，谁知后面来了一辆小汽车，喇叭大响催人，这么窄的巷子，两边都是摊位，路面上到处都是积水结成的脏冰，竟还有人将车开进来。只能侧身先进身边的一个小布篷。

小布篷很小，两张桌子，四条长凳。卖醪糟汤和各种炒面。没什么生意，炒面的女厨，戴一副翡翠耳环，两腮上的高原红，像盛开在礁石上的红玫瑰，格外地灵动，见我们进去，马上倒两杯开水端上来，不再给我们走出去的机会。

炒菜的热气和烟火气顺风飘向篷布外面，暮色迷离的天空中淡淡的云朵被灯光映得昏黄，平添进来不少人世间的温情。韩培坐在我旁边，摘了口罩，手揣在衣服口袋里，心定气闲地等待上菜。我看着他，完全看不出他患有抑郁症。很多时候看起来，他真的是一个再正常不过的年轻人。我想，或许在某种意义上人人都有病吧，都是病人，街上擦肩而过的一个看似正常的路人，或许是个毫不起眼的瘾君子，或许是个身患绝症的可怜人，或许是个狭隘富足的偏执狂，只是谁也不认识谁，匆匆忙忙完全看不出来而已。

我跟韩培解释了一下刘医生为什么要跟我一起去看我父亲。

“不是亲属，连远程视频探视也不行吗？”韩培在端上来的面里面加醋，加了一点，看了看，又加了一点，一副小心翼翼的样子。

“嗯，强制戒毒期间是不行的。”

“刘医生是不是喜欢你父亲？”

我正端起一碗醪糟汤在喝，听到这话，不禁一呆，说：“要是的话，早就跟我父亲结婚了。”

“她可能也不想再结婚吧。”韩培坦率到极点，一边拿筷子拌面，一边继续说道，“刘医生的前夫是我们单位的一把手，单位同事私底下好多次议论那个人家暴上瘾，已经打走了四个老婆。刘医生这么暖性的一个人，当年竟也被打得肋骨断裂，脾脏受损。”

我突然觉得瑟缩，又恍然像是碰翻了什么东西，整颗心往下坠，胸腔里一阵抽痛。

四

我只知道刘医生离婚后，一直未再婚，没想到她还有过这样的经历，受过这么大的伤。

更没想到的是我以前竟然全然未曾觉察。我回想很遥远的一些时光，那时候刘医生很年轻，娘家跟我们家住同一条巷子。刘医生身材高挑，比我母亲瘦一点，非常白，每次见她，她都一身长裙，像是精雕细琢出来的一只花瓶，不张扬不放肆，透着沉静的气息，给人非常舒服的感觉，但母亲对她一直有敌意，每次看见，嘴皮底下总低低地没好话。我当时已经看过《西西里的美丽传说》，以为好看的女人都一样，像水一样流动在日光之下，女人嫉妒，男人祸害，祸害轻贱了，就一起嫌弃。现在想想，还不是这么回事，那样一种白到病态的沉静，应该是遭家暴之后，表现出来的巨大隐忍。

一种疼痛感依然在心里涌动，但刘医生说："你今天状态真不错。"

我转头笑笑。我昨天睡得早，睡了足足八个小时，眼底浮肿自然消失，早起洗了头，敷了最营养的面膜，跟着化了妆，就与往日已判若两人，又特意配好衣服外套，照照镜子，减肥也颇有成效。每次去看父亲都这样，以最好的状态出现在他面前，让他放心我绝对不是神经病。

戒毒医院十分现代化，管得也严，又查行程码，又看打疫苗的记录，最后还要进行详细登记。在门口一步一步的，寒风呼呼直往我羽绒服里灌。冷死了。高原天寒地冻，疫情一次也没发生过，可是各类消息亦真亦假，铺天盖地，非疫情区的人好像比疫情区的人更恐慌，彼此互发警告，将几乎毫无意义，甚至自相矛盾的信息相互传来传去。各个进出口搭建起的简易防疫间里，都有执勤的人，一身白从头裹到脚，转来转去，虽冷不死，但也够受的。

刘医生戴着口罩，头发严密地用一方丝巾包裹着，走在我后面，我做完登记，将笔递给刘医生，笔管里墨水好像尽了，刘医生将大衣拉严一点，用力甩了甩笔尖，写好“思悯”两个字，重新过去描写“刘”字，换行写日期的时候，笔尖又泛白，执勤的医生边忙着找其他的笔，边说：“这样就可以了，没写显的，我帮你描清楚。”

我提着袋子边走边问：“做医生是不是很辛苦？”

刘医生笑笑：“偶尔也会觉得有些辛苦吧，时间久了就都习惯了。”

高原上的阳光，无论冷暖，一直都是明亮干爽的。健康了很多的父亲，换进了新病房，双目有神，鼻梁高挺，使人感觉一切都可以重新开始。

父亲看见刘医生先是一愣，忽然露出非常可亲的笑容，问：“你怎么也来了？”

“我来看看你。”刘医生将所带的水果鲜花一并放在桌上，惊讶于父亲的变化，说，“你看你现在多好，头发削短，整洁得不似生病。”

带我们进来的医生，身段高大，精神奕奕，笑着说：“这一次他很配合。”又转头说：“你们在这里聊天或者出去在院里散散心都可以，我还有点事办，回头再来找你们。”

刘医生这才将口罩摘下来，在父亲身旁坐下说：“这些年，意心的心都挂在你身上，这次好了就别再犯了，让她省省心，她还是个孩子。”

我一听这话，心头一阵酸涩，眼泪都要涌上来。我走近沙发，站在他们的对面，盯着父亲的眼睛。父亲好像也挺难过，一时眼睛鼻子全红了，要哭。

我讶异得说不出话，眼睛转向刘医生。

父亲往前坐了坐，握紧我的手，用我的手背掩住眼睛，肩头颤抖，抽搐地痛哭起来。我知道过去的很多事对他对我都不好过，但他现在这样，这样哭……完全出乎我的意料——天塌下来都不掉眼泪的人。我目瞪口呆站着，有点恍惚。刘医生朝我微笑着说："他想哭，就让他哭，哭一哭洗净胸中毒素，以后就健康了。"又转身从纸巾盒抽出两张纸巾拿在手里等父亲哭完。

手背上的眼泪暖暖的，从手指缝隙流到了手心。我想起父亲起初吸毒的时候，我不知道他在吸毒。他点着烟斗，吸将起来，那阵阵焦香味儿传入我的鼻孔时，似乎也是这种暖暖的舒服。

再想下去，时光倒退，早在十三岁时我已是个小大人。一次父亲浑身发抖，脸色青白，在地板上打滚，我才知道他染上了毒瘾。那天下午，我紧紧抱住父亲，额上急汗直流。但还是没有抱住，父亲脖子上的青筋快要爆裂，挣扎得厉害，跌跌撞撞出了门。我在家孤单一人，无限恐惧袭上心头，脚步浮浮，如踩在棉花堆上。

此前一年城市规划重建，旧巷子整改拆迁，我们搬进了新楼房。家里气氛变了，母亲瘦削憔悴，脾气也不似往日。那时她已经得了抑郁症，但我还小完全不懂，父亲心大不装事，很长时间我们都没有发现，就只觉得在母亲或郁郁寡欢，或咒骂撕扯中，家好像是夹在石头缝隙里的一座活火山，随时准备爆发。父亲筋疲力尽，常常不回家。我不知道父亲是那时染上毒瘾的，还是母亲去世后。母亲一直提着那股一烦躁就哭泣咒骂的劲儿撑到最后，撑得自己似活骷髅一般，跳了楼。我放学回家，楼下面聚了很多人，我走近时，人群里有人喊，不要让孩子看见，把孩子带远。但在一双大手捂上我眼睛之前，我都已经看清楚了，母亲脚上穿着细带子的牛皮凉鞋，血从浓郁的长发里面流出来，流了一摊，黑红黑红的。我内脏翻腾起来，在浑身痉挛般的战栗之中，魂魄都没了。

这段黑暗的记忆，后来很长一段时间总像新鲜的鬼画符一样，在我头顶无声而缓慢地飘浮，浸透了我的每一寸时间。很多个夜晚，我完全睡不着，将家里发生的事，翻来覆去地想，好像想明白了很多，又好像什么都没明白。我看到自己开始脱头发，在卫生间的地砖上，常有大团大团的黑色头发，纠缠在一起，像是被撕烂了的服丧的黑纱。

同时父亲的生活也好不到哪儿去。父亲此前做过珠宝生意，母亲抑郁症跳楼，父亲始终认为是自己的大意造成的，日子很消沉，吸毒又使尊严凋谢成了一地碎片，就拿积蓄的利息出来很含糊地活着。一次放学回家，我先一步抢进卫生间大呕大吐，酸涩胆汁呛得满眼睛满鼻腔都是，喘不上气。父亲见状，面孔焦虑地皱了起来，像是老了很多，带我去医院检查。在医院又见了刘医生——自从搬上楼房后就不易再碰到她。

刘医生脸上露出恻然神情："这孩子怎么这样了？"帮忙给找了医生，下午下班后又来家里看我。

多日没打扫的地板上满是灰尘，父亲坐在沙发上沉默，脸很颓丧，拼命地吸烟，将整个人埋在云雾里。

刘医生说："这样下去，意心很快就会精神崩溃，你应该早点给她看看医生。"

"她妈没了，我管她管得少，没想到就这样了。"

"她这是压抑过度，这样的就得小心，不然一到极点便万马脱缰，发泄得不可收拾。"

我在隔壁房间，无可抵挡的困倦之雾罩着我的双眼，但我仍强打精神，在听他们说什么。

此后很长一段时间，父亲自己病恹恹的，却听从医嘱精心护养我，刘医生也好多次打电话来询问我的状况。后来父亲直接被抓进了戒毒医院，一住上楼房就没有邻居，平时有来往的亲戚，个个也都是怕你富嫌你穷恨你有笑你无的主，躲得连个人影都找不见，就只有刘医生会时不时来家里看我，有时还会帮我做饭，满室的饭香味使我悬在胸腔里的那颗苍茫无依的心平静了许多。

父亲渐渐镇定。

可我被触动心事，含着的泪再也忍不住，汩汩流下，刘医生站起来将手搭在我肩上以示安慰，我号啕起来，刘医生也伤感，拿纸巾轻轻拭自己眼角的泪水。

我收拾情绪平静下来，转头擦眼泪时，看见刘医生鬓角有几丝白发，沉沦在黑发间，特别像褪了色的往事。时间过得可真快，父亲在我这样的年纪时追求过刘医生，我是从母亲患抑郁症后沙哑怨毒的哭泣咒骂中知道的。都是婚前的事，但母亲好像特别计较，死揪着不放，还恨起了刘医生，无理的恨意像极了柔软花茎上的直白尖刺，这让我对母亲产生了一种不好的感情，倒挺希望父亲那时候就追求到刘医生，并跟她结婚。而我又是母亲的女儿，这种不应有的想法，像一杯一杯灌下去的烧酒，整个人的状态一会儿不似一会儿，且一次比一次窘迫，真对不起母亲。

后来母亲去世了，刘医生也孑然一身，我一度以为父亲会跟刘医生结婚。我想父亲若真跟刘医生在一起了，我也不介意。因为他除了是我父亲，他还是他自己，他有权选择自己的婚姻生活，这一点我很明智。但始终都不见动静，此起彼伏的各种怪念头终使我忍不住问父亲，为什么不跟刘医生结婚，天时地利人和样样都已占全。

父亲说："要能在一起，早就在一起了。"

"为什么？"我立刻伸长耳朵，探听原因。

"她心中有神，我从小一心向太阳。别的不说，就连做一顿饭，都得分开做，各吃各的。”父亲深深地叹息，“就是我肯跟她在一起，她也不会妥协。”

我愕住，原来跟我之前想的完全不是一回事。父亲是个彻彻底底的无神论者，而刘医生信神，敬畏和尊重人心之外的秩序和力量。这是他俩之间的死结，没在这一方土地上生活过的人是完全不可能懂的。我故此沉默起来，再也没提过这件事。

我从父亲的病床那边搬来椅子，坐在父亲和刘医生的对面，细细欣赏父亲的病房，墙壁雪白，有一个大窗户，阳光照进来，四面都亮堂堂的，也安静。前几次来看他，是在另一个病区，左右病房呻吟不断，夹杂着凄厉的哭声和祈求。刘医生接起一个电话，说是韩培打给我的，问我手机怎么关机，我一看自己手机还真没电关了机。接过刘医生的手机跟韩培讲话，韩培说网传今晚一定会有UFO来，问我几点钟回来，要不要跟他一起去东山顶等，我忍不住嗤一声笑，说等我回来再做决定。

父亲问：“有什么要紧事？”

我说：“朋友约我去东山上等UFO。”

父亲长长地叹口气：“还等UFO！还不死心！”

我明白父亲的意思，但也不想解释，就说：“一直都不是你想的那么回事。”

刘医生脸上充盈着笑，很委婉地安慰父亲：“年轻人精力多，对什么事都可以有好奇。”

父亲发怨言：“她就是这么难管束，不让做的事偏做给人看。”

我跟刘医生相视笑笑，都不去理他。

父亲边将我提来放在桌子上的核桃袋子打开边说：“怎么拿来这么多？上次拿来的还有。”

“还是刘医生给的，说这次多拿点来，让你给医院里的其他人也分点。”

父亲找来一个小一点的塑料袋子往里面捧了两捧，说：“走，我带你们在医院各处转转。”接着走过去又从抽屉里面拿出一个夹核桃的夹子，握在手里。

刘医生说：“可能没时间转了，我们得回去，下午还得上班。”

父亲看看手表：“现在十点不到，你们转一会儿再走，不耽误上班。再说，这样的地方，要不是因为我，你们也没机会进来。”

我听着来气：“情愿一生都不要有这样的机会。”

父亲苦涩一笑，往刘医生的脸上看了看。

外面阳光明晃晃四处流动，天空异常地清澈。我深呼吸，极致清新的空气使我心胸空明。慢慢走过许多小径，两边都是松树，上面有积雪，风一吹就如碎屑纷纷飘落。父亲与刘医生并肩走在我前面，我跟在后面看他们的背影。人过了中年向老年滑行的时候，连背影都给人一种即将腐朽的气息。这气息无来由地触动我某根神经，突然就反应了过来，刘医生对于父亲，懂的成分多于情。情是一团火焰，双向的时候相依相偎你侬我侬，单向的时候就像母亲那样，不可理喻地深陷痴缠，疯狂占有，忌恨煎熬。而刘医生对父亲只是看了个通透，心生慈悲和同情，愿帮一二。

也许就是我想的这样，也许不是。太阳底下，看不懂的事有很多，都像碎玻璃一样凌乱锋芒，倒是脚底下的雪厚绵绵的，摇曳的树枝倒影像铺上去的印花床单，不禁想让人躺上去试试。父亲和刘医生已经走远了，父亲回头说："前面有个亭子，能看到医院的全景，我们过去坐一会儿。"

"好的。"我几步追上去。

是一个石砌的白色亭子，在一个平缓小山丘的顶部，柱子上缠满枯败下来的藤蔓，整个看上去就像一株死亡的植物在寂静中腐烂。坐下来，父亲就开始将袋子打开放在膝盖上，挑挑拣拣的，说要给我们夹核桃吃。

"前几天，意心带来的核桃我给周围的医生和病人拿了几个，他们可高兴了。"

"意心跟我说了，这次我们来就多带了点。"

核桃夹子的螺丝好像松了，老将核桃囫囵个儿地绷出去。父亲眉皱得紧紧的，手上使更大的劲接着夹，又绷出去一个，直直滚到了刘医生脚边。刘医生捡起来，从亭子旁边找了一块石头，蹲在地上砸了起来。砸好核桃仁，起身过来放进父亲的塑料袋子里，又拿几颗囫囵核桃过去砸，一个接一个。

我也蹲下来帮刘医生捡核桃仁。砸得太碎的，沾了灰土的都不要，只捡那些饱满的、白净的过去装进父亲的袋子里。

刘医生这会儿没有戴口罩，嘴唇的线条很明显，鼻梁竖直，脸上沐浴着阳光，眼角的皱纹一条一条和阳光糅合在一起，看上去非常闲适，仿佛世间万物都为她所有。

我捡了满满一把核桃仁一抬头，看见父亲正侧着脸安静地注视着我们。我将核桃仁放进袋子，父亲微笑了一下，将视线转移到了别处。刘医生戴在手上的镯子有一条亮光，随着手腕的起伏，好像一种蜕壳多次的软体动物，在我眼前不停地晃，晃得我心里空空的，像一场空梦，醒了就不记得了。

砸完核桃又坐了一会儿，我们就在亭子处告了别。

回来的路上，刘医生跟来时一样，很少说话，大部分时间都在凝望窗外的草原，仿佛一直都在沉思默想。路边有一个磕长头向前的苦行僧，反毛皮的皮袄非常旧，身体完全俯下去，四肢紧紧贴向地面，额头叩在地上，一步三叩，非常专注。车子开得很快，我一歪头，竟从后视镜里看见路直直地竖了起来，那苦行僧犹如陷入万丈深渊，攀一根由车轮烙印出的笔直绳索往上爬，我惊恐得几乎窒息，赶紧将车速放慢了一点。车窗外是冬季的草原，路一转，阳面一片枯黄，就像被太阳晒焦的一个死寂的梦，再一转，阴面一场一场覆盖下来的大雪没消融，雪地里被猛禽叼光皮肉的动物骨架覆了雪，白得发亮，一只被冻粘在雪里的牛皮马靴，靴筒翻出来像一只裂开肚皮的死羊，被冻得凝固住了，连腐烂都成了一种奢望。

“我还是喜欢活着的世界。”

“嗯？你说什么？”刘医生转头问我。

“所有的问题似乎都没有答案，所以人都能够在没有答案的状态下还能抱着希望，很认真地活着，就已经很了不起了对吗？”我有感而发。

“你这孩子……”刘医生笑了笑，闭上眼睛养神。

五

回来后我先将刘医生送回了家，然后自己在街边匆忙吃了一碗面，就去上班。

下午下班走出来，空荡荡的街上起了一阵大风，风势很凌厉，将一阵雪末旋得满地打转。这条我从小逛到大的街道，承载了太多的喧嚣回忆，而现在却是这一种空空荡荡的、充满末世的冷清，我突然想起早上开车走过的那些荒凉雪原，那些死寂的、凝固的东西，就感到难过。如果……如果这条街有灵魂，它会不会哭？坐进车里，各种恍惚的情绪不停地碰撞着我，心跳得手都在抖，开了车窗，给自己点燃了一支烟，没抽几口，兜面而来的大股冷风，像被烧灼的情绪，激得我剧烈地咳嗽起来。灭了烟，在座椅上躺了一会儿，就打电话给韩培，他还在上班。

“不是要去东山顶上等UFO吗？还去吗？”

“可能得稍微晚点，我手头工作还没有做完。”

“得做多久？”

“顺利的话，再一个多小时就差不多了，我尽量快点。”

“我已经下班了，我先回家。你结束了联系我。”

“好的。”韩培说完，就忙挂了电话。我开车回了家。一天开车来来去去，换的环境太多，到下午脸上的妆干得像是裹上去的一层壳，令人疲态毕露。我关上浴室门，用滚烫的热水淋浴全身，胸闷疲惫是过去了，但饿意一阵紧似一阵烧灼着胃。

打开冰箱，疫情封城期间父亲囤进去的面条和鸡蛋吃也吃不完，我给自己煮了西红柿鸡蛋面，开着电视，边看边吃面。吃完又将头发吹干，拿卷发棒卷了半天，又冲了一杯热茶，拆了一包零食，反正就是各种消磨时间。

韩培来电话了，说在我们家楼下，我一开窗户，他就按响车喇叭回应。裹上羽绒服，围了围巾，在镜子前照照，顺便再捂上口罩跑下楼梯。

“不好意思，今天我下班晚。你吃晚饭了吗？”

“吃了，你呢？”

"我买了馍馍，待会儿饿的时候，咬几口就可以了。"

"饭都不吃，你就那么想等到UFO啊？"

韩培笑笑："其实我还有点害怕，害怕等到它，一旦等到了，就再也没有什么东西可以等了。"

干净的黑眼仁儿里都是书生气，我想笑但没笑出来。

开车到山脚下时，太阳已经彻底下了山，天空变成了阴暗的灰色，飘着一星半点的星光，一闪一闪的，像碎钻。老式而颓败的房屋之间有的是空地，我们随便找了一处将车停下来，一路爬上山顶，感觉到寒风的确刺骨，但也不像想象中那么寒冷。意外的是，山顶上竟然有十来个人，说不好也都是来等UFO的，都安安静静的，大有一种古人立足于至高之处，极目远眺的苍凉情怀。

韩培脖子上缠着一条厚厚的围巾，默默地坐着，低头不知在思索什么。四周有点幽暗，从另一面山坡上来的人，都往旁边的古刹里面走。清冷的空气中洋溢着焚香的芬芳和低沉的祝祷。我问韩培：

"那边怎么上来那么多人？"

"都是进去拜佛的。"

"拜佛？"我又转向古刹门口看去。

"那里面供着一尊药师佛菩萨，疫情发生后就有很多人来拜。"

"为什么要在这个时间点？"

“这段时间寺院斋堂不对外开放，所以人们就只能在天黑后悄悄上来拜。”

忽然之间，我看到古刹里面灯火大亮，一道光华自门口泼出来，铺出半截昏黄的道路，远远望进去，古刹里面烛影飘摇晃荡，人影或叩或跪或立或焚香……纷纭缭乱，不像人间。

我从小到大从来没有来过这种地方。山风冷冷刮过来，像一剂刺骨的清醒剂，帮助克服周遭的芬芳带给人的迷幻。感觉凝聚在眼睫毛上的冷霜要遮住视线了，眼球翻上去，就看见一天繁星，像钻石镶嵌在暗蓝色的丝绒上面，仰头看了半天，是我迄今为止见过的最美丽的星空，而我的脑海里浮现的是另外一个景象，很像过去生活的零碎片断在记忆中重现。

2022年3月20日完稿于兰州

蓬灰

一

安佑到达深圳时已到傍晚，剩下的一点点太阳像玻璃珠子蒙了一层纱。安佑要去的地点在福田区，出站找了半天，说好开车来接他的人不见踪影，电话打了几次，铃声都响到无疾而终。

本来从西北到南方选择坐火车就是个失误，四十多个小时的里程，对于到了中年的人来说着实有些吃不消，现在对方还不接电话。安佑心里很烦恼，但因为是初来乍到，觉得不便再多打，就坐在喧嚣的候车厅里等，饥饿在胃里像一团火焰在灼烧。等了半天再也等不住了，安佑出来拦了一辆出租车，跟司机说："麻烦就近找一家面馆，要清真的，好一点的。"

司机穿过月亮湾大道，送安佑到兰州清真牛肉面馆，正当他吃面吃到一半时，电话打来问他到了没有，好来接他。

一碗面吃下去，肚子饱了就容易犯困，侧躺在车的后座上闭着眼睛迷迷糊糊往梦里坠，突然一阵巨大的城市噪声惊得安佑猛地睁开了眼。夜幕已经降临，一幢幢高大建筑掠过窗外，同时掠过去的还有迷离妖娆的霓虹与城市的喧嚣。安佑这是第一次到深圳。早就听说这里发展很快，但怎样的快法他全无概念，恹恹地看着快速滑过的街景想：无论再怎么快，人的生活应该都是一样的，有人可能在这里安居乐业，也有人可能在这里危机四伏。而他来这里也仅仅只是接受总饭店的安排，来给人教如何做正宗的兰州拉面。

到达饭店时，大堂经理带几个年轻人迎出来，跟安佑颔首握手，十分礼貌周到。经理西装革履走在安佑前面，边走边回转身说："今天已经晚了，明天早上七点我带您去后厨看看，饭店的上面是我们自己的宾馆，您住下来也很方便，吃饭直接到大厅来吃，随时都有。"经理走到前台安排好房间，叫服务生带安佑上楼。在深圳的这七天安佑被安排住在饭店宾馆的单人客房里。

服务生带安佑去房间，一电梯男男女女中安佑是典型的西北人，眉眼五官立体，满脸的络腮胡，站在南方人中间个子尤显高大，又戴一顶洁白的无檐小圆帽，更显突兀。有人略略偏过头来看安佑。什么眼神？当他是动物园来的一只大猩猩？一种不痛快隐隐压上安佑的心头。出了电梯，在楼道里安佑越想越诧异，就问服务生，电梯里有人提那么多蔬菜干什么。服务生说饭店十八层以上是出租公寓，住户是可以在里面生火起灶的。

安佑来时没带什么东西，就简简单单一个手提包，从里面掏出毛巾搭在肩头进浴室洗漱，在浴室转了一个圈，也没见有可装水的水壶之类的，只能打开花洒来洗，满浴室水汽蒸腾，泼泼溅溅算是洗完了，出来坐在床边将一条腿搁在膝盖上，用肩头毛巾的一头擦干每一根脚趾，站起来环顾一周才发现可放心代替拜毡的干净物也没有一件，踌躇了一会儿，只好将自己的衣服拿过来铺在地上做宵礼。

多年养成的喝茶习惯，睡前不喝不能安心。下楼正要喝茶，就接到妻子打来的电话，问安佑到了没有，又说："听说深圳那边港货又好又便宜，你有时间就去看看，要买的货品我微信发你，哦，还有老二家的媳妇儿让你从那边给她孩子买几罐香港代购的荷兰原装进口奶粉，什么牌子我忘了，待会儿我问了也发给你。你买了全都邮寄回来也很方便。"

絮絮叨叨半天，安佑盯着茶杯里一根浮起的茶叶说他若有时间的话就去看看，说完挂了电话，将一杯茶一饮而尽，上了楼。

夜里睡不着，直挺挺地躺在床上，又翻坐起来，白布的床单被套，桌上齐齐整整地放着水壶水杯，碟子里放着水果。平日里其他宾馆的装置无非也就这样，但今天不知道为什么，安佑看着这些不由得有些恍恍惚惚。看了许久，一歪身又睡下去，但一直也没有睡着，恍恍惚惚的，伸出手在黑暗中拿起手机眯着眼睛看时间，才凌晨四点多，手机不知什么时候关的静音，屏幕上几条微信消息，全是妻子的语音，他无心理会，最后是在一种恍惚的状态中陷入沉睡的。

早晨在饭店大堂吃早餐，然后由经理领着到后厨，穿西装打领带的经理啪啪拍了几下手掌，站在后厨的一堆年轻人面前说："这是从我们总饭店过来的一等一的老拉面师傅，大家有什么不会做的地方，就请教他。"

后厨里和面的机器嗡嗡运作，安佑做牛肉拉面少说也有三十多年了，也算得上是做拉面的老师傅，但从未见过如此做牛肉面的，不用蓬灰，不用和面，一袋子面倒进机器，机器端口面条出来自己掉进锅里。安佑说牛肉面不放蓬灰怎么行，站在锅边捞面的年轻小伙子斜安佑一眼，说："牛肉面里放了蓬灰谁还敢来吃，重金属超标，那是要得癌症的。"说完，又带着点嘲笑说："这么忙，您老就别在这儿指手画脚了。"

您老？有多老？安佑颓然垂首，吃了一肚子气，但也并不与其辩驳。人一到中年，眼神日渐黯淡，好像心灵比身体衰老得更快，对于不好消化的事，常常选择无动于衷。

安佑面无表情地看着那自己掉面条的机器想：既然做得这么简洁方便，省时省力，总饭店又何苦派他来，这不是白来吗？但又深深地悲伤着，觉得这不应该被叫作牛肉面，因为牛肉面根本就不是这么做出来的。

一整天在厨房工作，站在锅边捞面，或者做撒香菜放蒜苗舀辣油盖牛肉之类的事，总之就是没有闲着，但也清简，七天的时间，很快也就过去了。他这个被总饭店认作是一等一的拉面师傅，犯不着在这里跟人作声强调牛肉面的正宗不正宗，虽说对工作是不负责任了点，但话说回来，这个年代拉面师傅的意见与想法早已经不再是什么权威了，说多了招人嫌，弄不好还会讽刺你几句，不说反而落个清静。

时间一过，怀着一种歉疚而复杂的心情离开了锅灶。进电梯时，发现电梯里有一个戴着头纱的年轻女子，淡粉的头纱下，露出一张白白净净的脸，脸上一双炯炯大眼，清清爽爽的模样。那女子两只手抄在大衣口袋里，眼睛时不时抬起来，看电梯上方移动的楼层数字，她发现安佑看着她，便也微笑着向安佑点了个头，又继续仰脸注视着那些数字。也就是个极平常的女子，不过是因为戴着头纱，就让安佑多看了一会儿。这样的打扮在西北穆斯林聚居区或许很普通，但到南方来就不多见了。电梯开了，安佑走出来，手伸进裤子的口袋里攥了攥，昨天在电梯里因白色无檐小圆帽被人注视之后，再一次进电梯时他刻意将帽子从头顶拿下来装进了裤子口袋。嘴角浮出一丝笑，安佑感觉自己像一条鱼，盲目扎入人海，力求相似，却显得不伦不类。

二

米娜上楼，进了二十二层的单身公寓。深夜失眠，她抱着腿坐在飘窗处看外面，看累了，头靠上了玻璃。这里基本上属于市中心，霓虹闪烁，楼群的轮廓此起彼伏，一座喧嚣无寐的城市，从来就不可能有夜深人静这一说。房间里鼾声一声一声，米娜转头看过去，鼾睡的胡迪与她就隔着一张床的距离，但一个清醒，一个沉睡，仿佛在两个各异的世界。

远方深蓝的天空渐渐泛白，米娜进浴室洗漱，在水壶里灌好热水，走过去伏在床边，轻轻地推在胡迪肩上，轻轻喊他："快起来，晨礼时分了，我给你灌了热水，起来洗漱。"

睡眼蒙眬的胡迪，伸手摸了一下米娜的脸，嘴里含含糊糊地说："乖，再让我睡一会儿。"眼睛没有睁开，翻了个身背对着米娜，鼾声又起。不知怎么，米娜内心闪过一丝凄惶，叹了一口气坐在床边，用手撑着下巴看胡迪，怔怔看半天，忽然觉得脸颊一阵冰凉，伸手去擦，才知道是眼泪。

米娜没有开灯，在黑暗中借助窗外射进来的光线做礼拜。在此之前她觉得若有委屈，有情绪或者很孤独，头在拜毯上叩下去，就会得到一些安慰，但这一次她却泪流不止。

米娜正在厨房烧燕麦和牛奶。胡迪从床上爬起来，进浴间对着镜子将自己梳洗妥当，出来在T恤衫外面套了一件格子衬衣，拿了一块面包咬在嘴里到门口去穿鞋，开门的同时又转过头对米娜说："我去工作了，你在家里自己照顾好自己，好好吃饭。"

米娜皱着眉头说好，嘴角浅浅地笑，早已经习惯了胡迪敞开格子衬衫往外跑去赶地铁的模样。

一个人的房间，空空荡荡的，米娜又独自坐在飘窗处发呆。远处的京基100，从这里看又巨大又陌生，但是坐车从它下面经过时，觉得它跟遥远的天空比起来，起不到任何震慑人心的作用。

胡迪每天都很忙，早出晚归，回家基本上只是睡个觉。白天米娜几乎一直都是一个人在公寓，很少出门，做几番礼拜，看一本书或者什么都不做，一天的时间也就过去了，有时突然有心情，也会自己一个人出去漫无目的地闲逛。去海边看看大海，吹吹海风，或者在街上胡乱走走。母亲笑米娜是富贵闲人，米娜说物离乡贵，人离乡贱，这种富贵与闲不要也罢。

坐了一会儿，心脏起伏的地方空得仿佛破了一个洞，风飕飕只往里穿，太难受了。走过来陷在沙发里打电话，电话还没被接听，米娜就已经泪流满面。

“喂，妈妈……”米娜用手背抹掉脸上的泪，装出一副笑脸。

“哦，米娜呀，你等我一会儿，我这里有点忙。”米娜听到电话那边很吵，感觉像是在什么公共场所。等了半天没有回音，眼睛里又泛上眼泪，又用手背擦了一把，说：“妈妈，那你先忙，我先挂了。”

“哦，好的好的，你挂吧。”

米娜眼睛里眼泪多得擦不完，心想，母亲要是知道她现在这副样子，不知道会伤心到什么地步，但隔着电话，这边的好与不好，千里之外的母亲完全听不出来。眼泪像海水漫到头顶流也流不完，米娜又寻找号码打电话，找来找去，竟找不到一个适合的诉心人。她放下电话，默默坐了半天，想从沙发上站起来，但又因为脚痛，重新坐了下去。捂着眼睛放声痛哭，哭完了，深吸一口气用手背擦掉了眼泪，像没事人一样走进浴室，在镜子前照自己的容貌，一双眼睛肿得似核桃。怎么会这么难看？再看一看，这乏味的生活连难看都难看得这么乏味。米娜对着镜子拿手模拟一把手枪，对着镜中的自己啪啪开了几枪，又悲哀地看着自己，用手在脸颊上啪啪啪拍了几下。然后洗脸，涂眼影，抹口红，之后换了一身亮丽的衣裤，在镜子前照了照，仿佛没力气了，走过去在凌乱的床上躺下，闭着眼睛躺半天。房间空而寂静，又起来开始收拾房间，跪在地上擦地板，在浴缸里洗衣服，踩着凳子擦房顶的饰灯，蹲下来伸手够地上的干抹布，突然身体失去平衡从凳子上掉下来，咚的一声跌坐在地上。

“啊哦。”发出一声吃痛的惨叫。

坐在地毯上，米娜抚摸着疼得要了命的脚趾，转头四望大动干戈收拾了一番的房间，配上玻璃窗映射进来的阳光，还算满意。

经理来厨房找安佑，带着满脸的笑跟安佑说：“您能不能多留一个星期，我们需要您教给厨房如何做正宗的牛肉拉面，就是如何和面，如何用手来拉面。这段时间太忙，没顾上给您安排专门的课堂，让您将时间浪费在后厨的琐事上，实在是抱歉。”

安佑很惊讶，说：“你多留我几天，是我的荣幸，但饭店总部安排的是一周，一周完了我就得回去，在那边我也有工作要做。”

经理说：“这个我理解，您看这样可以吗？我打电话跟总部联系，问问他们，让他们给您重新安排。”

再留一周安佑心里是一万个不愿意，但面子抹不开，就维持着笑容跟经理说：“那你先问问他们吧，估计是不行的，说的就是一周。”

不过三分钟，总部直接打电话给安佑：“他们说太忙没来得及让你教授，你就听他们的再多留一个星期。”

“不行，我一天都不想多留，我希望像原定计划那样让我一周完了就回来。”安佑很气恼，强忍着内心的火气。

“你看这样行吗？你再多留一个星期，给他们上几节课，之前给你说的工资翻倍，然后再让那边饭店另付你一份工资。”

电话那头好言跟安佑商量。

安佑吸进一口气：“这不是工资不工资的问题，在这里我礼拜礼拜不能做，节奏节奏跟不上，各个方面都不适应。”

“你再考虑一下，都已经去了，多留一个星期挣的可是三倍的工资，你之前答应过去，不也就是为了这笔工资吗？”电话那头还在劝，这边安佑已经快要克制不住自己了，红着脖子，嗓大气粗：“我都考虑过了，我想尽快离开这里。”

“那行，那我们从这边再想办法调师傅，但还是希望你再考虑一下……”那边还在说话，安佑这边直接挂了电话，实在太气恼。

周末的晚上，胡迪约了几个朋友来楼下大厅里吃饭，他打手机给米娜：“我在楼下饭厅约了一群朋友吃饭，你也下楼来一起吃吧。”米娜对着镜子迅速梳好一头天然卷发，戴上头纱，又抹了一点口红。进电梯的时候，想起自己来深圳快一个月，胡迪还从没有带她出去吃过饭。

饭桌上胡迪跟他的朋友们谈的也是工作上的事，你一言我一语，听得米娜云雾缭绕。听不下去了，跟路过的服务员要了一碗牛肉面，橱窗里喊牛肉面好了，米娜去端面，橱窗里面的安佑往她碗里撒了一大把牛肉，即使平常要单份的牛肉，也不会盖这么多。米娜一怔，抬起头睁大眼睛看着安佑，笑意自安佑眼角生出来，很给人一种亲切感，米娜有点感动，也回笑了一下。

饭桌上的谈话越来越激烈，增强用户黏性，上线APP，整合快递配送业务之类的商业用语米娜听得更加云雾缭绕，就不由自主地用眼角偷窥出饭窗口的安佑，一碗一碗的面不停地经过他的手从窗口送出来。米娜两只手抄在衣服口袋里就这样静静地看着。安佑穿一件白色的衬衫站在橱窗里面，头顶上正好有一盏灯，照得他的脸特别明亮，特别温善，但他自己不知道，只顾低头忙自己手底下的工作。米娜的偷窥，变成了放心大胆的注视。餐厅里放的音乐很轻，轻得仿佛如梦境般空虚无着。

对于自己创业的人来说，周末几乎形同虚设，生活每一天如常继续。只是这个星期天，胡迪起来得比往常早一点，一早在那里光着脚对着电脑敲击键盘，然后很突然地说：“可以上线自营APP平台，将服务平台一体化，就不用每天单人单线守在电脑前了。”

米娜听不懂他说什么，就说：“你觉得可以那就应该可以吧。”

胡迪很激动：“对啊，为什么不能这么做呢？但是他们都不听我的，非要每天从早到晚对着一个显示器，接受订单、完成订单、配送订单，这样太辛苦了。”

米娜在厨房给胡迪做早饭，是胡迪喜欢吃的土豆烧牛肉，锅铲在锅里翻炒出声音，胡迪回头往厨房看了一眼，说：“我一直跟你说尽量不要在家里做饭，去楼下吃很方便，家里空间小，油烟味全都蹿到衣服上了。”

米娜停下手里的炒菜铲，关了火，去开窗户，两个人的生活本来就够简单，现在连生活中的柴米油盐的快乐都要失去，鼻子一阵酸楚，眼睛里有了泪水。

胡迪说：“你去收拾一下，跟我一起出去吃早饭吧。”

米娜换了一套整齐的衣饰跟胡迪一起出门，胡迪带她去了一家青海人开的早餐店，干净淳朴的穆斯林风格，里面吃早餐的人热火朝天。米娜低着头点餐，突然听见有人像发现新大陆一样喊道:“胡迪!”

一个黑发披肩的年轻女孩向他们走来,身材高挑,赤足穿一双镶水钻的细高跟凉鞋,齐腰的黑色针织衫,很有弹性地衬托出高高隆起的胸部,十分惊艳。胡迪很吃惊:“苏茉?”

那女孩笑得很开朗,说:“真的是你?我早听说你放弃那边的工作,来这里借势互联网创建了自己的微商城。”

胡迪站起来问:“你来这里玩儿?还是……”

“我在这边做服装生意,每天处理很多订单,见到你真好,你们的信息服务平台怎么样?以后我们可以合作。”

“我们可以接受网络订单。”

米娜看了一眼胡迪,站起来,向苏茉微微一笑,点了个头。胡迪告诉苏茉:“这是我妻子。”

苏茉说:“啊?是吗?你已经结婚啦!”然后一脸笑容,上下打量着米娜。胡迪主动邀请苏茉一起吃早餐,走的时候又互相加了微信。

米娜内心充满好奇,问胡迪:“她是谁?”

胡迪说:“她是我的高中同学,竟然也来这里创业了。”

三

胡迪要去谈事的地点在南山区,在地铁站他隔着玻璃门对米娜还没挥手,地铁就已呼啸离去。

米娜一个人走在街上,像一个混迹在人群里的旁观者,心里产生一种淡淡的哀愁与落寞。站在站台上边等公交,边用手机定位了深圳清真大寺的位置。下车看见正在修建中的清真寺时,没有太大意外,里面五层楼的大殿已经竣工,有包着头巾的老妇人正往里走。

米娜没有进寺门,站在门口观望了一会儿,又沿着街道往前走。前面搭了一个擂台,闹哄哄的人群,像一群面目全非的鱼,围着擂台盲目地喧嚣。米娜朝另一个方向走过去,没有目标,穿过遇见的商场顺带看看橱窗,一直闲荡到下午,再慢腾腾走回来,经过清真寺门口,看见一大群男男女女从里面出来,可能是因为米娜戴着头巾,人群里同是戴着头巾的女孩子主动上前跟米娜搭话:"姐妹,你需要什么帮助吗?"

姐妹?有点像基督教教堂里的叫法。米娜笑着摇头,走过了几步,又回头问那女孩:"寺里在干什么,怎么这么一大群人?"

"寺里的掌学阿訇办了学习班,我们是来学习的,你也可以来啊,谁都可以来的。"女孩和和善善,给了米娜一张课表,米娜叠起来装进了衣服口袋,然后买了一杯冰激凌,坐在广场的椅子上慢慢吃,吃完才起身回家。

胡迪回来时已经很晚,一副筋疲力尽的样子,问米娜:"有没有茶?"

米娜说:“我立刻帮你冲。”

米娜烧了开水,冲了一大杯茶端过来,发现胡迪已仰面躺在床上睡着了,实在太疲劳,精魂与躯壳已分家。

米娜轻声问:“晚上吃什么?”

胡迪迷迷糊糊地说:“我在外面跟人吃过了,很累,你一个人下楼去吃。”米娜站在床边,站了半天,替胡迪盖好毯子,然后一个人下了楼。

已经过了吃饭的高峰期,餐厅里略显空荡。米娜站在点餐台前,像查字典一样盯着菜单看了半天,不知吃些什么。安佑从里面看见米娜,便趴在橱窗的台子上笑着建议:“吃牛肉面吧,汤汁清爽,萝卜白净,辣油红艳,香菜蒜苗翠绿,面条黄亮的牛肉面,一碗是一碗。”米娜抬起头对这个带着西北口音,说话像讲相声一样的师傅笑了笑,说:“那就牛肉面吧。”

米娜认得,这是那天给她碗里额外盖很多牛肉的那位师傅。安佑一手执着茶水壶,一手端着茶杯,从后厨出来坐在米娜的对面问她:“怎么现在才吃晚饭?”

米娜微笑了一下说:“等人等迟了。”

安佑问:“我刚沏的茶,要不要喝一点?”

米娜摇头说:“不喝,晚上会睡不着。”

安佑喝了一口茶问米娜:“你在这儿干什么?上班?”

“我丈夫来这里创业,我没事情做,就跟来了。”

“你结婚没多久吧?”

“还不到一年。”橱窗里喊牛肉面好了，服务生顺路端来放在米娜面前，米娜先端起碗喝了一口汤，才拿起筷子搅面。

安佑点了点头，说：“我结婚二十年了。”

“二十年？”米娜微微张开嘴，又合拢，不知该说些什么。

安佑问：“很漫长是吗？但感觉心比时间走得快，还能驾驭。”

“驾驭？”婚姻怎么能用“驾驭”这个词？米娜笑着往碗里加了点醋。

安佑问米娜：“你干什么工作？”

米娜说：“我去年六月份大学毕业，到现在都没找到工作，无业游民。”

安佑有些惊讶：“大学生啊，学的什么专业？”

“宗教学。”

“宗教学！好学吗？”

米娜忽然微笑：“好学，好学到一毕业就失业。”

安佑不禁一呆，随即哈哈大笑起来：“生活哪有简单的，像我从西北跑到南方来教人做拉面挣钱也很难。”

米娜一听就问：“为什么要跑这么远？在西北也可以教啊，可能还会好点，这里的牛肉面……”又摇了摇头：“没有牛肉面的味道。”

安佑叹息一声：“还不是为了钱，这里给的钱多，我这个年纪儿女的教育经费得筹备，老了的父母得侍奉，处处缺钱。”

米娜也轻轻叹息，年轻人刚出来打拼缺钱，乐观、热情、善谈的中年人也缺钱。

边吃面边聊天，一碗面不知不觉已经见底了。再回到公寓，胡迪依然保持着仰面平躺的姿势，动也没动。米娜不忍吵醒他，就蹲下去慢慢帮他脱掉了球鞋，胡迪一下惊醒过来问：“你去吃饭了吗？”

“去了，刚上来。”米娜俯下身帮胡迪垫枕头，胡迪一转身，手臂一伸就将米娜扳倒在了床上，脸紧紧抵在米娜的脸上，米娜摸了摸他的头发，他就将手伸到米娜的胸部，米娜吁出一口气，推胡迪一下，说：“起来洗漱一下。”胡迪一骨碌坐起来，摇了摇头，清醒了一下，去浴间冲了个澡。

等米娜后面进去洗漱完再回到床上时，胡迪又已经睡着了，修长的手指搭在枕头上，空空地蜷缩着，鼾声一声又一声。米娜暗暗叹口气，打开台灯，一页一页地翻着杂志，翻了一会儿，睡下去，将脸埋进胡迪胸口，往他怀里挤。

又过了一日，夜色中的宾馆大楼灯火灿烂。胡迪打开门进来，米娜有些意外，平常胡迪绝对不会这么早回来，就问：“你今天怎么回来得这么早？”

胡迪笑着走过来换了衣服，闹着玩地用手掌捂上米娜的脸颊，说：“我要到楼下跟苏茉几个人一起吃饭，谈一谈生意上的事。”

米娜推开了胡迪的手掌，说：“我想跟你一起去。”

“你是不是没吃饭？”

“随便吃了点，不过我今天一整天没出门。”

楼下一桌子生涩的年轻人，就苏茉一个女的，穿了一件露背的蓝色大蓬裙，上面缀满人造水钻和金丝线，在灯光下闪闪发亮，只是领口好像大了，从脖颈到胸脯都特别柔软而丰满，一说话就跟着一颤悠。

苏茉十分开通大方，各种话题随手拈来，同时不停地用手提领口，镶了水钻的美甲一闪一闪的。米娜坐在胡迪旁边，像个放错了位置的植物，与这一桌子不甚和谐。

安佑依然站在橱窗前往外送牛肉面，一碗又一碗，偶尔抬起眼睛往米娜这边看一眼。米娜的脸又朝安佑转了过去，盯着看了半天，然后站起来跟胡迪说：“我先回去了。”

胡迪看着并没有走向电梯的米娜，皱了皱眉，又转过去继续跟人说话。

安佑看见米娜向他这边走来，故意用充满同情的表情问：“干吗要逃跑呢？跟年轻人坐一起聊一聊，多解闷。”

米娜没精打采地说：“我也想啊，但他们说的我全都不在行，插不上话。”

安佑手底下还在忙，也不好多说话，米娜就告了个别，走向了电梯。

电梯里只有米娜一个人，她吁出一口气，却吁不出缠绕在心里的一盘丝线，寂静中非常混乱，眼泪掉不停，她不知道为何突然这样伤心,伤心得想找个黑暗的角落缩着躲起来。

四

下雨的黄昏,胡迪突然回来了,忙忙进浴间冲了一个澡,将自己收拾得很精神,然后匆匆忙忙收拾行李,说:“我要去出差,得一个星期,你要不要跟我一起去?”

米娜盘腿坐在床上摇头:“我不去,你出去一忙起来,我就会变成空气,我还是待在家里比较好。”

“可怜的米娜,跟着我受这么多苦。”

米娜无奈微笑。

胡迪说:“跟我一起去吧,一个人待在家里,会很难熬。”

米娜笑了笑,说:“我一个人可以的,我可以去清真寺的学习班,我有他们的课表。”

“也好,你去那里可以多认识一些朋友,我下周就回来。”胡迪将整理好的箱子立在脚边,过来吻了一下米娜的额头,米娜一抬头,正好撞上胡迪的眼睛,仿佛自己的身体被折叠得很小,收进了胡迪的黑色瞳孔。米娜想,这个男人为给她提供一个安稳的家,挣钱挣成工作狂,是该怨他还是该怨自己?

胡迪拉着行李箱一阵风似的匆忙刮走,米娜看着被翻得乱七八糟的衣柜,坐在床上动也不想动。一回头床头柜的抽屉拉出来也没合进去。米娜伸手去合，合不进去，用力往里一推，一颗螺丝蹦出来划伤了她的手指，出了血，痛得米娜手簌簌地抖，按压住出血的地方，扯来一张纸巾缠了两下。

这时，雨势忽然转大，室内一片昏暗。安佑一个人坐在窗边低着头闷声看手机，微信嘀嘀在响。是妻子发来的消息，她用语音慢吞吞地说："你千万不要忘记买我给你发过来的那些港货，还有老二家的媳妇要的奶粉的牌子我也发给你了，买的时候一定看清楚要荷兰原装进口的。"安佑的脸皱成一团，摸了摸下巴，自言自语："事儿真多，港货？港货难道不是人造出来的？"

手指上的血渗透了纸巾，米娜不得不下楼去买创可贴。回来走过地下通道，有人卖百合，朵朵碗口大，米娜买了两大束，抱满满一怀刚进入大厅，就遇见走出来的安佑，他问米娜："买这么多花？"

"嗯，今天是我生日，碰见了觉得好看就多买了点。"

安佑说："挺好挺好，对了，碰见你正好，可以问问你买正规港货的地方在哪儿？"

米娜腾出右手边收伞边说："那地方离这里有一段路呢，得坐地铁。"

安佑长长地吁出一口气说："我来这里是卖货的地方也找不到，清真寺也找不到，白瞎了。"

米娜笑着说："我明天早晨要去清真寺的学习班，你要不要一起去？”

“行，明天你去的时候下楼叫我。”

窗外大雨滂沱，敲得玻璃噼噼啪啪响，让人产生一种兵荒马乱的错觉。本来是想好好睡一觉，结果前半夜失眠，后半夜做梦看见胡迪和苏茉在互相拉扯拥抱，睁开眼睛想半天，这都什么跟什么，头昏昏沉沉，不打算去清真寺的学习班，又突然想起答应安佑要叫他一起去，彻底清醒过来，洗把脸、淋个浴，戴好头巾去楼下大厅找安佑。

他们一起上了一辆公交车，车厢里很空，南方的大雨真是痛快淋漓，将城市浇得翠绿湿润。

一整天跟青年学习班的一群人在一起，听讲座，参加活动，做义工。结束的时候，天已经黑透了。

在坐出租车回来的路上，米娜睡着了，头靠在车窗玻璃上，轻轻地呼吸。安佑低声叫她：“米娜，不要睡着啊，马上就到了。”米娜睁了一下眼睛，一会儿又闭回去，继续睡。跟人稍微一熟，心就这样大，依然是一个没长大、出门让家人担心的女孩，安佑这样想着轻轻叹了口气。

那天晚上米娜很累，没有洗澡，没有换衣服，裹着被子躺在床上就睡着了。

淅沥的雨声打在玻璃上，安佑感觉心里有点滴的温暖在复苏，泡了一壶茶躺在椅子上给妻子打电话，音调缓慢温和了许多，说：“我今天去了这里的清真寺，氛围跟我们那边的很不一样，开设了课堂，来上课的各行各业的人都有。”

妻子在电话那边问道：“你不是说那边没有清真寺吗？”

“不是没有，是我一直没找见。”

“那还挺好的，感觉你今天心情很不错。”

“其实还是不能好好适应这里，孩子们怎么样？”

“今天老大感冒了，发高烧，请假去医院输了一天液。”

“好点了吗？”

“到晚上时好多了，但什么都没吃就睡下了。”

安佑叹了口气，说：“你告诉他是我说的，去学校，校服里面一定要穿毛衣。”

“好。哦，那个老二家的媳妇说，她那奶粉又不要了，说是从网上能买到，还便宜。”

安佑深深吸了一口气，感觉自己像一只被人扯住尾巴倒吊起来的猫，左晃过去右晃过来，晃得头晕眼花，歇了半天才说：“好，我知道了，那就这样吧，你也早点睡。”甚至没等妻子回应就挂了电话，寂静中去端茶杯时，发现茶已经凉透了。

早晨早早起来戴白色小圆帽坐早公交赶去清真寺做晨礼，从寺里出来，安佑突然感觉这座陌生的城市变得安静可爱了许多，心情骤然愉快起来。

走入饭厅时看见米娜一个人坐在那里喝着一杯牛奶。

“早啊，米娜。”

米娜笑着转身，用手托着下巴，看着走过来与她隔桌对坐的安佑，戴了白色无檐小圆帽，前额高而宽阔。

安佑跟服务生要了早餐，看见米娜手指上的伤，皱了一下眉头问：“你的手指怎么了？”

“前天合柜子抽屉时被弹出来的螺丝划伤了。”米娜抬起自己的手指看了一下说，“已经止血了，我没有再贴创可贴，怕发炎。”

“看上去伤得不轻啊，都肿成这样了。”

米娜微微一笑，不以为然地说：“比起我脚趾上的伤，这点不算什么。”

“脚趾上也有伤啊？”

“嗯，我给你看看，比手指残忍多了。”米娜抬起膝盖放在凳子上，然后脱了宽口鞋露出脚趾。

“大清早让我看脚。”安佑有点不好意思起来。

米娜笑着说：“脚又不是羞体。”安佑看着米娜的脚趾，皱起眉头，嘴里咝了一声，问：“什么时候伤成这样的？都化脓了。”

米娜耸了一下鼻子问安佑：“是不是惨不忍睹？结婚的时候不会穿高跟鞋，脚被磨出了血，之后就一直没见好。特别痛。”

“你一直都没管吗？我觉得你应该去医院看看。”

“我以为不穿高跟鞋了它自己会好。”

“自己会好？你这个脚趾看上去都快要废了。”安佑很难受地看着米娜的脚趾说，“你这再不去医院，严重了会残废的。”

米娜看着安佑笑，说：“我就是不想一个人去医院，所以才穷耗到了现在。”

“这样吧，反正今天本来我是要回去的，既然没走成，那就陪你去医院看看。”

对米娜来说，有人能陪她去医院看发脓发溃的脚趾是一件求之不得的事情，有点快乐，边走边问安佑：“你今天本来要回去吗？”

“我在这里待一个星期就算完成工作了，今天没走，是因为老婆要的一些东西还没买。”

医院的大厅里人来人往，挂号之后，米娜进检查室听从大夫的安排侧坐在一台玻璃桌前，让X光扫描她的脚，身着白大褂的医生调整着机器一点一点地观察。

安佑坐在候诊室等她，医生看过脚趾的X光照片后，跟米娜说：“没什么大碍，就是发炎之后时间拖得太长有些溃疡，先包扎一下，回去用药的时候注意不要见水，暂时不要洗脚，非洗不可时，就用保鲜膜将脚趾包一下。”

回到公寓，米娜看着自己被包扎的脚趾，笨笨的，像一只小熊，颓然坐下给胡迪打电话，无人接听，叹了一口气，将手机随便扔床上，抱着电脑翻看许多旧照片，一张一张地看，都是跟胡迪大学恋爱时的照片。大抵是过于美好，鼻头竟然泛起了酸。那时候觉得幸福，就对未来充满盼望，但现在“未来”真到眼前了，却是说不出的寂寥，也不能说是已经丢了幸福，只是与曾经的那些盼望出入太大了，心里荒凉又难堪。

回来之后安佑也没有出去买老婆要的港货，在自己的房间里踱步，踱过来又踱过去，直至天色缓缓暗下去。

米娜来橱窗窗口找安佑，炽白灯光射到睫毛上，影子映下来，在她白皙的脸上似两把小扇子。安佑看着感觉分外地熟悉，现实中的很多动人场景，有时候就像是曾经生活的重演。

安佑问米娜：“今晚你要吃什么？”

米娜犹豫半天后说：“我觉得这里的牛肉面没有老家那边的好吃。”

安佑说：“都是机器压出来的，没有放蓬灰，没有味道，好吃才怪。”

米娜凝住，然后说：“原来如此，我一直以为是水质问题。”

“我知道一家放了蓬灰的很正宗的牛肉面馆，兰州人开的，不过离这里太远了，天已经黑成这样，为一碗面特意跑去划不来。”

米娜脸上露出腼腆的笑，对安佑说：“要不我们一起出去就近找找吧，万一这周围有呢，我是太想家那边的味道了，要是能找见，我请客。”

这突如其来的邀请，竟让安佑无缘无故有些难为情，微微耸了一下肩，拍了拍身边小伙子的肩，从后厨出来跟米娜一起出去找蓬灰牛肉面馆。城市的夜晚像一个搭得很完美的舞台，他们并肩夹杂在人群里看向一个又一个闪着灯光的招牌，看过了很多，米娜用食指指着前面说：“我看见了一家，在那里。”

彩灯圈起的大招牌上是“西北蓬灰牛肉面”几个字。

安佑说：“那我们进去吧。”

米娜笑起来，说：“哎，等等。”

安佑问她：“怎么了？”

米娜笑着说：“看到没有，招牌上没有清真。”

安佑一怔，停住脚步，目瞪口呆，米娜一脸俏皮，笑弯了腰。

他们的心情都比较愉快，一起走到了闹市，喧嚣的闹市像极了落幕前的电影院，车流人流喧嚣不绝。

米娜说：“很久没有人陪我到夜市里来了。”

突然远远地发现苏茉在夜市上摆着地摊叫卖，穿着干练的夹克和牛仔裤。米娜停住脚步远望，一种无法解释的感觉不由自主地爬出来，说不上什么滋味。

在米娜正出神的时候，安佑问她：“怎么了？”

米娜摇了摇头，说：“没什么。”

他们沿着步行街走，米娜脸上淡淡的，苏茉的形象不停地在她脑海里转来转去，一个在灯红酒绿的城市里不停变换着着装，争分夺秒，苦心经营自己的生活和未来的女孩，看起来比终日无所事事的自己要活得充实很多。

米娜回来躺在床上，又坐起来，一直想着在夜市上看见的苏茉。大都市的钱上都布满荆棘，伸手去抓，没一个不被钩得双臂皮破血流，苏茉很勇敢，但她并不羡慕她，虽然她现在活在自己封闭的世界里，也没有多少开心，有时甚至像一个快要被孤独淹死的人。米娜转过身，开了床头灯，拉开被子重新躺下去，一只手放在额头上继续想苏茉的生活和自己的生活，纠纠缠缠的，像一团乱麻，掀掉被子支起身走进了卫生间。

五

安佑在大厅喝茶，看见米娜瘸着脚极艰难地从电梯里走了出来，连忙站起来问："米娜，你怎么了？这么晚了还要出去吗？"

米娜一只脚悬空，手扶着墙说："我要去医院，我感觉我的脚趾已经断了。"

安佑走过去问："怎么回事？"

米娜额角青筋暴绽，眼泪一滴连一滴，说："缠了绷带的脚趾特别笨，进卫生间时一下磕在台阶上，要了命地疼。"

安佑连忙说："那你等等，我穿件外套，陪你一起去。"

米娜痛得几乎脚不能着地，安佑连忙披了一件外套过来伸手想要扶她，却被她用胳膊挡了回去，眼泪中带着难看的笑说：“我自己可以走。”

“好，那你自己来。”安佑手悬在空中，神经紧绷绷的，怕米娜站不稳摔倒。

坐出租车到医院时，门诊部早已下班，值班的护士帮米娜在痛脚的局部打了一剂止痛针暂时止了痛，说：“骨头不确定有没有事，只能等明天医生上班拍了片子再说，现在脚指头不要再着地，万一骨折，移位会让脚趾畸形，产生功能障碍。”

米娜松了一口气，朝安佑笑一笑：“那我们回去吧。”

护士的声音有笑意：“这个样子要单脚跳回去？不如在这儿登个床位，住一晚上，等明天早晨医生上班之后再说。”

米娜转过头看着安佑，安佑说：“没事，我陪着你，都已经凌晨一点了，再过几个小时天就亮了。”

“可以吗？”米娜像是在问安佑，其实是在问自己，她从未与无亲缘关系的陌生男人一室独处过。

安佑脸对着米娜诚恳地说：“当然可以！”

青白色的病房里有两个床位，一个病号床，一个陪护床，空荡荡的，弥漫着医药味的潮湿气息。病房里有盥洗室，护士特意送来两套一次性洗漱用品，出去的时候又给他们道了晚安。

米娜即使拿下头上的纱巾，也不见头发出来，原来纱巾底下还有个黑色的类似于头套的东西，纱巾是用很多大头针固定在这头套上的，只是个装饰品，安佑怔怔地看着，他的妻子一直戴的都是丝绒的雕花盖头，对这样的纱巾他一无所知。接着有点心酸，一代人一代特色，他们这一代人已完全下坡。

米娜看安佑看着她，露出沧桑感慨的样子，就连忙说："有很多针，睡觉不拿下来会扎到自己。"

他们并没有马上睡觉，开着灯在聊天。米娜说："我第一次见你是在吃饭的大厅里，你在橱窗里很忙，我来端面时你失手在我碗里盖了很多牛肉。"

安佑笑了笑，说："不是失手，是专门多放的，我第一次见你是在电梯里。"

"电梯？"米娜看着安佑的眼睛惊讶地问。

安佑有些失望地反问米娜："你都不记得了？"

米娜摇头："完全没印象。"

"你那天戴的是粉红色的头纱。我是晚上在上去的电梯里看见你的，你还对我笑了呢。"

米娜笑着说："我自己竟然会没印象。"

他们说话的声音并不是很大，房间里很安静。米娜头陷在枕头里，眼睛望着天花板说："生活好难，不知道以后会不会好起来。"转头问安佑："会随着年龄增长好起来吗？"

安佑说："不会。"

米娜疑惑地看着安佑，安佑又说："但是都会随着年龄过去。”

米娜想了半天，说：“我现在觉得我自己在冬眠，一切都停了。”

安佑说：“放心吧，总会有开窍的那么一天，人不会来这个世界上白走一遭。”

米娜往下躺了躺，盖了被子，蜷缩起身体，转向安佑说：“但婚姻呢，婚姻也会有开窍的那一天吗？”

安佑说：“这个比较难说。正常的婚姻一开始可能都会有欢乐的时光。想当初我跟我妻子都很年轻，自己开了面馆，我在后厨做拉面，她在前面柜台收钱。我们都很快乐。后来有了孩子，妻子就将重心都放在了孩子身上，而且……她也不需要我在她身边，孩子们会想我，但可以没有我，但没有他们的妈妈就不行了。”转头看着米娜说：“当你有了孩子之后，生活就会变得更加复杂，其实温暖、诺言、永恒这些东西都很短暂，很容易消失，婚姻的作用就是即使这些都消失了，两个人还是能在一起生活。所以你现在的时光是最好的，越过就会越不好。”

米娜悚然动容：“你说得我有点害怕。”

安佑笑：“你还没到害怕的时候呢，人一生中最可怕的时间是第一个孩子出生的那一天。”

米娜睁大眼睛问：“怎么会？喜当爹妈，难道不是喜悦？”

安佑说：“整个人生被刚出生的孩子划开，划出一道分水岭，之前吊儿郎当的生活已经完全结束了，责任心一下子重起来，孩子很快就学会走路，学会说话，跟孩子在一起，就不由得会想他以后会成为怎样的人，这样一想就又会想到他的成长，他的教育，没完没了。”

米娜听着皱起了眉头。

安佑揉了揉眼睛，叹了口气，沉默了一阵，问米娜：“你是在哪里长大的？”

米娜说：“兰州。”又跟安佑感慨：“结婚后我跟我丈夫搬到了临夏，婆家在临夏，那里很不同，人们对信仰很认真，家庭也有着严格的传统和规矩，刚开始我的许多言行举止我婆家都看不惯，觉得我没教养，对信仰太轻率。我从小是生长在传统的穆斯林家庭的，幼年受到过浓重的熏陶和灌输。后来一进入学校就很忙，颠三倒四的，迷信啊，传统啊，信仰啊，慢慢地都分不清了。结婚之后在婆家我又从头开始了解学习，让我走回这条路的人是我的丈夫，但现在来这里，不明白为什么，我丈夫反而已经不太愿意走这条路了。”

安佑闭着眼睛说：“我明白，现在的社会到处都是这个样子，大家都挤破了脑袋要赚钱，像疯了一样。”

米娜说：“嗯，我丈夫来这里像是什么都不在乎了，每天只睡四五个小时，剩下的时间，都在工作，想多赚点。我们在这里的房子已经付了第一笔款，钥匙过半年就可以拿到手了，但我不喜欢这里。”

安佑说："其实这里也很不错……"

眼皮渐渐抬不起来，蜷缩着身体睡熟。她中途醒过来一次，床头的灯亮着，模糊中拿手机看了看时间，是凌晨三点，周围万籁俱寂，再次安心闭上眼睛继续睡。早上八点，米娜惊醒过来，发觉脚趾已完全不痛，空气里有食物的味道，安佑拿着一份报纸坐在陪护床边看，米娜问他："你一夜都没睡吗？"

安佑说："我起得早，去寺里做了晨礼。"指着桌上的牛奶和面包说："过来顺路买的，你吃一点，吃完了我们去做检查。"

米娜用手揉着双眼说："太不好意思，我睡得跟死过去了一样。"

简单收拾了一番，吃了早餐。医院已经开启所有的工作模式，电梯前很多人在等，医药味带着其他复杂的味道在空气里轻轻逡巡，拍了片子，医生看过之后说："骨头没什么事，可以放心回去。"

六

回去后安佑像是想通了一样，给总部打电话过去说愿意留下来上几天课。饭店迅速配合，下午就安排了课堂，叫来后厨煮面的年轻人来学做拉面，安佑系着围裙站在案板前和了一堆面，说："做兰州拉面，打蓬灰是首要，也是关键，那天有人跟我犟，说蓬灰重金属超标，吃了添加蓬灰的牛肉面会得癌症，简直胡说八道。蓬灰是什么？蓬灰就是蓬草烧制出来的这个东西。”安佑指着面板上一块貌似矿石的东西说：“烧制的时候不添加任何其他物质，哪来的重金属超标。烧制好的这个蓬灰，一块儿一块儿砸开，在开水锅里熬制几个小时，澄清，和面的时候就得打蓬灰水，不打蓬灰做不出牛肉面，而且还不能打少也不能打多，打少了面没弹性拉不开，打多了面煮出来不筋道。”

安佑一开课就先讲蓬灰，是有特殊情味的，刚来那天本来是可以在后厨随便开课，边做边学，他当年做学徒时就是这么过来的，但现在的年轻人不受说，什么都不懂，还爱跟人较劲。

讲也讲了，示范也做了，几个年轻人都在案板前拉着面条做练习，安佑插不上脚，就坐在一边凳子上翻手机相册，一张一张往回翻，突然停住了，照片里有米娜，是那天跟米娜一起去清真寺做义工的时候随手拍的，米娜正低着头拣菜，纱巾挡着脸，连脸的轮廓都看不见。安佑看了半天，嘴角浮出了一点微笑。

晚上安佑在浴室里洗澡，手机铃声响了，停了又响，简直像一套夺命连环招，他只好缠一条浴巾出来接电话，是妻子打来的，问他现在忙不忙。

安佑呼出一口气，在床沿上坐下来说不忙，妻子就慢吞吞地说：“老二家的媳妇刚跟我说，还得麻烦你从深圳买奶粉，网上的太便宜怕买到假货。”

安佑翻起眼睛看着天花板，说：“你们说的那些我还一样都没有买。”

“你抽个时间去买吧，让你去购物有什么难的。”

“我不是跟你说这个。”

“那你在说什么？”

安佑说：“我是说万一我都买来了，你们一会儿说要，一会儿说不要，我是不是得去买了又退，退了又买，非要从这么远的地方买奶粉，那以前的孩子没吃香港造的奶粉国外造的奶粉都是怎么长大的？”

“你跟我发这么大脾气干什么，就是因为你过去了，才让你带几件，你那么自私干什么？”电话那边声音大得几乎要震碎耳朵，安佑从耳朵边拿远了手机，脸皱成了一团。妻子啪一下挂断了电话。安佑颓然坐在床边，像一只老母鸡被打晕拔了毛，从水里湿淋淋捞出来在缓缓苏醒。

早餐时间米娜照例来到橱窗前找安佑，笑着说：“我今天要去你说的那家正宗的牛肉面馆吃面，请你一起去，无论怎样我都得请你吃顿饭，你帮了我太多。”

安佑说：“很想去，但早上我得教人做拉面，下午可以，正好也有事要出去。”

米娜说：“那行，我先去清真寺学习班，下午我直接去那个牛肉面馆等你。”

中午米娜去得可能早了，一直坐在面馆里等，茶都喝了一壶，也不见安佑的踪影。空气阴暗潮湿，外面淅淅沥沥下起了雨，米娜转过头，从窗玻璃上看见自己的脸，脸跟玻璃上的雨迹重合在一起，一点都不觉得孤独。米娜自己都吃惊了，怎么会这样？一个人坐这里等这么久竟然没觉得一点孤单。但是一整个下午安佑一直都没有出现。

只好打车回来，刚下车，就看见安佑站在大厅门口，身边有一个与他年纪相仿的女人，圆脸，戴着头纱，在跟安佑告别。

米娜的伞边沿滴滴答答地掉着雨珠，她疲倦而安静地看着安佑，但安佑没有注意到她。米娜合了伞故意愤愤地从安佑身边走过，安佑看着她觉得奇怪，看见了怎么就没打招呼呢，这时手机的铃声又响了，还是他的妻子，在电话里问他，该买的东西都买了没有。

安佑说："买了买了。"他的妻子又说："老二家的媳妇要的奶粉是荷兰原装进口的，你再按着我发给你的信息确认一下，千万不要买错。"

安佑说："放心吧，没有买错，买的都是你们要的，对着单子买的。"

"明天一定起身回来吗？"

"没什么意外的话，一定起身。"

安佑边打电话边用眼光寻找米娜的身影，只见她走进大厅在一张餐桌前坐了下来。安佑打完电话，走过去坐在米娜的对面，米娜从桌子对面看着他什么也不说，表情淡淡的。安佑觉得气氛不对，脸上的笑容刹那间凝住，搜索米娜脸上的蛛丝马迹。米娜抓起茶杯一饮而尽，服务生过来添茶，安佑说："给我也来一杯。"米娜将双手插进衣服的口袋里，冷冷地看着安佑不出声。安佑靠在椅背上看着米娜，不知道她怎么了，也不知道要对她说什么。这时候服务员又过来了，将托盘里的茶杯放在桌上，斟了茶，米娜仍然很冷淡，眼睛看着茶杯说："原来你是跟你的同龄人有约，那怎么不早说呢？"

安佑说："她是我家那边的老乡，陪我去深圳前海港货中心买家里人要的东西。女人要的东西我什么概念都没有，正好遇见她，就请她帮了一下。"

米娜心情很不痛快，说："我也可以帮你去买啊，我也是女人。"

安佑说："本来就是想叫你去的，我在面馆等了你很久，你没来，我才请碰到的老乡去的。"

米娜气得脸对脸地瞪着安佑说："你在哪个面馆等我？我在那里等了你一个下午，我一个下午都在面馆里等你，压根就没有见到你，我坐的是门口的位置，进进出出的人我都能看见。"

安佑诧异地问她："你是不是走错了面馆？"

米娜皱着眉说："就你说的卖正宗牛肉面的那家面馆，怎么可能走错，华强北路那边。"

安佑突然大笑起来："我去的面馆在前海。"

米娜看着安佑，忽然微微笑了，说："多么糟糕的请客吃饭。"

安佑端视着米娜放晴的脸说："的确很糟糕，花时间等了，还产生这么大误会。"

米娜说："我从寺里出来，拦了一辆出租车，跟司机说去兰州牛肉面馆，我怎么知道这座城市会有两个兰州牛肉面馆。"

安佑压重声音故意调笑："这是一个怎样的地方？专门出去找的时候一家都找不着，不找的时候一下子蹦出来两家。"

米娜笑了笑。打了伞身上还是潮的，坐了一会儿，便提着雨伞上了楼。

七

晚上下楼吃饭，安佑端出来一个大盘子，放在米娜面前，几碟小菜和一盘脆薄的牛肉，一碗牛肉面，一小碗清汤。

米娜问："这是干什么？"

安佑很诚恳："我专门给你做的放了蓬灰的正宗牛肉面。"

米娜真真深受感动，端起碗喝一口汤，眯起眼睛，情不自禁地表示享受。又见旁边还有一碗清汤，就问："牛肉面里面已经有汤，这一小碗汤又是干吗？"

安佑心思荡漾，说："马保子最初卖牛肉面时，给人另盛的佐饭汤，都是正宗的牛肝汤，所以吃牛肉面，配牛肝汤，最最地道。"

只听见米娜说："你的这一小碗汤肯定不是牛肝汤。"

安佑笑着说："我这是大锅里煮面煮了一天的面汤，也算是精华。"

米娜看着安佑笑了笑。安佑突然脸皱成了一团，米娜仿佛已经猜到他在想什么，就问："你是不是明天就要走了？"安佑点着头说："明天早上的机票。"米娜点了点头继续吃面。

餐厅放的轻音乐，声音轻得几乎要断了。安佑有点伤感，说："我突然不想走了。"

米娜开玩笑说："那就留下来，大家合伙在这里开一家牛肉面馆，发家致富。"

安佑故意满心欢喜，说："这个可以，你做老板，我做拉面师傅。"

牛肉面的确有了牛肉面的味道，米娜吃完面条，连汤都喝得精光。

安佑问："要不要再来一碗？"

米娜用纸巾擦嘴，说："这已经是我的极限。"

天空渐渐明亮起来，米娜收拾房间的时候，听到手机里微信嘀嘀在响，是胡迪发来的微信。每天三条微信，早安午安晚安，再缀上其他三言两语，雷打不动。米娜拿起手机看，今天终于变了："明天我就回来了，很想你，给你买了好东西。"米娜吁出一口气，放下手机，继续收拾房间。

在大厅里，餐厅经理带着几个员工为安佑送行，平时笑容满面的经理此时更加笑容满面，说："谢谢您能来授课，还多留了几天，祝返程愉快。"

安佑跟员工一一握手，挥手再见。

是餐厅的车送安佑去机场，他坐在车的后座，表情有些沮丧。一转头就从车窗看见米娜，米娜的背影，咖色的风衣，手插在口袋里走在大街上，粉红色的头纱在人群里格外显眼。

安佑摇下车窗远远地看着，跟司机说："到前面稍微停一下。"车子停了，安佑匆匆打开车门向米娜的方向走去，但发现米娜已经不见了，转头四处找寻。又看见米娜的粉红色头纱忽隐忽现，加快脚步，几步追过去，喊了一声："米娜。"

米娜茫然一回头，看到安佑，睁大双眼，说不出话。

安佑的眼睛透出喜悦，说："我马上就走了，过来跟你告个别。"米娜忽然瞎琢磨起来，万一安佑对自己产生了好感，会怎么样？安佑凝视着米娜的脸，问："你怎么了？怎么呆呆的？"米娜涨红了脸，结结巴巴："没……没什么，我以为你走得早，就没有特意下来送你。”

安佑笑着说：“没有关系。”又说：“你保重。”

米娜说：“你也是。”

安佑对米娜挥了挥手，转身走了几步，又转过来看米娜。米娜笑着挥手。安佑倒退着走了几步，又挥了挥手，转身向车子走去。米娜转了身，又回头过去看安佑，只看得见他的背影，静静的，就像看玻璃柜里陈列的一件古董，应有的意义都已经不在了。在这一刹那米娜双目闪过极其孤寂的神色，那种茫然的神情又回到脸上，怔怔落下眼泪。

在寂寥人间，一场相遇已是奢侈，还贪图些什么呢？安佑靠在后座上，舒了一口气，跟司机说：“走吧。”车窗外暗蓝色的天空下一幢幢高大建筑跟着风声呼呼掠过，一个又一个的广告牌被阳光照得泛出微光，也飞快地从窗前掠过。

2016年8月17日完稿于西宁

老来子

一

我被单位安排与外地的职工做工作对调，到另一个地方去工作一年，苏慕自愿交了申请跟我一起去。一年说漫长其实也挺快的，不过人生地不熟的，就是有点难熬。家里一年多没住人，闷热干燥，类似于一个封闭的暗的容器，拉开窗帘的一瞬间，隐藏已久的细微尘埃在寂静的光线中纷纷起舞，整个房间陷入一种梦魇般的氛围之中。

"看样子得好好打扫一番才行啊。"

苏慕边说，边从门口信箱里翻出来水电费的通知单、报纸、广告等一类可看可不看的东西。往垃圾箱丢的时候，停住了："咦——这里还有一张请柬。"她从纸张夹缝里抽出一张请柬，暗红色的纸张上面印着金灿灿的帆船，翻开看了一眼："是吉勒家发来的请柬，他们两口子生了一个儿子。"抬头对我说："这请柬是三个月前发来的，满月邀请，这么算来他们的孩子现在都有四个月大了吧。"

吉勒两口子是我们以前的房东，他们住在乡下，但在城里临街的黄金地段有一排住宅楼，常给人出租。我们刚结婚那会儿，房子没有着落，就先租了他们二楼的一间房子来住。一住就是两年多，两年内我与苏慕一直没有采取任何避孕措施，但也一直没有孩子，去医院检查，医生给出的结论是输卵管堵塞。震惊的泪水一下子涌进苏慕眼睛里，我一下子也有些发蒙，但医生说，不要太担心，能治好。一次苏慕交房租回来说："房东两口子四十多岁快五十岁了，也没有小孩。他们那个女儿你见过吧，原来是收养的，下周出嫁，这么一来家里就又只剩下他们老两口了。"

晚上吃晚饭的时候，苏慕问我："明天要不要去吉勒家里贺个喜，顺便看看他们新出生的孩子。"

灯泡明亮得刺眼，我心里忽然生出些许伤感，略微犹疑了一下，强迫自己挤出一丝笑容。虽然当初医生说能治好，但这么些年过去了，没有任何动静。我和苏慕谁也不提这一茬儿，一说起就像有蛆虫开始在脑袋里蠕动，不是一般地烦。有时候，我会冷不丁地瞅见苏慕脸上灰云密布，有一种难以言说的感情阴影。

"他们也是多年不育才有的小孩，我们去他们那里或许可以问到点什么呢。"苏慕笑了一下，露出一口整齐洁白的牙齿，她说："家里总得有个孩子才行，闹腾闹腾，有点变化，有点活力，有点继之而生的希望。你说呢？"

我翻看手机，没有吉勒的手机号码或者其他社交软件账号之类的东西，只有先前记下来的座机号，我说："他们住在乡下，莫名其妙地怎么去，总得提前说一声，而且那地方我们也没去过，得打电话过去问清楚路线才行。”拨通座机号码后是吉勒的妻子接的电话。我想到是吉勒的妻子，但又怕是别人，产生没必要的误会，便问：“你好，吉勒在吗？”然后话筒里传来她的声音：“在的，你是谁？”

“我是奥马尔，我找吉勒，你是？”我这样问，心想如果是吉勒的妻子，问她跟问吉勒是一样的。

可是对方说：“我是吉勒的妻子莱哈，你等一下我去叫他。”就匆匆将电话给了吉勒。

跟吉勒打完电话之后，我问苏慕：“吉勒的妻子叫莱哈吗？我怎么记得你之前跟我说的不是这个名字。”

苏慕跟我之前谈过吉勒妻子的事，但我左耳进右耳出，没记下多少。“可能是你在电话里听错了。”苏慕瞥了我一眼，“吉勒的妻子叫依莎。”

第二天中午，我们开始收拾，准备去吉勒家。十月的天气依然热气逼人，丝毫没有已经到秋季的迹象。我换穿衣服的时候，脊背汗津津的，问苏慕过去带点什么东西合适。

苏慕穿了一身波希米亚风格的长裙站在镜子前照。“带什么东西好呢，他们家不是一般地有钱，感觉带什么东西都上不了台面。”她说，“要不我们带点水果过去，进门之后，再往桌上掏两百块钱，钱是最得体的，现在人们都这么拿礼。”

她将黑瀑布般的长发扎起来盘成髻，嘴里叼了几枚大头针，开始往头上固定长长的、与裙子颜色相配的头巾，头巾上缀着好多小亮片和小珠子，闪烁着寂静的微光。空气中香薰的味道，像轻薄的情欲。

“过来，让我帮你。”我朝她摆摆手，她走过来将大头针全放在我手里，脊背向着我坐了下来。

固定头巾的大头针有时会扎到她的脖子，她常常一边裹着头巾一边抱怨：“我已经受够了这头巾，若不是为了好看，我早就改换轻松自在的黑盖头了。”结婚之后，苏慕每次外出都会将头发一丝不苟地盘起来再裹上头巾，为了少扎到她一点，每次看见她裹头巾时我都会帮她，我发现我多少喜欢上干这件事了。固定好头巾之后，我说：“转过来，让我看看。”两个人面对面地注视着，突然就丧失掉了语言。她让我抱她，我便将她的头压在自己的胸口上，双手抱着她，光滑柔软的丝质头巾像温柔的水盖过每一根手指。

好几年前苏慕还是一个学生的时候，下了课抱着课本与同学在校园甬道上群集走过时，笑容，风中扬起的发丝，额头，眼睛的大小，嘴唇的形状，下巴，肩膀，手指……犹如一缕微薄的光线忽然掠过我封闭得像黑暗罐子般的心脏，稍纵即逝，却深深印刻，艳丽得让人无限欢喜。这惊动和欢喜，就像阴影中盛开的花朵，有点疯狂——此生只与此人并肩而立，观望世间风月。我们之间的事从开始一直到结婚，都有一种奇怪的默契，像一封被投递的旧信，拆开来照着笔尖留在发黄故纸上的潋滟春阳和温柔叹息一路走，走得超乎想象地自然。即使这样，后来在一起的生活中也一直出现着时轻时重一直未曾解决掉的问题。它们随着时间时而浮出时而沉没。

但到了一定年龄阶段，一些问题浮出水面之后就显得尤为重要。我们迫切地希望身边可以有一个调皮可爱的孩子相伴，像电影里某个温柔的镜头那样。是从什么时候开始的呢？想来大概是从我们之间开始产生一种微妙的距离感开始的。我们曾试图收养一个孩子来增添家庭气氛，但在一起看电影《非诚勿扰》时，看到葛优晃着脑袋跟前来相亲的怀孕女交谈的那一段时，苏慕笑得眼泪都出来了，然后开始难过。

葛优说："你我是蛮中意的，可要是……"

相亲者慌忙说："你不是说你不在乎是不是亲生的吗？如果我们都不讲，小孩子一出生就看到你。那不就等于是亲生的吗？"

"宝马车头上插一奔驰的标，恐怕不太合适吧？"

"能开不就行吗？"

"可要是出了故障，奔驰的零件配不上，宝马又不管修，怎么办？"

是啊，如果真这样了，那该怎么办？从此以后我们就彻底打消了收养孩子这个念头，孩子一定要自己生。

"他们现在的这个孩子如果也是收养的呢？"我问苏慕。

"我觉得不大可能。"苏慕说，"按常理，要是收养的，越少人知道越好，怎么可能连我们这些好几年都不联系的房客都邀请。”

“那这样的话会不会礼太薄，显得对人不尊重。”

苏慕摇着头说：“我们量力而行就行了，虚情假意拿座金山过去还是会显轻。”又想了想说：“你要是真觉得礼太薄，就多买几斤好一点的水果，或者称一斤好茶。”

我说：“行，那就买几斤水果，再称一斤好茶。”

我们先去了茶庄，苏慕看了半天，最后称了一斤上好的龙井，然后又专门去超市挑选水果。

苏慕将买好的东西放在车子的后排问我：“一斤好茶，几斤水果，两百块钱应该差不多了吧？”

她的这种神情这就暴露了她，原来她也在担心礼太薄。我笑笑，开着车上路。

二

吉勒的家离市区较远，基本上属于大山深处。我和苏慕在这个地区已工作好几年，却还没怎么在周围的乡间兜过风。车子开在蜿蜒的小路上，险峻山坡一层一层绵亘不断，远看像贫瘠身躯上裸露出的一条条肋骨。阳光剧烈，连风都是热的，尘土飞扬，没一会儿就盖得汽车玻璃浑浑浊浊的。我们路过的几个村庄，多数都因为干旱缺水而荒凉破败，低矮泥屋修到黄土山梁上，土坯墙跟山体一个颜色，要不是道道炊烟，很难发现那里还有人住着。也有幸运一些的村庄，村口有水井，房前屋后都有果树、花圃，门口拴着奶牛，草料靠着围墙码得整整齐齐，空气也清清爽爽的。

苏慕说："清真寺倒是村村都有。"我正忙着确定到没到吉勒说的那个地方，并没有答话。好像还要往前走，我们开着车子一个拐弯儿一个拐弯儿地往上行，然后又沿着一条蜿蜒的路开到山下，一上一下正好翻越了一座大山。刚到黄昏，天空微蓝干燥，一座琉璃圆顶的清真寺正在高声宣礼，暮色中成群的鸽子从天空划过，哨音悠长，我将车子拐上一条有坡度的大路上，路边整整齐齐种着成排的白杨树。这儿的房子都很漂亮，与大路保持着一定程度的距离，都是两三层的独立小别墅，带着高高的围墙，门也关得严严实实。

我将车停在私家车道上，道边是一排修剪得很整齐的矮树。再前面一点，便是一座三层高的白色别墅，也带着高高的围墙，围墙又被大片的农田包围着，左边是一片向日葵，右边是一片玉米地，色彩搭配得简直比油画还好看。

"这家好气派。"苏慕对此感觉吃惊，轻声说道。

"这应该就是吉勒的家了，别人家都大门紧闭，只有这家门敞这么大，很明显是在等人。"我对苏慕说了我的推测。

苏慕不以为意，下车的时候对着镜子抹了一点点口红。

然后提了水果跟在我后面向那栋白色别墅走去，高跟鞋敲击在水泥地面上，声音格外地响亮。从大门外面望进去，院子里有个巨大的多边形花园，各色花草丰盛繁茂，还有石砖砌成的蓄水池，大理石的露台，精心修剪的草坪。在果树的树荫下，有一套乘凉的木头桌椅，看上去有几分艺术化的美感。几个孩子正在大树下、花园周围互相追逐、嬉戏。

“是不是走错了？”我问。

“我也觉得走错了。”苏慕说，“他们家应该不会有这么多孩子。”

“可是吉勒告诉我的就是这里，门牌号就是这家。”我重新看了一眼门牌号，“难道我记错了或者听错了。”

苏慕一言不发，咬了咬自己的下嘴唇，又松开了，脸色若无其事，但眼睛里有细微的忧虑。

这时从里面出来一个年轻女人，个子高挑，眉眼素净，带着温柔的微笑，散散淡淡的气质。

“有人出来了。”苏慕说。

“你好，请问这是吉勒的家吗？”我问道。

“是，你们是奥马尔和苏慕吧，我们等了你们一个下午，快进来。”

“你相信吗？”苏慕翘起下巴，看看我，面带喜色，“我刚才已经断定你带我走错了路，这一路拐来拐去，晕晕乎乎的，都想吐。”

当年轻女人领着我们穿过走廊，走上二楼的客厅时，才发现这房子比想象的还要气派：落地窗，房间里的一切都光亮而一尘不染。我在玻璃窗的阴影上看到自己的脸，房子后面还有一个后院，打理得非常漂亮，花草修剪得整整齐齐，还有不少果树，深深浅浅的绿，一条铺着青石板的走廊，两面种满的绿色藤蔓攀爬成廊顶，上面挂满了紫色葡萄，在暮色的天空下像大片灰紫的云朵。

“吉勒他们都不在家吗？”我问那个年轻女人。

“在的，都在的，都还在拜毯上，礼拜没做完，你们先坐。”

我手里提着茶叶，苏慕拿过去，将水果和茶叶一起递给年轻女人：“我们给你们带了点水果和茶叶。”

年轻女人接过去，看也没看，说：“你们太客气了。”然后转身放在一个不太高的木头陈列柜上，柜子装着厚厚的玻璃门，里面是茶具、果盘之类的东西。柜子上头，用清水插着鲜花，旁边搁着一个银色的相框，照片上是吉勒和依莎年轻时候的合影，吉勒又高又瘦，依莎戴着桃红色的头巾，穿的是风衣，两个人都微笑着，背景是黄河铁桥。

因为光线的缘故，年轻女人俯首往茶几上放茶杯时，丝质头巾闪烁着淡淡的光泽。

苏慕眼睛直视着墙壁上的几幅书法，全都苍劲有力，看题字全都出于同一个人手笔，裱了框组合在一起占去大部分墙面，像一道高贵而华美的盛宴。等年轻女人倒完茶走后，苏慕坐在沙发上侧着头小声对我说："这可能是他们家的保姆吧，长得还挺好看的。"然后又说："满屋的奢华与舒适，但并不显得俗气和浮躁。"又笑了笑，抚摸着手指上那枚结婚时定制的金戒指说："我从来没像今天这样觉得我们如此贫穷潦倒。"

我刚按着客人进门的礼仪在茶几上放了两百块钱，就看见吉勒从楼梯上下来，边用手指提黑色布鞋的后跟，边走到客厅里来。他头上戴着一个圆形纯白色针织帽子，穿白衬衫和灰色毛衫，肚子凸起，胖得像一个桶，但通体坦然。很多刚做完礼拜的人都是这个样子，一种令人耳目一新的谦逊。

"嗨，吉勒大哥。"我向他祝安。他笑着过来和我握手的时候，我发现他虽然胖，但个子很高，比我高出一个头。

"很高兴你们能来。"吉勒看了一下茶杯，说，"茶还没倒吗？"

"我们也是刚进来。"苏慕站起来，立在一旁，局促得有些手足无措。

"快坐坐，都坐，我们这个地方是不是不太好找？"吉勒边问我，边在沙发的一头坐了下来。

"的确不好找，翻过一座大山，才看见这里。"我说。

他笑了，说："你们是从西面过来的，如果从东面过来，就不用翻那座山了，山路不好走。"

"我们也是第一次来这里，路线也不太熟。"苏慕一边说一边朝我笑了笑。

吉勒点了点头，向楼梯口看了一眼。苏慕望向窗外，说："你们这地方可真好，简直可算得上是世外桃源了。"

但吉勒说："这种地方也没有你看到的那样好。主要是缺水，一到旱季，若井里储蓄的水不够，就很麻烦了。"

我指着窗外问："那个盖了盖子的大方墩就是用来积雨水的水井吧？"

"不是，那是一个兔子窝，里面养了好多只兔子。"吉勒回答。

"兔子窝做成这个形状我还第一次见。"我说。

"兔子这东西，机灵得很，一跑出来，院里的花花草草都得遭殃，所以就做了个结实的大水泥墩罩在洞口。"吉勒边说边用手比画着。

三

就在这时，吉勒的老婆依莎也从楼梯上走下来了。比起几年前，她老了很多。她一向都是那种弱不禁风、腰身纤细的女人。现在戴了一条黑盖头，几缕灰白碎发跑到盖头外面，就显得更脆弱了。但她好像是天生的乐观心态，总是笑着，看上去很良善。

她笑着给客厅里在座的人祝安，然后说："你们可来了，我开着大门等了你们一个下午呢。”边说着边走向木头陈列柜，端出一盘干果走过来。

在往茶几上放干果盘子的时候，将两百块钱挪在了茶几的边沿，说：“你们人来就行了，带什么礼呢，太见外了。”

“那个柜子上的水果和茶也是他们拿来的。”吉勒边说边指给依莎看。

她又说：“你们人来就好了，拿这么多东西干什么，太客气了你们。”

“一点小心意。”苏慕又站起来了，“我们这一年多一直都不在家，昨天回来才看见你们发来的请柬，喜得贵子，我们也高兴坏了。”

“坐着，坐着，别起来。”依莎脸上洋溢着幸福，说，“哎呀，茶还没倒呀，我去提开水。”说着走下楼梯几步，又返上来，笑着说：“我将这些水果拿去给院子玩儿的小孩子分一些，天黑了，他们该回家了。”

她拎着水果袋子下楼：“来，都来我这里拿水果来，拿了水果就都回家，明天再来玩。”声音有点大，在客厅里都能听到。我从窗户看出去，天边有大片赤红的晚霞，一层一层重叠，蔓延，消退，月亮的淡白影子已在高耸山影处隐约浮现。

孩子们拿着水果走后，依莎阖上了大门，院子里一下子空荡了许多。

“院子里怎么会有这么多小孩儿？”我问吉勒。

“都是邻居们家的孩子，依莎喜欢小孩，这些孩子摸了她的脾性，见大门一开，就跑进来了，简直比一群小兔子还活泼，每次来都满院子搞破坏。”吉勒笑着摇了摇头，既无奈，又像无所谓的样子。

年轻女人系着围裙，提水壶上来倒茶时，苏慕将自己面前杯子里的茶叶、桂圆、枸杞、红枣、冰糖之类的全都一股脑倒在手心里，堆在了茶几上，说：“我不喝茶，怕晚上睡不着，倒杯白开水，我放凉了喝。”

“那你喝不喝醪糟汁，我自己用小麦酿的？”年轻女人问苏慕。

见苏慕咬了咬下嘴唇，一副踌躇的样子，又说：“醪糟汁是做好以后放在地窖里的，又凉又好喝。”

“那好吧，我喝一点，给我半杯就好了。”苏慕说，“太甜了我怕喝不下去，兑点水来喝。麻烦您了。”

“不麻烦的。”年轻女人笑着，“我去给你拿。”她将水壶放在茶几上，说：“吉勒，开水放这儿了，隔间里有我下午刚剥好洗干净的新鲜核桃，你给客人放一点。”说着转身走下了楼梯。他们的厨房应该是在楼下。

吉勒起身走向走廊的时候，苏慕用胳膊肘轻轻顶了顶我，靠过来，低声说：“猜测不透这女人是这家的保姆还是亲戚，感觉怪怪的。”

就在这时，依莎上来了，见吉勒端着一碟湿核桃出来，说：“我拿核桃夹子。”吉勒顺着她的声音，早已经走到茶具柜子的前面拿了一把核桃夹子，走到依莎身边，将它们都交到依莎手上，然后自己在旁边的沙发上又坐了下来。依莎冲我们说：“这是我们自己的果园里结的核桃，我给你们夹开。”边说边用夹子咔嚓咔嚓地夹起核桃来，一个接着一个，说：“先吃点核桃，厨房里正在做晚饭，马上就好了。”苏慕忙说：“够了，够了，吃不了这么多。”年轻女人拿着红色油漆的木质托盘，上面放着给苏慕的醪糟汁和水杯，不过是一大罐子醪糟汁和四个水杯。

“我灌了一罐子上来，这是杯子，想喝的人，都可以倒来喝。”她将罐子和杯子都放在茶几上说。

依莎依次将杯子推到每个人面前，苏慕手扶着杯子，盯着年轻女人下楼梯的背影看。依莎也顺着苏慕看的方向看过去，说：“她是我们家的新成员，你们之前都没有见过的。”

苏慕不好意思地回过头，看了看依莎，又看着我笑了笑。

“她是我们孩子的妈妈呢。”依莎边提着罐子倒醪糟汁边说。

“哦，原来是给孩子请来的奶妈啊。”苏慕说。

“不是，是孩子的亲生妈妈，生母。”依莎看着苏慕，笑得温柔。

“什么？”苏慕似乎突然被什么东西击中一样，放下要去端杯子的手，僵直地看着依莎。

“是我们儿子的母亲。”依莎说，“她是吉勒新娶的老婆。”她怕我们不明白就又继续解释了一句。

“不好意思，我还是没有弄明白，新娶的老婆？小老婆吗？”苏慕表情惊愕。

依莎放下装醪糟汁的罐子之后，在沙发上坐了下来：“我们之间可没有大小之分的。我不能生养，就只能再娶一个能生养的来，给我们生个孩子。孩子是生命中的一扇门，没有孩子，这扇门就得关起来，难过的。”

“依莎大姐你这样委曲求全，以后是要哭的呀。”苏慕脸上显出一丝惆怅来。

“我宁愿以后自己一个人哭，也不要因为没有孩子，而和吉勒两个人一起哭。这件事是我自己一手促成的，自始至终都没感到委屈。”她看了吉勒一眼，说，“我们刚结婚那会儿，还没有现在这样的经济条件，遇到旱季，得挑着水桶去山底的泉眼儿里舀水来用，一次我挑着两桶水走到半山腰，脚底一滑，从山坡滚了下去，扁担一头的铁钩好巧不巧地钩进了我的腹部，家里没钱，就当普通伤口那样等着自己愈合，但一直不见好，反反复复地发炎，流脓流血，最后才知道伤的是子宫，保不住了，就只好去医院将子宫给摘了。”她又看了吉勒一眼，“那时我们跟他哥嫂住在一个院子里，我在房里养病，他大哥就在房门外面说也不能生养了，不如打发回娘家，再娶一个，很明白是说给我听的，让我有自知之明。我当时怕极了，想自己还能干什么，回娘家也大概只有死路一条了吧。”她摇着头，“好在吉勒没有放弃我，他背离哥嫂带我入城，他很会做生意呢，做什么都很顺，做什么都能来钱，也可能是没有孩子拖累的缘故，一门心思全放在赚钱上面。”

四

依莎说到这里，又拿起一个核桃来夹，咔嚓嚓一声，似乎再没什么要说的了。

“原来您是子宫没有了……”苏慕说的时候脸上的表情特别难过。

“是啊，即使后来有了钱，也回天乏术了。”依莎说着转身看了吉勒一眼。我也看了吉勒一眼，他低着头剥核桃仁上的薄膜，看不见脸上的表情。

“你们不是也还收养过一个女儿吗？”苏慕问依莎。

“收养的女儿……”

“我明白，收养的毕竟隔着一层肚皮，跟亲生的有本质区别。”苏慕见依莎停住了，就这样接了一句。

“也不是，我们本想养她大，找个上门女婿，一辈子也就这样下去了，可是世事不由人，她看上的那个男孩子，自尊心强，死活不做倒插门女婿，难道能不让他们结婚，拆散他们的婚姻吗？这肯定是不行的，所以养都养大了，就准备了嫁妆好好看看地给嫁了出去，将来还是一门亲戚。”依莎平淡而安静地说着，轻轻叹息了一声，有点落寞。

“他的哥嫂有三个孩子，两个女儿一个男孩，我们女儿出嫁之后，他们便时不时上门要我们将房子、地基，还有铺面都写给他们儿子来继承，这不欺负人吗？我说不行，这些财产都是我们老两口半生奋斗来的，说给人就给人，没这样的道理。但吉勒说：‘我们留下一点养老用，给嫁出去的女儿分一点，剩下的留给哥嫂也可以的。’”

依莎将手里的核桃夹子放在茶几上，抖了抖落在膝盖上的核桃壳碎屑，向后靠在沙发上继续说道：

“他都忍让到这个地步了，他哥哥还直着嗓子骂他不仅是落地不生根的骡子，还亲远不分，分财产给养女——是亲哥哥呀，这么恶毒的语言伤得他泪水打转，我觉得我挺对不起吉勒的。”依莎说着，眼中也泛起了泪光，她用手帕轻轻擦了擦两眼，“对不起人的滋味挺难受的，从那时我就萌生了让吉勒再娶一个妻子，有一个血脉相连的真正的自己的孩子。”

我坐着沉默静听，算是听出了点眉目，一些人与事，看似简单却是意味深长。他们要一个孩子不只是为了要一个孩子那么简单。

年轻女人用木托盘端着筷子、油煎饼、花卷、羊眼儿包子，还有调好的蘸酱上来时，大家都在沉默中。她一手托着木盘，一手一样一样交到坐在沙发一头的依莎手上，让依莎转手放在茶几上，然后轻声问依莎："羊肉端凉的，还是要热一热再端？"依莎说："兔子肉和鸡肉端热的，羊肉端凉的上来也可以。今天天气挺热的，再多弄几个凉菜，热菜就炒你拿手的。"

她俩说话声音都极低，都很柔和。苏慕喝着她的醪糟汁，我也喝了几口茶。我不知道该说些什么。苏慕也一样。但我知道过一会儿苏慕还是会继续问，会问到底。

我说："昨天我打电话过来，接电话的人说，她叫莱哈，是吉勒的妻子。我以为我听错了，这下清楚了，她就叫莱哈是吗？"说完，我又喝了一口茶，我也不知道这个时候我为什么要提起这件事来，这让我自己也觉得惊讶。

"是的，她叫莱哈。"依莎说着站起来去木头陈列柜前，拿了餐巾纸、汤匙以及盛汤蘸酱的小碗和小瓷碟过来，一一放在大家面前。

"她这么标致的一个人，还这么年轻，怎么就……"苏慕咬了咬下嘴唇，往我脸上看了一眼，没有继续说下去。

"其实她也是个可怜人，在前夫那里一连生了四个女儿，因为生不出儿子就被赶了出来，娘家那边父母走得早，哥嫂怕累赘坚决不让她进家门。她没地方去，租了我们的房子住，形容邋遢，有时四五天也不见她出门，我去收房租时，她房租也拿不出来，只看着我眼泪滚滚不止，那副已形同废人的模样，到现在我都能看得见，可怜的。我劝了她一番，当时心里就来了让她和吉勒结婚，和我们一起生活下去的想法。”依莎边说边用手将一个油煎饼撕成几份，然后用筷子夹起来，放在每个人面前的小瓷碟里面。

“刚开始吉勒死活不同意，他平时是一句多话也没有的人，在这件事上先是怕莱哈不同意，见莱哈点头同意了，就又怕起重婚罪来。我说你若真怕重婚，我俩盖一张离婚证，你再跟莱哈盖一张结婚证。我是给他做了很多思想工作，才将莱哈娶进门的。”

依莎看吉勒时，吉勒微微一笑，在沙发上换了个姿势坐着。

“是啊，你们这真算重婚呢。”苏慕说。

吉勒低头正给自己杯子里面添茶，眼睛眨巴了一下。

“唉，世界上那么多条条框框谁管得过来，人不能回避真实感受，应该将自己摆在前面。”依莎说，“在这件事上我明明白白的，自认为自己没有做错。”

在我们说话的时候，莱哈端着木托盘来来回回好几趟。四菜一汤，另外牛肉、鸡肉、兔肉、羊肉各一盘，再加上一碟樱桃蛋糕，一些杯盘碗筷，一个方茶几已经被摆放得满满的了。

“忙完了吗？完了你也来跟我们一起吃。”依莎跟莱哈说。

莱哈说：“你们先吃。我去看看孩子，他睡了这么长时间，这会儿该醒了。”

“能抱来这儿吗？我想看看孩子。”苏慕说。

“可以，他若醒来的话，你就抱上来，没睡醒，那我们待会儿吃完饭下去看。”依莎说，“你不知道他有多可爱，现在都已经会认人了呢。”

“那我去抱。”莱哈解了围裙，将里衬卷到外面，搭在沙发的一头下楼去了。

“你俩真和气。”苏慕跟依莎说。

“居家过日子得肝胆相照，真心对真心想不和气都难。”依莎笑着这样讲。

五

此时饭桌上安静了下来，我们都将注意力集中在食物上，谁都不再说话。

天逐渐暗了下来，也没有了炎热干燥。依莎打开了客厅、走廊以及楼梯口的所有的灯。

苏慕扭过头看着楼梯口，等着莱哈抱孩子来。

过了一会儿，莱哈抱着孩子走了上来。孩子被裹在一条毛毯里面，短短的一节，像个枕头。

“我来看看小宝宝。”苏慕忙用餐巾纸擦了手，站起来双手逗引着小孩子的手。“来来来。”小孩子好奇地睁着大眼睛看她。“他怎么没反应,好像还没睡醒呢。”

依莎笑着对苏慕说:“他才四个月,还不会给人手。”

然后在灯光下我看见了苏慕的眼睛里突然有了泪意,说:“太可爱了,我见过不少婴儿,但这是我迄今为止见过最可爱的,怎么会这么可爱。我抱抱他,你们介意吗?我会扶着他的腰,不会被扭到。”说话的样子就像生怕不给她抱一样。

莱哈将小孩小心地放在苏慕的怀里,因为天气热,打开毛毯,里面的孩子只穿了一套纯白棉布的小汗衫,衬了尿不湿,鼓鼓的,苏慕抱在怀里不停地抚摸他的手、他的脚。

“胖胖的圆鼓鼓的手和脚,简直像金元宝。”苏慕让小孩仰面躺在自己的膝盖上,用食指轻轻逗弄着小孩的下巴,并开始模仿儿语和他说话。但小孩子好像还没睡醒,在毛毯上蠕动自己的脸庞,摸索合适的位置,企图继续进入睡眠。

在座的人目光都在苏慕身上,她好像已经被孩子给迷住了。我笑着说:“他可比金元宝值钱多了。”然后拿起杯子,一口喝光了醪糟汁。我也有了想抱一抱那孩子的冲动,以前抱过同事的小孩子,软得像猫一样,但没有这个孩子这么好看。

“你看这孩子眼睫毛这么长,鼻子这么高,他像谁啊?”苏慕问道。

“像他爸,他爸年轻的时候也是刀砍斧削的轮廓。现在老了胖了,就跟一枚磨平的旧银圆一样,鼻子眼睛全都模糊不清了。”依莎看了吉勒一眼。

我们都笑了。吉勒也跟着我们一起笑。

从菜一上桌开始，吉勒就不停地给我们夹菜盛汤，自己却没怎么吃，苏慕一手抱着孩子一手拿筷子吃被夹到碗里的菜，说：“吉勒大哥，你自己也吃一点，别光顾着我们。”

“你们别管他，吉勒晚饭时总要吃点面，面条面片之类的，待会儿给他下点面就行了。”依莎说。

“那我现在就去下面条吧，两位客人要不要也来一点？”莱哈说着欠了欠身，想要站起来。

“我要半碗，晚饭我也习惯吃面。”我说。

“我不要了，这些菜做得太好了，我想多吃点菜。”苏慕跟着她们说话，声音也柔和了起来。

“你又是做饭又是忙孩子的，现在坐着吃吧，面我去下。”依莎说着已经站起来，走向了楼梯口。

“我还在电锅里煮了玉米，你上来时也端几个来。”莱哈这样跟依莎说，这一次她的声音终于大了一点，但说完她的脸就红了。

“你看你看，他竟然不哭不闹在我怀里睡着了。”苏慕惊喜地说。莱哈笑了一下，过来将睡着的孩子从苏慕怀里抱过去，说：“我来抱，孩子会挡着你吃东西。”

我们埋头各吃各的，闪烁的食物光泽带给我一种幸福幻象，脑子里却空茫茫的，像是一时还没有反应过来一样。苏慕将凉拌青笋丝向莱哈面前推了推，她抱着孩子不能将胳膊伸得太远。依莎用木托盘端来了两碗面条，还有一大碟子玉米棒子，苏慕拿了一个，仔细地拣干净上面的毛须，用手指抠掉一行，然后一排一排地吃起来，说："好多年都没有这样吃玉米了，真甜啊。"

"这是我们自己种的，现在煮来吃正合适，你们回去的时候，我给你们掰一些带回去。"依莎说着也坐了下来，对莱哈说："孩子给我，我来抱，你安心吃饭。"

莱哈将孩子给了依莎，然后又夹了点儿青笋丝放到自己的碗里。

"这孩子叫什么名字？"苏慕边吃玉米边问。

"安尤布。"依莎回答，"他是我们的小安尤布。"她笑着朝孩子脸上努了努嘴，就跟睡着的孩子有反应似的，说："他是我们的小宝贝，我们的金元宝，安尤布，你是不是我们的小宝贝？他现在已经会认人了呢，我远远地出声，他就有反应，头转过来转过去地找。等你们以后有了孩子，你们就会知道小孩子虽然不会说话，但聪明得很哪。"

苏慕只是看着她，没有说话。我也没有说话。我们只是平静地坐着。我看见坐在依莎旁边的莱哈在茶几边上吃一块樱桃蛋糕，一口一口的，吃相还真挺好看的。

吃完后，又拿了一个玉米棒子，拣了拣毛须，从中间用力掰成两半，吃了起来。

到这个时候，清真寺的宣礼声又传来。

“沙目念了，今天时间可真快哪。”依莎说着站起来，将孩子交给莱哈，说，“你在这里陪客人先吃着。”

莱哈轻轻点了点头，继续吃着手里的那半截玉米。

依莎将目光转向我们，微微笑了一下，说：“你们慢慢吃。”然后跟吉勒两人前后脚都上楼做礼拜去了。他们一走，客厅里的气氛反而轻松了下来，聊天也轻松自在了许多。可能莱哈跟我们年纪差不多，而吉勒和依莎几乎算是我们的上一代人了。

“我刚进门以为你是他们雇来的保姆，没想到你也是这个家的女主人。”苏慕这样对莱哈说。

“嘿，我没奢望做哪里的女主人，有这样一个安身地就已经很知足了！”莱哈说，“现在这样的生活比我刚开始预期的还要好一点呢。”

“你真的从一开始就愿意给他们两口子生孩子啊，有没有迟疑过？”苏慕问得口无遮拦，但莱哈好像也并不生气，说：“这有什么不愿意的，在以前的婆家生孩子是义务，在这个家生孩子是特权。”

苏慕只是笑了笑，又摇了摇头，说：“但我还是觉得这里面有问题，这种生活，要是我的话，我可能会觉得别扭得要死。”

“嘿。有婚姻在，有什么别扭的，婚姻牵扯着责任，责任有时跟买卖一个样，虽然都计算着利润与得失，但好买卖是都讲仁义的。”莱哈轻轻地拍着怀里的孩子跟苏慕说，“我真没大的奢望，就求个安身地，安安静静活下去就行了。”

六

在吉勒家的那个夜幕降临的傍晚很特别，它在我生命里面可算得上是一个很特殊的时刻。那天傍晚，我听来了我几乎一辈子都在追求，但一辈子都没能如愿的大道理。它出自一个瘦弱的、失去子宫不能生育孩子的女人之口，她说：“世界上那么多条条框框谁管得过来，人不能回避真实感受，应该将自己摆在前面。”那一刻我真的等不及跟苏慕单独待在一起，告诉她我所有的新得来的感受。那晚，清真寺的宣礼声响起的时候，吉勒和依莎上楼祈祷的时候，我也坐在沙发上，在心里虔诚地祈祷，祈求将来也能有这样一个可爱的亲生骨肉，想抱的时候随时都可以抱他。但我的这个祈求最终还是没有实现。它实在是我的不幸。

我们离开的时候，有风吹过玉米地发出的细碎声音。依莎打开楼顶大瓦数的日光灯，然后走进玉米地里面帮我们掰玉米棒子，我们车子的后备箱几乎被她装满了。沉寂而丰饶的田野像摊开的手心纹路，杨树梢上悬挂着月亮清亮的轮廓。开车离开，天空星光淡薄，村镇的灯光也逐渐消失，崎岖回旋的悬崖山路黑暗并且落寞。我只觉得这一切都很好。

“这家人的这种生活方式真够怪的。”苏慕说。

“都是为了一个孩子。”我有点感慨。

“孩子对生活究竟意味着什么？”苏慕明显有些落寞。

“感觉生活久了，有孩子比没孩子要好一点。”这是我的真情实感。

车子开上了一条盘旋路，我认真看着前方，苏慕也不再说话，黑暗中只听见肃杀的风声。

那晚，回到家以后，苏慕洗澡出来，特意用了香薰，开始逗引我，我说：“种下的种子都不发芽。”

她像蛇一样缠在我的身上：“不发芽也得种，万一有了呢。”窒息般的激情将我从头顶淹没到脚底。

后来，我们为了有孩子，一直持续花钱治疗苏慕的输卵管堵塞，但越治疗，牵扯出的问题越多，到后来，问题十分复杂，几乎没有治好的可能性。苏慕总会提起在吉勒家的那个傍晚，她会埋怨说：“都是那天去他们家让你产生了再找一个女人生孩子的想法，所以就不怎么关注我的治疗，错过了最佳治疗期。”事情完全不是她说的这个样子，但有的人天性总爱无事生非，胡搅蛮缠，你不能跟她讲道理，也不能反驳她，不然会没完没了。

“那家人真的好变态，都什么年代了，还一个丈夫两个老婆，他们住在深山荒野里面是不是完全不知道现在已经不是封建社会了。”这样的话苏慕总会无缘无故突然说起，“还有那个年轻女人，个子那么高，长那么年轻漂亮，跑去给一对老人生孩子，她是怎么想的，她是不是脑筋不清楚。”虽然很多年以后，她几乎已经忘记了那个年轻女人的名字，但她还是会想起她，然后怀疑她脑子不清楚。

苏慕现在差不多快到了更年期，果核般的身体轮廓，也不戴花花绿绿的头巾了，每天去上班的时候一条黑色盖头往头上简简单单一套，有时一缕头发飘在盖头外面，被风刮在她发了胖的圆乎乎的脸上，她好像不太在意。我也没提醒她，有什么好提醒的呢？都这把年纪了。身体退化到粗糙贫乏，心却似乎随着修行般的跋涉日益坦然起来。

从吉勒家回来之后，苏慕好像对那家人有了很深的偏见，每次上下班，再也不从他们家住宅楼前经过，我跟她一道上下班，也就不大走那条路了。就这样我几乎再也没有见过吉勒那一家人。

直到前段时间，我儿子刚学会走路，咿咿呀呀地不小心从楼梯上倒栽下去，血流了一大摊，昏迷了，需要补血。但因为是收养的孩子，我和苏慕的血型都配不上，我只好到处借献血证，然后去医院血库配相同血型的血液。我拿着献血证经过医院走廊时，遇见了依莎和莱哈，说是依莎身体不舒服，莱哈陪她来医院做检查。莱哈穿着一件柔软妥帖的羊绒大衣，看上去比初见时更有精气神了。只是依莎腰弓着，瘦瘦弱弱的，眼睛和手指微微有些发肿，脸上皮肤发皱，浮动着蝶影般的色斑，已老得不成样子了。谈话间才知道，吉勒已经去世一年了，他们的儿子安尤布已经开始上学了，时间也是够快的了。我还记得依莎看吉勒时，吉勒微微一笑，在沙发上换了一个坐姿的那一瞬间，一个不善言谈的高个子男人。她们知道我儿子在住院，就跟我一起去病房看望了我儿子，在柜子上放了两百块钱，让我给我儿子买些补品来吃。

2018年2月3日完稿于兰州

天税

一

无论什么季节，高原的阳光都很烈，到了夕阳时分更是烈得倔强，拖着长长的火一样的尾巴，一寸一寸不愿走似的往回燃烧。

满城的房屋大都开了灯，只有一个窗口，还大开着玻璃，恋恋地眷着那余下的丁点夕阳，让炉灶上的煤气跟着一起燃烧。锅里是鲜牛奶，加了酥油还加了葡萄干和枸杞，奇异的甜香沁人心脾。为了更加入味儿，还要再煮一会儿。蓝色火苗犹如美丽蝴蝶的魂魄，圈围着锅底此起彼伏，再加上一点手机里的音乐，空气美妙得在颤抖。何蓓脸上有一种单纯的满足，嘴角泛起一丝浅笑，在案板上将馍馍一刀一刀切成薄片。突然手机里的音乐被来电铃声打断了，何蓓放下刀，拍了拍手上的馍馍渣去接电话。

"喂，何茹啊……"

何蓓从耳朵边拿下手机看了一眼，确定是自己的，立刻纠正道："妈，我是何蓓。"

"哦，何蓓啊。"

“嗯。”

“贵德索菲阿娘的女儿一个人要来西宁参加考试,不放心去住宾馆,想来住我们家,我答应了。”

又有人要来家里借住,何蓓心里嘀咕着,走过去啪的一声开了灯,问:“哪个索菲阿娘?”

“就是何茹结婚的时候,送来两大桶裸鲤的那个阿娘,记得吗?”

这么一说,何蓓倒真记得,还记得特别清楚。何茹结婚的时候,有一个不认识的阿娘送来两大桶鱼,身上一丝鳞片都没有,大家都吓死了,还以为是从黄河源头捕捞来的野生保护动物——石花鱼。那个阿娘个子不高,身形很臃肿,望着大家咻咻地笑,说:“这是在黄河边人工饲养的裸鲤。”何蓓对这些人没有什么感情,可是那次何茹结婚距父亲去世还不到半年,那个阿娘衣服旧旧的,脸被晒得黑黝黝,出现在闹哄哄的婚宴中,何蓓看着不知为什么,心里就一阵一阵难过,最后忍不住眼泪也涌了出来,何茹马上要进婚车,她是送嫁的姑娘,忙跑去卫生间潦潦草草卸掉了眼睛周围晕得一塌糊涂的睫毛膏。后来在一起照的照片里,发现根本就没卸干净,黑洞洞两只熊猫眼,站在精心打扮修饰过的新娘旁边,简直没眼看。

“记得。怎么不记得。”

“就是那个阿娘的小女儿,我不在,你跟何茹两个人照顾好她。”

“知道了。你在大姐那边能适应吗？”

“能，这边除了热，其他都好。”何蓓将手机用下巴夹在肩膀上，拿筷子搅了搅锅里的牛奶，关了火，过来坐在沙发上跟母亲扯起了家常，问何芳工作忙不忙，姐夫好不好，小外甥有没有长高，又问到吉隆坡的天气，问何芳有没有常带母亲出去玩。都问完了，叹息了一声，说：“真羡慕大姐呀，工作好，嫁得好，生的孩子好，什么都好。”说完，像突然想起来似的问道：

“妈，那你什么时候回来？”

“你大姐说等开斋节她放假了就送我回来。”

“那还得二十多天呀。”

“我说的你记住了没有，那个阿娘的小女儿是来西宁考试的。”

何蓓突然想起，她见过那个阿娘的女儿，详细的容貌现在想不起来了，但那一身黄裙子可记得清楚。

那女孩是和她妈一起来的。个子比她妈高出一个头，脸上的皮肤是那种很健康的小麦色，却穿了一件黄得几乎要滴出水的黄色连衣裙，与肤色犯冲，腿上又配了一条沉沉的黑色打底裤——一个好好的姑娘，被齐膝盖断然截开，要多难看有多难看。着装难看，还非常腼腆，一直低着头，在索菲阿娘的指引下，怯生生走过去，在一桌席宴上坐了下来。那一身黄裙子，在热闹的喜宴上，像一朵惹眼的奇葩，谁走过去都会多看两眼。也不知道是谁给她买的。有亲戚跑来在何蓓耳朵底下悄悄问，是从哪里来的女孩，穿一身湿答答的黄，也太奇怪了，像是从厕所里捞出来的。何蓓骇笑，这亲戚嘴巴真尖。

何蓓说："我见过你说的这个女孩，上次在何茹的宴席上穿一身黄色连衣裙。"

"不是，你见的那个是米娜，去年就结婚了。我说的这个是尔曼，还从没来过西宁呢。"

"啊？这个阿娘几个女儿呀？"

"三个，可怜的，跟我一样，没儿子。"

何蓓听到这里，突然坐直了身体，没来过西宁的女儿，不知道什么时候来，不知道长什么样子，不知道去哪里考试，又一想现在正值暑假……暑假考什么试？何蓓吸溜了一口气，对着手机忙问："这姑娘读的什么书？暑假还来考试？"

"高二的学生，考的是什么竞赛的试。刚说的时候我还记得，现在说不上了。"

"是自己一个人来吗？那是不是还得去车站接一下她？"

"我刚不是说了吗，索菲阿娘忙得走不开，她女儿一个人来考试，所以必须得去接，不然她一个小姑娘初来乍到，人生地不熟怎么办？"

好烦，何蓓一阵沉吟。

"喂……我发个她的照片给你，你去接或者让何茹去接都行，这孩子很乖，学习也好，在学校拔尖儿的，被学校抽来参加竞赛考试。考完试，你俩看时间，若允许的话，再带她到西宁各处逛逛，第一次来，我不在，你们别冷落了人家，哦，还有，给她住的那房间，也提前收拾收拾，别人来了才手忙脚乱的，听到没有？”

何蓓嘴里说着听到了，转头看了一眼常给来客住的那间房，前段时间母亲在的时候，那里面就住过客人，走了人的屋子本就显得有些凌乱，母亲不在，她和何茹两人在家没打扫不说，还顺手将每次拆了快递的各种纸箱子纸盒子往里扔，扔多了，堆得满坑满谷，看着都难过。

“妈你不在，给客人住的房间上次住过人都没打扫。”

“那有什么难的，就换个床单被套，再将地拖一拖，家具抹一抹，一会儿工夫的事。”

“可是……”何蓓又往那客房门口看了一眼。

“去接站的时候，眼睛放亮一点，索菲阿娘说那孩子会晕车，有时候晕得昏天暗地，路都走不了。”

二

何茹在卫生间洗完衣服出来晾，何蓓向她汇报了这件事。何茹一边将衣服套上衣架，伸起手往阳台的晾衣杆上挂，一边笑着说：“又是爸爸的穷亲戚。”

“这两年没完没了的，我真的觉得好烦。”何蓓靠着沙发，伸直了腰,问何茹,“以前爸爸在的时候也常有人来,你说那时候我们怎么就一点都没觉得烦呢?”

“要不怎么说是爸爸的穷亲戚呢。”何茹高鼻大眼的一张鹅蛋脸,笑起来很温柔。

“都跟爸爸无亲无故的,再怎么算也算不进亲戚的行列。”何蓓想了一会儿,说,“以前爸爸在的时候,住的地段清静,又是大房子,楼上楼下好多间,楼下来人了,楼上我们不想见,自己的房门一关也就不见了。现在这么小的房子,空出来一间做客房,人来了,不仅出出进进一起,还一桌子吃饭,一起共用卫生间,就觉得好烦了。”

何茹笑着问:“你是不是还想说,还让你和我挤一屋睡高低床。”

何蓓干笑了两声,不说话。

何茹问:“什么时候来?”

“什么?”

“那女孩儿什么时候来?”

“说是后天来,坐贵德直达西宁的大客车,在南川西路客运站下车。”

何茹晾完衣服,去厨房端出来一小碟椰枣放在茶几上,跟何蓓说:“开斋吧,时间到了。”自己也拿了一颗枣子,边吃边又走进厨房,将准备好的食物装碗的装碗,装碟的装碟。回头见何蓓还坐在沙发上,就又自己往餐桌上端。

何蓓吃完一颗椰枣，将一粒枣核咬在牙齿间，看来来去去的何茹。之前何茹身上有一种混沌而糊涂的骄矜，所以她无论怎样讨厌干家务或者进厨房做饭，何蓓都看惯了，已经可以无动于衷了，反而近两年，何茹老一副温柔贤惠家庭主妇的模样，让何蓓看着觉得凄凉。

“妈说让我们在那女孩来之前，先将给人住的房间收拾好。”

“嗯，今晚抽个时间收拾一下就好了。”

“那待会儿你去收拾房间，我来洗碗行吗？”

“行啊。”

“那些纸箱子纸盒子还挺多的。”

“没事，我将它们都拆开叠一起，明天叫收废品的人来拿。”

何茹将牛奶、馍馍、几样小菜都端上餐桌以后，又过去戴了头巾，在客厅的空地上拉开拜毯开始礼拜。何蓓还在沙发上坐着，看着将全副精神都寄托在礼拜上的何茹发愣。何茹出拜，头转向左肩头时，突然陷入了一种错觉，仿佛何蓓就是母亲年轻时候的影子，又坐在身边指导她如何礼拜。何茹想，血缘还真是神奇的东西，一映照就映照出谁是谁最亲密的陪伴。

何茹和何蓓年龄相差不过两岁。但若一同出去说何茹是何蓓的妈都有人信。何蓓到现在都留着一头短发，又瘦，鬼马灵精的。而何茹结过婚，出门戴头巾，又可能是心情的原因，戴的头巾一条比一条灰淡，非常显老。

何茹初中毕业后没读高中，去埃及留了几年学，学了一口流利的阿拉伯语。但也不过是那么回事，回来根本没多大用处，就去阿丹新开的大饭店做了部门经理。阿丹以前是何茹父亲何宗明商行里的一个伙计，有谋略有胆识，在生意场上风生水起，何宗明欣赏他，将一半儿的生意放给他，让他全权打理。没用两三年，他就挑起大梁出去单干，同时与何宗明以兄弟相称，何家三姐妹都叫他阿丹叔叔。

当初何茹去阿丹的大饭店上班时，还有两个跟她同龄的男青年也同时在饭店做部门经理。一个是她已故的丈夫马明，还有一个是尤布，阿丹的外甥。三人第一次见面是在办公室，落地的长窗前面，尤布精神奕奕，神清气朗，何茹的目光在他身上多停留了几秒，笑了笑，跟他轻轻点了个头。

而马明呢，善良，工作负责，总帮何茹处理一些工作上遇到的问题。何茹也是一遇到问题就找马明。时间久了，从说工作上遇到的问题，到说各自的喜好、各自的家庭、各自的求学历程，这过程中两人的关系也在逐渐发生变化，从同事到朋友，从朋友到恋人。而这期间阿丹三番五次旁敲何茹尤布更适合她，何茹都一笑了之。

半年后何茹和马明订婚，正当大家由衷觉得高兴时，阿丹风风火火跑进来，拿出一副不似家长胜似家长的威严说："我不同意他们结婚。”沙发上的何宗明“啊？”一声站起来，与马明、阿丹在客厅的灯光下站成一条直线，问为什么，阿丹顿住了，不说话。

“婚姻是女儿自己愿意的，我们有什么好说的。”何宗明笑了一笑。

“他们结婚后连个住的地方都没有。”阿丹有点气急。

何宗明大手一挥，举重若轻：“我给买一套房做嫁妆送给他们，这总行了吧。”阿丹不再作声。客厅里有很多人，何茹越过阿丹灯光下严峻的面孔看向马明——他鼻梁挺拔，单眼皮细长眼，不作声，也不卑不亢。

何宗明为了缓解场面，又跟阿丹说：“好啦，好啦，他们这一代社会这样好，只要有手有脚，面貌端正，品行没问题就饿不死。”

那次何茹自始至终都没出声，但胸口闷得生疼，等人散了，就自己一个人蜷坐在偏厅的长窗旁，长窗外是游泳池，被长廊里的灯映得水光粼粼。何蓓在这边睃何宗明一眼，说：“阿丹叔叔真厉害，差点将二姐的订婚场面变成一个爆炸现场。”

何宗明听了，走过去安慰何茹，说：“生意的灵魂是利益最大化没错，但我们这些人谋利所遵循的是‘仁义礼智信’与虔诚信仰相结合的规则，阿丹这个人在生意场上之所以能够风生水起就是因为他始终遵守着这个规则。他对我讲的是一个‘义’字，所以在我女儿的婚事上才会如此操心，自古以来，当家人猪狗嫌，就是因为太操心太负责。”

何茹落下眼泪，她其实一点都没有怨阿丹，但心里的感想也是难言的。她开始其实是跟尤布交往的，但当尤布知道她是何宗明的女儿的时候，又选择了回避。早年何宗明生意如日中天的时候，每年结算下来的天课有不少。阿丹说他外甥尤布书念得好，但父亲早逝，学费很头痛。何宗明听了，每年都从天课里面拿出一笔给尤布。男生莫名其妙的自尊心，觉得少年读书时受何茹父亲的资助，长大后又受何茹的爱情，即使觉得幸福，也是一种自卑可怜的幸福。

结婚后，何茹发现马明比意想中的还要好，很像何宗明，对信仰、对生活、对情义都有自己的执念，是非常理想的丈夫。何茹懊悔得几乎哭出来——一开始没跟马明交往，多走那么多弯路，多受那么多伤害。

那一年因为何茹订了婚的原因，何宗明在斋月里出尽天课，捐完开斋捐之后，又给几家慈善机构额外捐了一大笔资金。之前何芳订婚的那年，何宗明也这样做了一回，悄无声息的。何蓓笑何宗明做好事不留名。何宗明也笑，说行善莫要张扬，莫要给人造成压力。

何蓓大学毕业后找工作，一找就找在了邮局。何蓓说她对邮局有一种特殊的情分。有一年何宗明赚钱赚翻了天，算出来天课一大笔，给周围该接济的人都接济了，又听了阿丹的意见，去邮局汇给了更远地方应受接济的人。

那时候何蓓还小，何宗明带着她一起去的邮局。回来的路上，阳光穿透车玻璃照在额头上，有一种突兀的明亮。何宗明心情好，一边开车，一边跟何蓓说开斋捐怎样捐，天课该怎么出，说了一路。

三

看见从车站出来的尔曼时，何蓓想起了那次跟父亲去邮局寄汇单时的自己。

那时比尔曼现在的年龄小多了，还在上小学。她是家里最小的女儿，最得父亲惯宠，脸胖，身上也胖，精力充沛，爱动，像一个特别经摔的搪瓷盆，摔得瓷也掉了，盆也扁了，就是不破，很少哭，父亲常跟人说他这个女儿是一个男孩子的性格。后来慢慢长大，也慢慢瘦了下来，跟眼前皮肤有点黑、有点瘦的尔曼有几分相似。但尔曼跟她那前两年穿黄色连衣裙来参加婚礼的姐姐更相似，细看来眉眼又不及那姐姐的精致，尔曼的眼睛、鼻子、嘴都很小，脸却四四方方很大，在烈烈的下午阳光下分外让人觉得荒凉。

何蓓站在车站对面朝着尔曼挥手，但尔曼没看见，依然站在车站门口的人丛中，茫然不知所措地四处张望。何蓓穿过马路，走到她跟前，叫了她一声，她才反应过来，没有话，也没有一丝别的什么神情，就只点了一下头。何蓓在马路对面的时候，就见她穿一身校服，手里提了一个用旧的超市购物袋，塞得鼓鼓囊囊的，现在走近了，发现身后还背着一个书包，也塞得鼓鼓囊囊的。何蓓要帮她提手里的购物袋，她拒绝了，说自己可以。

上了出租车，何蓓问她具体什么时候考试，在哪里考。她都一一做了回答。

“那个中学离我们家很近，步行五分钟都不要。可是你们暑假怎么会有考试呢？”

“是全国中学生生物知识竞赛。”

尔曼说话的声音很轻，风吹起了她鬓间一绺碎发，她用小拇指又将它勾在了耳后。何蓓注意到她的嘴唇很干，有些起皮的地方还出血结了血痂，顿时从心底涌起一股很自然的“姐妹感”，在心里跟自己说：“要好好照顾这位小妹妹啊。”

太阳影子斜了，但天气依然燥热得怪异，出租车没开空调，只将四面窗户都开着。车走的时候有风呼呼地掠过还能忍受，但一停下来等红灯，就立刻受不住了。何蓓自己热，也关心尔曼，问她要不要将校服脱下来。

尔曼摇摇头，眼睛继续看向窗外。这一路原是一条很有古韵的深巷，但经过一番彻底整改后，变成了一条风情街，各种商铺开得五花八门。看上去就跟用重油重盐重糖做出来的垃圾食品一样，为的只是刺激，没一点美感可言。尔曼一直在看，她在看什么呢？何蓓也顺着尔曼的目光朝车窗外看了一眼。

何茹从小就不喜欢进厨房，所以现在家里多半还是由何蓓来做饭。今天来了客人，何蓓想着应该多做一点，做得丰富一些。但也日常朝九晚五地上班，今日下班后又匆匆去车站接尔曼，根本没来得及去超市。

现在将尔曼接回家了，又忙忙看了一眼墙上的大钟，想着去超市的事。

"这个是我妈让我带过来给你们的。"尔曼将那旧旧的超市购物袋提过来给了何蓓，里面装的是牛肉干和酥油，沉沉的，足有七八斤重。酥油用吸油纸包裹得很好，一点渗油一点味儿都没有，但因为天气热，摸上去软软的，几乎要化了，何蓓边说着感谢的话，边赶紧将酥油拿去放进了冰箱。冰箱里有冰镇的蜂蜜柚子茶，拿过来问尔曼："你喜欢喝柚子茶吗？"

"我在闭斋。"尔曼看向何蓓的脸。

何蓓本来还想说不喜欢的话，家里还有其他饮料，这一听，就换成了："哎哟，哎哟，对不起。"赶紧收走了放在尔曼面前的柚子茶。

"没关系的。"尔曼一双手放上膝盖，在沙发上坐得规规矩矩。

“我们一般在路途上要坐车的话，就不会闭斋，我以为你也……”何蓓边说边去玄关处穿了一双平底鞋，说，“那你在家里休息一会儿，我去楼下超市买些东西，马上就回来。”

“我能跟你一起去吗？”

不知是在陌生的家里一个人待着害怕还是怎样的，尔曼连忙从沙发上站了起来。

“你会不会很累？”何蓓向她看了一眼。

“不会。”

“那走吧。”

超市里冷气开得很足，比起外面舒服多了。两个人都闲闲地在货架前挑着。尔曼拿了有包装袋的食物，先要找见“清真”二字，才愿意往购物车里放。何蓓也很注意饮食，但没她这么讲究，只要看一下包装袋上的食物配料，没问题就可以了。可是，尔曼……何蓓看着脸上微微出神，对自己刚放进购物车的食物失去了信心。

两个人在超市先是一起转的，后来何蓓去买菜，就跟尔曼走散了。买好菜回头去找她，却连影子都找不到。在横七竖八的购物过道里，何蓓推着满满的购物车，急急地走，脑袋乱得像没有桨的船在水中打转，走至收银台这边，看见尔曼正站在一个大冷柜前等她，心里的石头才落了地。但也就像是大石头突然落地，心里猛然一轻，反而一阵晕眩。

超市的灯光下，尔曼眼睛亮亮的，何蓓看着吁出一口气，走了两步又问："你有手机吗？"

"有。"

何蓓从包里掏出手机对尔曼说："太好了，我存你的号码。"

"好的。"

尔曼将自己的手机号报给了何蓓。

四

何茹在饭店工作，每日下班比何蓓晚两个小时。

坐在公交车上面，沿路看远处山峦在日暮中逐次变换光线，有一种深深的万事变化和无常的感受。何蓓说当时穿扎眼黄裙子来参加婚礼的那个乡下女孩儿已经结婚了，而自己……结婚刚一年，马明深夜加完班骑摩托回家，被醉酒的人开的车撞到道边的白杨树上，当场要了命。这个伤很难自愈，她用尽各种方式，一天一天依然像在无声地腐烂，缓慢地死亡。但诡异的是，不知道从什么时候开始，她发现自己会在某种寂静中突然惊醒，无端端眼泪流个不停。这比刚开始的时候好受多了，刚开始感觉生活被洪水席卷冲毁到了地狱，看哪儿哪儿都一片荒芜。

头巾的一角被风吹起来，反复拍打在脸上影响呼吸。但她心里反而平静。以前不知疾苦，不容易接受荒诞的、矛盾的、复杂的各种人和状态，又骄矜又挑剔。如今，对每个人隐隐闪烁的苦难都能看见一二，由此不忘提醒自己，要好好活着，该做的事要尽力做，该认真对待的人要认真对待，要珍惜当下，要扛起所有问题继续往前走。

走至楼底下，看见摆小摊的老人将自己家种的葱扎成一把一把的，摆在藤编的篮子里卖。生长在高原上的葱又细又不好剥皮，但她还是俯下身挑了几把。

一打开家门，一股煮鸡肉的味道扑鼻而来。她看见玄关处多了一双白色的帆布鞋，莫名有点温馨。她在换鞋，厨房里的何蓓正忙着炒菜，悬起锅铲探出半个身子看了她一眼，说："早知道你要买葱，我刚在超市就不买了。"

"楼底下的，路过顺手买了。"何茹一边说着，去了厨房，将葱放进了置物筐，又走过来，在客厅的沙发上看了一眼，又在餐桌上看了一眼，到处没人。

"你接的人呢？"

"在房间呢。"何蓓往锅里旋了一点水，刺的一声响，盖了锅盖，说："坐长途车来，又跟我去超市走了一圈儿，我让她先去休息一会儿。"

"不会是睡着了吧？"

何蓓走过来，客房的门半开着，里面亮着灯，乳白墙壁明亮柔和，尔曼侧身躺在床边好像真的已经睡着了。何蓓在门上轻叩了两下，问："尔曼，你睡着了吗？开斋的时间快到了。"

说完何蓓又穿拖鞋啪嗒啪嗒地进了厨房。何茹本打算拿下头上的头巾，可转念一想，家里来了新的客人，还是端庄一点的好，就停手走去冰箱前端出开斋的椰枣放在餐桌上，转身去碗架上拿杯子时，尔曼从客房走了出来，下身校裤，上身一件朴素简单的白T恤衫，向何茹走来，叫何茹姐姐，并祝安。

何茹停在原地，也微笑着向尔曼祝了安。尔曼可能是刚睡醒的缘故，脸上蒙蒙的，马尾松松垮垮偏在头的一边，又加上眼睛小，乌黑的眼珠里有一种集中起来的澄净，何茹看着她，像看自家姐妹，眼神里都是暖意。

手机发出提示开斋的铃声。何蓓走过来将一颗椰枣塞到尔曼手里，说："时间到了，快开斋。"

尔曼吃了椰枣，又将餐桌上的一杯茶端起来，一口气饮尽。

何蓓将切好的水果端来放在尔曼面前，然后穿了礼拜服过去同何茹一起礼拜。何茹比何蓓做得快，卷起拜毯走过来，看见尔曼并未吃盘子里的水果，只喝了茶。

"你怎么没有吃水果？"

尔曼一双少女的明眸，闪闪发亮，说："等你们做完了一起吃。"

何蓓也做完了，去厨房端准备好的食物，何茹过去帮忙，低声说:“这孩子又朴实又懂事。”何蓓对何茹微微一笑,表示她早知道了。

姐妹俩两双手,将厨房里准备的食物和碗筷放在两个大盘子里面一起端了过来。三个人围着餐桌吃饭,何蓓看向尔曼拿筷子搛菜的手,问:“啊,尔曼,你怎么拿左手吃饭呢?从小就是左撇子吗?”

尔曼摇头说:“不是。”将筷子换到了右手。

“姐姐,帮我倒点茶。”尔曼将茶杯端起来伸给何茹。

“你怎么叫她姐姐,不叫我姐姐?”何蓓笑着问尔曼。

“我本来就是姐姐呀。”何茹边笑边接过尔曼的杯子。

“她还给你祝安,也没给我。”何蓓不罢休。

尔曼看了何蓓一眼,不说话,微微低下了头。

“因为我比你老,在尔曼眼里你跟她同龄。”何茹倒了茶将杯子回给尔曼,又端起菜盘子殷勤体贴地往尔曼的餐盘里拨菜,尔曼慌忙用筷子挡,“我不要吃甘蓝菜。”

“不爱吃啊。”何茹停住了手。

“妈妈摆菜摊时,天天甘蓝菜用滚水一焯,撒点盐,将面条倒进去煮熟来吃,吃怕了。”

“你妈在摆菜摊吗?”何蓓记得好像是说在养鱼之类的。

“现在不摆了,那是爸爸去沙场拉沙子,被翻倒的拖拉机砸坏脊椎之后的一段时间。”

“啊?这样啊。”何茹很吃惊,往何蓓脸上看了一眼。

“那现在呢？现在你妈在养鱼是吗？”何蓓问尔曼。

“没有，在饲养牦牛。”

“可真不容易啊。”何茹叹息了一声，思潮飞出去，回忆道，“我结婚那年你妈妈在养鱼，还送给我们家两大桶。”

“早就不让在黄河边养鱼了。”尔曼喝了一口茶水说。

“为什么？”何蓓大大纳罕。

“会破坏生态平衡。”

“好可惜。我还想着什么时候有假期，就亲自去贵德看看高海拔人工养鱼。”何蓓将茶杯端到嘴边，抿了一口，有点遗憾，“现在即使去了也看不到了。”

“我看过。”何茹揭开电饭煲的盖子，为自己盛了点米饭。

“你看过？什么时候啊？”何蓓这样问的时候，看见尔曼掰了一点馒头，将碗底吃剩的汤汁都蘸在了上面。

“刚去饭店工作的时候，说‘天下黄河贵德清’，就跑去贵德看黄河水，看到人们在黄河边隔了一片一片的水域养鱼，里面的鱼苗一条一条都看得见。”

尔曼将蘸了汤汁的馒头吃进嘴里，用一口茶水咽下去，说：“那是刚开始水清的时候。后来鱼养多了，水浑了，什么都看不见。”

何蓓喝完杯子里的茶，将餐桌上的杯盘碗筷、吃剩的食物都一一收进了厨房。尔曼和何茹聊起了贵德的黄河水。何蓓在厨房中洗完碗，看了她们一眼，而后背转身擦碗，摞碗，再擦饭勺，擦锅，一一摆好。

“不知道因为什么？我总觉得尔曼有些忧郁。”

睡在高低床上床的何蓓，跟睡在下床的何茹说。旁边的浴室里尔曼在刷牙，水流声不断。何茹垫着枕头半躺在床上，眼睛呆呆地不作声。

何蓓头从上床探下来看了一眼，问：“你在想什么呢？”

何茹还是没作声，心事沉沉的，将双手交叉了抱在后脑勺上，两个小拇指上绕着一缕头发，来回地绕，绕紧了，手指抽出来，重新再绕。

“去车站接她的时候，她一句话都没有。提在手里的袋子很沉，我去帮忙提，她也不给我。弄得我都不知道该跟她怎样相处了。”

“可能是家庭的压力。”何茹将手从后脑勺那里抽了出来，放平枕头睡下了。

“没想到她爸是瘫痪的。”何蓓拉了拉毯子，也在上床睡了下来，说，“她今天来，还拿那么多牛肉干和酥油，你看见了吗？酥油我放冰箱了。”

“看见了。”

“这些人……”何蓓默然半天，说，“爸出给他们的是天课，他们成全了爸的天课，又待我们像亲戚，大小的节日带东西来，婚丧嫁娶也带东西来。真让人感动。”

“出天课是义务，他们对我们的好却是不求回报的，怎么不让人感动？”

“以前爸在的时候，他们老来，我以为是来攀附的，就用一种特殊的眼光看他们。可是现在，我才知道我当时有多浅薄。”

“是啊，不遇一些事，人永远都认不清自己。”

两人你一句我一句，又像是从前学生时代上下铺的宿舍生活了。

“她的考试在明天是吗？”何茹问何蓓。

“明天上午。”

“考试地点离你工作单位挺近的，那她明天就交给你操心了。”

“放心吧。我先送她过去，再去上班。”

说着何茹反手探到墙上，摸索到开关关了灯，屋子里暗了也静了，眼前立马罩了一层昏雾似的。何茹闭了眼睛，就在蒙蒙眬眬快要睡着的时候，何蓓突然说了句什么。

“什么？”何茹睁开眼睛，头上的床板黑压压的，好像比平时低了很多。

何蓓又问：

“你那时去贵德看黄河，是整个饭店一起组团去的吗？”

何茹略怔了怔，说：“不是，就我跟饭店的一个……同事，两个人。”

“哦。”

何蓓在床上翻了个身，又翻了个身，均匀地呼吸了起来。

何茹则一双眼睛定定地望在黑色的床板上，想那个和她一起去贵德看黄河的“同事”，他是尤布，那时候两个人刚开始交往，中午从饭店出发，到傍晚的时候就回来了。黄昏的黄河边，晚霞像一捧火，漫天地燃烧。尤布心情好，在一块大石上用刀刻了“天长地久”四个字。可是人生的变化像极了九曲十八弯，一曲一弯都不尽相同。

何茹想到这里，又想起了马明，黑暗中仿佛音容笑貌就在咫尺间，鼻腔里不由得一阵酸楚，顿时眼眶里充满了泪水，继而滚滚不止，顺鬓角下去浸湿了枕头。

五

何蓓站在校门口嘱咐尔曼，考完后就过来对面的邮局找她。尔曼说好，并转头向斜对面的邮局望了一眼。

“紧张吗？”何蓓问朴朴素素、一身校服的尔曼。

“不紧张。”尔曼像昨天那样又用小拇指将风吹到额前的碎发勾到了耳后。

九点钟进的考场，十一点不到尔曼就到了邮局。何蓓正伏在窗口和外面来办业务的人脸对脸说话。尔曼站在门口，眼睛寻到何蓓，跟她招了招手。何蓓跟她点点头笑笑，用手示意她去等候厅坐着等她。

尔曼也点了点头，走过去坐在人不多的那排椅子的最里面，然后从书包里掏出来一本厚书阅读。中午下班前，有一阵是最忙的，何蓓在电脑上打单子的时候，用眼睛余角瞥了尔曼一眼，她还在那儿低着头，安安静静翻阅一本略为残旧的厚书。真是一个让人省心的孩子。何蓓眼睛里浮起一丝愉悦的笑，转头将单子递给外面的人，让他在右下角签字。

“你在读什么呢？”下了班的何蓓从一扇小侧门里面出来，走到尔曼跟前问。

“《昆虫记》。”尔曼将书的封面立起来给何蓓看。

“你中午想回家吗？”何蓓在尔曼旁边坐了下来。

“我都行。”

何蓓以前中午一直都不回家，就在邮局对面的面馆吃午饭，再闲闲地逛一会儿，就又回去上班。现在斋月闭着斋，中午不用吃饭就更闲了，可是若是出去，去哪儿逛的话，时间又来不及，回家睡觉倒是一个好主意，但下午来上班时要将尔曼一个人留在家里吗？不知道她今天愿不愿意一个人在家待着？这样想着，就先带尔曼从邮局出来了。阳光映着蓝蓝的天，从翠绿的树叶间渗透下来，空气喷喷的香。

“那我们在这条路上随便走走吧。”何蓓对尔曼说。

“好的。”尔曼跟何蓓并肩走在一起。

何蓓曾在这条路上消磨过无数个中午。一路走下去，时常能看到寺院的僧侣跟过路的穆斯林同行。白的帽子，红的僧衣，全都缓缓慢慢，幽幽静静的，让朱阳下的整个西宁都泛起一种微妙的禅意。这样的感觉，是出生在西宁然后再在西宁长大之后才有的体会。西宁本身也是一个需要慢慢体会的城市，曾经的商帮在此崛起又异常脆弱地倾倒，权倾西北的军阀在这里也很短命，生活其里的人们在诡诈的商业和纯真无邪的静修生活中欢笑，祈祷，你来我往。一年一年下来，棱角钝了，人也钝了，在表面上看不出商业的犀利，曾经有过的繁华和显赫以及挣扎过的灵魂也没了声息，留下一个沧桑而平静的轮廓，在地域的人情和味道中沉沦。

何蓓想，西宁像极了一个根基深厚的父亲生下来的女儿，与生俱来的福分，使她总缺乏上进心，但也总知道规则方圆。她微微仰起脸。高原的正午阳光热烈而舒服，像一只老猫用尾巴扫在脸上，有一种异样的亲切，紧闭着眼睛，脸伸给太阳，站了一会儿，想到自己身上去，想起父亲在世时的那些生活。尽管在时间里面已经有些褪色，但回忆起来一样都没有残缺。

中午晌礼时分，远处清真寺里沉着而苍凉的呼声，渐渐飘到了这边，将昏昏沉沉照着的太阳，昏昏沉沉走在太阳底下的人都点醒了。何蓓问走在旁边的尔曼：“你中午想睡一会儿吗？要不我陪你去家里，你睡一会儿。”

尔曼摇摇头，说：“我不想睡，我可以坐在邮政等候大厅等你，那里开着凉气，坐着看书还挺舒服的。”

“可是我下午五点下班，近三个小时，你待得住吗？”

“我可以。”

于是，她们又沿原路返回了邮局。

阿丹开的是星级大饭店，全堂穆斯林风格，十分清真，桌上连烟灰缸都欠奉。中午休息时，何茹感觉有点累，后来做完礼拜腿关节微微酸胀，还饿，便挪到在礼拜厅门口换鞋的毯子上坐着。

“何茹，你怎么了？”问话的正是尤布，何茹一抬头就看到他，和他相视一笑，说：“没什么，就是有点累。”

何茹当初跟尤布交往，鞋子没做成，只在各自心里落了个样子，事后当然就揭过不提，以同事相处，平平和和的。

尤布走到了何茹旁边，何茹在墙上撑了一把，站了起来。

“今晚饭店邀请职工家属过来吃开斋饭。你妈妈和你妹妹你都叫了吗？”

“没有。我妈妈去了我大姐那里。我妹妹估计也不来。”

“叫何蓓来啊，怎么会不来？”

“家里来了亲戚，她得照顾亲戚。”

“这有什么难的，叫她跟亲戚一起来。”

何茹意识到他又想跟自己聊何蓓，脸上一点表情都没有。尤布还没有结婚，近一年来竟将目光放在了何蓓身上，完全不再介意她是不是何宗明的女儿。何茹自从知道后基本保持沉默。至于为什么沉默，有时是说不清楚，有时是说也徒劳。

何茹走过来等电梯，尤布也走了过来，忽然又问了一句：“她是不是一直在有意躲我舅舅？”

“你是说何蓓在躲阿丹叔叔吗？”

“嗯。”

“没有的事，她只是有点忙。”何茹应付着尤布，走进了电梯。一电梯人，尤布再没说话。

观景电梯速度很快，与空气摩擦出轻微的风声。那些可见的马路、房屋、花草，以及远处一层一层的山峦，随着笔直下降的电梯，近的远了远的近了。何茹看着，想起几年前的一个中午。

那时候的何家繁华锦绣，何茹经过客厅，见何宗明正跟一群人在聊生意，其中一人说：“想当初虫草一斤四百块钱的时候，我们从青海背去广州卖给香港人，有时候背去的是麝香或银元。返程再带五千块的梅花表回来卖给西北人。自古以来南方人重养生，北方人好派头。传统与创新之间的一线之隔万变不离其宗……”何茹笑着走过，想通古今知南北的生意人说的大概就是这群人，长年累月各地区跋涉奔波，将社会搞得蒸蒸日上，无比繁荣。

人说病来如山倒，其实生意崩盘的时候也势如山倒。头一个月何宗明还跟人共同谋划如何创新，如何进一步扩展商脉，第二个月何宗明的生意就全面崩盘。何宗明气火攻心，病倒了，一天比一天严重，在医院里一住住了两个月，没缓过来，在那年秋天过世了。

天地变色，留下一个很大的烂摊子，令一家子女眷手足无措。还好阿丹和另几位生意合伙人连忙进行了收购，做平了账面。那时何蓓还在读书，年纪小，从外面听了一些闲话，慌慌张张跑来质问阿丹："你阴谋并吞我父亲的生意，就不怕晚上睡觉做噩梦吗？"

当时何芳在，正在跟阿丹签一些收购后的合同，情急之下，一巴掌扇在何蓓脸上，说："父亲生意倒了人走了，阿丹叔叔是合法收购，是天公地道、天经地义的一项买卖。"

何蓓站不稳，倒退好几步，挨在墙上像橡胶，咚的一声反弹，轻飘飘落在地板上，两行眼泪像泉涌，呜呜咽咽："我不相信，我不信。"

"这一番要不是阿丹叔叔帮衬着，估计你二姐那房子都要拿来抵债。"

何蓓听了，极力止住哭声，抬起手想在面颊上摸摸，但那只手却停在半空中，只红着半边脸，呆呆地坐在那里。何茹见了，也不知怎么的，心里格外地痛，去将她扶起来，扶到了外面。

但何芳说的是实话，生意倒了，何宗明名下的所有财产都没了，当初买给何茹做嫁妆的房子，在何茹名下，这才得以留下来。后来马明去世，何茹一个人住着实在太荒凉，就将在外租房子住的母亲和何蓓叫过来一起住。

虽然这几年来一直受着阿丹的帮助，但生活可真不是非黑即白可以评判的事情，也因此何蓓好像还真一直躲着阿丹，也是想躲就能躲得掉，不像何茹，因为家庭的变故、强烈的自尊心，以及阿丹的挽留，不能不继续留在大饭店上班，好在生活一天天继续，她的心境一天一天很平静。

何蓓下班时，尔曼已经将那本厚书看了三分之一。何蓓提议先去超市购物，然后再回家。于是，她们又去了昨天去过的那家超市。

“我们买点这个点心吧？”

见尔曼看着超市收银台旁边冷柜里的各色冰皮点心，何蓓这么问她。“嗯。”尔曼点了点头。今天没有昨天那么累，走在超市里何蓓心情也比昨天平和许多。尔曼挑选点心时挑花了眼，何蓓不出声，但忍不住微笑，心想还是挺可爱的一个孩子，就又建议尔曼多拿一些，拿回家放在冰箱里就可以了。

两个人放肆挑了十几盒冰皮点心，又转到果蔬区去买水果和蔬菜。一直都并肩走在一起，像一对姐妹。突然何蓓的手机响了，她从包里掏出一看，是海蒂。何蓓一手推着购物车一手接电话。海蒂是何蓓的同学兼闺蜜，在手机里跟何蓓说别忘了这个周末去孤儿院给孩子们洗衣服的事。何蓓瞅了尔曼一眼，明天原计划是陪尔曼在西宁逛一逛。超市里声音嘈杂，何蓓跟海蒂说回到家再给她打过去。

两个人提着两袋子东西回到家时，见何茹把长发梳成一个圆髻，十分端庄优雅，在厨房里煲牛骨汤。

“你今天怎么回来得这么早？”何蓓问她。

“饭店在宴请职工家属，我就提前回来了。”边说边将一段牛棒骨用厨房小电锯锯开，一截一截全下进了锅。

“哦。”

“你想不想去啊？”

“去哪里？”

“饭店啊，在宴请职工家属。”

“我不去。”何蓓去房间脱掉工作服，换了一件宽敞的T恤衫出来，皱着眉说，“你们饭店的尤布也太奇怪了，不知从哪儿弄到了我的手机号码，老发短信过来问长问短，今天下午还直接打电话过来说你们饭店今晚宴请职工家属，请我务必要来，有这么请人的吗？像下命令一样。”

何茹迟疑了一下，说：“他可能对你有意思吧。”

“唔……”何蓓摇摇头，“那种男人就算了，长得太秀气，又小家子气，我喜欢那种男子气概多一点的。”

何茹听何蓓这样说，笑了笑，心里竟有点痛快。完了又觉得怅惘，跟何蓓相识的一班年轻人差不多都结婚了，但何蓓的心态还像个孩子，连个男朋友都没谈。

锅里的牛骨汤煮开了，咕嘟咕嘟，犹如山涧溪流歌唱着从卵石中流过。何蓓系了围裙，去厨房水槽处洗菜。尔曼熟门熟路将买来的点心一盒一盒往冰箱里放。天热，冰箱门大敞着，在那里冒出来很多冷气，像极了一个巨人在冷天里的呼吸。突然尔曼口袋里的手机响了，掏出来说了几句，又拿手机来厨房跟何茹说："姐姐，我妈妈的电话，她想让你接一下。"

何茹擦了一把手，去客厅接了电话，聊了一会儿，进厨房跟何蓓说："索菲阿娘真是太见外了，一个劲儿地说感谢，又说怕打扰到我们，让尔曼明天就回贵德，我说了半天，她才答应让尔曼在这里度个周末。"

这天傍晚开了斋，三人一起做了礼拜，又一起在灯光下围桌吃饭，何蓓看到尔曼拿筷子的手，说："尔曼，你又用左手拿筷子，你明明会用右手，怎么老用左手呢？"

尔曼听了，忙将筷子换到右手，没有声音，继续低头吃饭。何茹吃了几口，问起尔曼今天考试是否顺利。尔曼将右手指间的筷子转到左手指间，看了何蓓一眼，又转了回来，说："考试有两部分，笔试的部分我都会。实验的部分是显微镜观察细胞分裂，我们学校没有那种显微镜，我都没见过，不会操作就提前出来了。"

"没关系的，这种考试重在参与。"何茹听完，微笑着宽慰了尔曼一句。

吃过饭，姐妹俩收拾餐桌，进厨房洗锅洗碗的时候，尔曼进了浴室去洗漱，说今晚她也要和她们一起做宵礼。

何蓓一边用抹布抹何茹洗完递给她的瓷碟，一边说："明天周六不上班，我本来计划带尔曼到处逛逛，可是海蒂又约我去孤儿院洗衣服，上个周末因为太累没去成，这个周末再不去，估计海蒂是要翻脸不认人的。”

“不然我带尔曼出去走走也行，但我一个月只能休假四天，上次大姐来，已经休过了三天，还剩一天，我是留着不时之需用的。”

“孤儿院一去一般都是一整天，让尔曼自己一个人去西宁逛也不放心，带她一起去孤儿院，不知道她愿不愿意。”

“不然这样吧，你跟海蒂说一下你们后天去孤儿院洗衣服，明天你先带尔曼出去逛。”

见何蓓迟疑地站着，何茹又说：“你明天去孤儿院，后天再带尔曼去逛也可以啊。”

“那明天尔曼怎么办？”

“我带她去饭店……”又转头问何蓓，“能行吗？”

“算了，你们饭店人来人往的，还不及孤儿院。”何蓓用抹布擦了手，边拨手机边说：“我给海蒂打电话，跟她说后天再一起去孤儿院洗衣服。”

尔曼洗漱完之后，在头上包了一条何茹的头巾走了出来。何蓓也刚打完电话，回过头问何茹：“我们是不是该问问尔曼自己想去哪儿玩儿，这样出去也就有了头绪不是吗？”

“尔曼，明天何蓓姐姐想带你出去玩儿，你有什么想去的地方吗？”何茹问尔曼。

尔曼边往脸上抹油边过来她们身边，问：“可以去青海湖吗？”

“你想去青海湖吗？”

这倒是让两姐妹都有点意外，相视了一眼，本来还想着要带她去逛逛大商场啊，游乐园啊之类的，有代表性的地方。

“可以吗？”

“当然可以，不过青海湖离这里有点远，明天我们得要早点出发，要坐大巴。”何蓓对尔曼说。

尔曼“嗯”地答应了一声，点了点头。

六

三个人凌晨三点起来吃饭闭了斋，睡了一会儿，又起来做了晨礼，天就亮了。窗外一片雪白的晨光，市声已经开始吵闹。何茹建议何蓓和尔曼早点出门，早去早回，省得到下午时体力不支。

到车站的时候还不到七点，从西宁到青海湖的旅游专线车还没到发车时间。汽车司机一身皱皱的藏蓝色衬衫，一手搭在方向盘上，嘴里一动一动的，大概是刚吃了早点，在那里吮舐牙齿。

车站对面的花圃里开了许多月季，许多种颜色，许多种模样，可爱的、颓败的、快乐的、伤感的，多像人世间的纷纷扰扰。

何蓓看了很久，又看到车窗玻璃上自己的影子，像在一个很美很温柔的梦里面。

车上路走了一半儿，黄烘烘的太阳转了颜色，灼灼地将一切东西都蒸发出气味，人身上除了汗津津，又有点油腻腻，跟车厢里的冷气搅拌在一起，不是一般地难受。尔曼一手支在窗框上撑着头，眼睛紧闭着，眼窝里都是汗。何蓓犹豫了一下，将尔曼的头搬过来放在了自己的肩头。

从汽车里面就能看见青海湖，碧莹莹的，像一个巨大的翡翠玉盘。气温很高，天色苍苍的，风很紧。汽车直接将她们拉到了二郎剑景区，一下车，就买票上了观光车。沿路一面是蓝色的呆滞不动的湖水，一面是各种人造的标签化的景点。何蓓觉得全身就像被热气包裹着似的，头一阵一阵发晕。再看旁边的尔曼，跟车里一个状态，一手撑着头，眼睛紧闭着，面孔紧绷绷的。何蓓心想，景物太单调，这孩子都懒得看了。

到了终点，下了观光车，尔曼好像又来了一点精神，开口问何蓓："鸟岛在哪里？为什么不拉我们去鸟岛。"

"鸟岛应该坐船才能到吧。"何蓓看着远处的白色大船说。

"沿一条公路也能到鸟岛。"尔曼巡视着周围。

"岛在水中央，沿公路怎么能到？"

"真的，我专门在手机上查的。"

沿着湖畔往回走，湖面上偶尔有飞鸟掠过。"你看你看，飞过去一只玉带海雕。”尔曼兴奋地指给何蓓看，何蓓向来对鸟类没什么概念，只点点头，看了看道旁的路标，往买票的地方走。

青海湖自打油菜花盛开之后，数不尽的游客来来往往不断流。不远处聚集着很多人，她们走近一看，围观的一圈人中间，高高地立着一块标有景区名字的大白石，很多人都挤在跟前照相。尔曼不由得站住脚，看起这些照相的人来，何蓓问她要不要也照一张，她摇头，但也站着不动，眼睛直盯着照相的人看，何蓓说：“那你自己在这里看一会儿，我去买票，买好了过来找你。”说完便走出了人群。

何蓓之前也来过青海湖，却一次都没有去过湖上的任何一个岛，她觉得去不去都没有多大关系，但今天尔曼想要去鸟岛，她觉得自己就有义务陪她去。但买门票的地方和买船票的地方不在一处，路标上没有写清楚。何蓓撑着一把太阳伞，遮住头顶的阳光，恍恍惚惚走了很多路才找到买船票的地方。买好细一看，发现买错了，鸟岛和沙岛不是一个岛，又折回去重新排队。

刚排了半天队，现在又要排半天。何蓓穿的是坡跟的凉鞋，双腿站久了，腿关节酸胀站不住，一只脚悄悄提起来在腿上靠一会儿，又换另一只脚提起来靠腿上。天气一阵比一阵闷热，突然下起了雨，雨点硕大，噼里啪啦砸在遮阳伞上，没伞的人着了慌往屋檐下跑，何蓓的前面只剩下两三个人。售票处开了灯，像是过了黄昏已到了傍晚，远处湖面上一派烟雾朦胧，简直一点都不像是在高原。

“我买错了票，能换吗？”何蓓趴在窗口前问里面的售票员。

“不能换。”

“那能退吗？”

“买的时候干吗不看清楚，票卖出去了，不换不退。”售票员一脸强硬而冷漠的神情，何蓓觉得扫兴透了。重新买了两张票，过去找尔曼，远远看见她正一个人坐在一个凉亭下的秋千上，晃悠着两腿，那种悠然自得的神情，隔着雨幕看真叫人舒服。

“我买到票了，我们去坐船吧。”

“要坐船吗？”尔曼望着何蓓的脸问，何蓓点点头，笑着说：“坐船去鸟岛。”

一刹那沉默之后，尔曼说：“我不坐船。”

“啊？”

“我不想坐船。”

“不坐船怎么去鸟岛，飞过去吗？”何蓓耸然动容，心里涌上来一股气。

尔曼低着头一句话也没有，何蓓累得虚飘飘，问：“不是你说要去鸟岛吗？我走了好多路，排了好久的队才买到票，票买来了你又不去了，为什么呀？”

“我……我晕船，就是没坐上去，站在船旁边也会晕。”尔曼低着头，用小拇指将风吹到额前的碎发勾到了耳后。

何蓓这才想起来，那天跟母亲打电话时，母亲就说过这孩子会晕车。顿时，何蓓刚才勉强按下去的气又涌了上来，不光气尔曼还气自己，眼睛里水影子上来，有点想哭，但为面子忍住了，收了伞，在凉亭下的长椅上猛一下坐了下来。

雨下得比刚才更大了，凉亭的四周全是哗哗的雨声。凉亭下的长椅早被斜扑进来的雨点打湿了，何蓓一坐下去，衣裤就湿了，一股凉意使整个身体像浮在湖面上，浮远了，僵滞住动不了。尔曼看了何蓓一眼，像是有什么话要说，结果也没说。雨紧一阵慢一阵，不像要停的样子。长椅上有一把别人扔了不要的塑料蒲扇，何蓓拿过来，不停地扇，扇来扇去，反而扇出一身汗。

这一场雨一下，凉风一阵阵，天气凉了下来，放眼望去，整个青海湖渺渺茫茫一片灰。她们俩就一直待在凉亭里，沉默着谁也不跟谁说话。最后路过的观光车将她们带过去，带到了景区门口，何蓓买了两张回程的票，一张塞到尔曼手里，两人沉默着上了车，一路无言坐了回来。

上了一天的班，何茹拖着一身疲惫回到了家里。天已经阴成了淡墨色，客厅里暗沉沉的，只从两边关得紧紧的房门下面露出一点白亮的光。走进她跟何蓓的房间，何蓓非常疲乏似的躺在下铺的床上，一只脚悬在空中，脚上还套着拖鞋，看上去真难受，便皱着眉问："你们今天去湖边遇着大雨了吗？"

"嗯，被雨淋了。"

"你们应该早点回来的。"

"早点回来得了吗？缠三缠四的。"

何蓓话音里有点气愤愤的样子，何茹听出来了，但没在意，从头上拿下头巾挂在衣架上，重新绾了发髻，转身看见早上换下来的头巾一头搭在床头，一头被何蓓铺在肩膀底下，就说："起来，我拿我的头巾。"何蓓躺着没动，说："今天走了好多路，不想动。"

"快起来，时间也不早了。"用力从何蓓身下将头巾抽了出来，这一抽，何蓓也起来了，找到另一只拖鞋，无精打采地去了厨房。何茹将这一条头巾也挂上衣架，收起何蓓换脱下来搭在椅背上的脏衣裤往浴室走，顺便还在客房的门上敲了两下：

"尔曼，开斋时间快到了。"

何茹在浴室里一边将脏衣物放进洗衣机洗，一边也洗漱了自己。下过雨，一切都慢吞吞的，开了斋，做了礼拜，又进浴室将洗好的衣服全拿出来放进盆里，突然听见客厅里声音很大，像是在吵架。大吃一惊，慌忙端了盆子出来，看见端着一碟炒菜的何蓓和正坐在餐桌前的尔曼互相瞪着对方。

"你们怎么了？"

何蓓挂着面孔，将菜碟放在餐桌上，一言不发朝厨房走去。尔曼坐着一动也不动，头低下去，低得沉沉的，一句话也没有。何茹脸上露出诧异的神气，将盆子放在地上，拿盆里烘干的毛巾擦了一把手，跟着何蓓去了厨房。

“你俩到底怎么了？”

“我让她用右手吃饭。”何蓓边往碗里捞面条边说。

“就为这个……她又不是小猫小狗，你这么大声吼她。”

“我都提醒了她好多次，你没觉得她是故意的吗？”

“怎么会，可能就是用左手用习惯了……但为这个你用得着生这么大气吗？”

何蓓没言语，只将捞好的三碗面放在餐盘里，让何茹端到餐桌上去。何茹端过来跟尔曼说：“尔曼，吃饭了，你何蓓姐姐做的臊子面特别好吃。”尔曼低头不应，何茹小心翼翼低下头去看尔曼的脸，还好……还好没在哭，心里轻松了不少。边往自己的碗里加着醋，边轻声慢语地问尔曼：“你要不要加一点醋？”

尔曼摇摇头，抬头朝何茹脸上看了一眼。何茹朝她一笑，她便温顺地拿起筷子开始搅拌碗里的面条。何蓓也走了过来，坐在她们中间开始吃面。

餐桌上，何蓓和何茹一如往常边吃边聊天，但是聊天中间出现的短暂寂静，像一片伞状的乌云一样沉沉笼罩在三个人的头顶。何茹早觉出了异样，仔细地看向何蓓的脸又看向尔曼的脸,没看出什么,就又没话找话地问尔曼今天去青海湖有什么感受。

何蓓咽下嘴里的食物,冷冷地说:“她能有什么感受,一路睡过去又睡回来,连观光车上都睡。”

“你今天不舒服吗?”何茹看向尔曼,一脸疑惑。

“没有,只是晕车。”

“说要去鸟岛,我买了船票,又不去,怕晕船。”

“去鸟岛不一定非要坐船啊,沿一条公路过去也可以到鸟岛。”尔曼虽说得轻描淡写,但也是有理不饶人。

“岛,懂不懂岛啊?四面环水的才叫岛,沿公路怎么去?”何蓓声音很高,几乎是要吵架的势头。

“你今天怎么回事,说话的口气怎么像串街的流氓?”何茹斜睨了何蓓一眼,说,“晕船是很难受的,全身一阵阵波动着,那坚硬船舷在手里像波浪一样,捏都捏不住。”

尔曼向何蓓瞟了一眼,放下筷子,将椅子往何茹这边移了移,打开手机说:“姐姐你看,这里就有一条公路直达鸟岛。”何茹伸长脖子看一眼,又接过手机放大了看,说:“还真有一条路。”递给何蓓看,何蓓将眼珠一转,没好气:“既然知道路那干吗不自己去,带着我瞎折腾什么。”

“你……”

何蓓本性上很真诚,平时很会做人,但偶尔情绪无法自控时,会接近无药可救。何茹为之气结,算了,此时说她,越说越像是在火焰中扔干柴。

尔曼看何茹一眼，将椅子移过来，继续低头吃自己碗里的面。一桌子怪异的沉默中，何蓓一下午难以平复的心绪，反而消失了，伸长手臂够放在尔曼这边的一碗面汤，说："你们不知道，我今天为了买船票走了多少路，费了多大工夫。"够不着，尔曼放下筷子帮忙推给了她。

何茹看着松一口气，联想起儿时。儿时何芳是老大，何蓓是老小，一个霸道一个任性，每每发生矛盾，她夹在中间正想办法制止时，她们俩却已经和好了。琐碎而亲切的回忆一想起来就全来了，何茹脸上浮现出笑容，何蓓看见了，问："你在笑什么？"

"笑……笑你啊。"又笑着加了一句，"你有时候真让人惆怅。"何蓓已经吃好了，放下碗，不出声，走过去端何茹饭前放地上的盆到阳台上，将里面的衣物一一晾挂了起来。

七

卧室的门开着，明晃晃的晨光洒进来铺了一地，阳台上的玻璃门也开着，昨晚晾晒的那些衣服，被风吹起来，就像一个一个的人影子在鼓荡，在晃，在徘徊。何蓓突然惊醒了。

醒过来半天也还是有点迷迷糊糊，不知身在何处，睁开双眼就看见了何宗明，少年时的客厅里大灯亮着，何宗明在一堆钱面前计算着究竟要出掉多少天课。算盘、计算器，还有电脑，还有无数窸窣作响的白纸，纸上无数凌乱无序的数字。何蓓站在旁边观看。何宗明一手提笔演算，一手算盘打得噼啪响，说："开斋捐人人一样，捐出三斤六两麦子，或者捐等同于三斤六两麦子的钱出去。天课是从所余财产里面出百分之二点五，从所获粮食里面出百分之十。"

"为什么年年都要出天课？"何蓓睡眼蒙眬地问何宗明。

何宗明说："因为爱，无论是铜、银、金、玛瑙、珍珠都没有爱珍贵。宇宙中的一切都没有被爱者珍贵。"

"被爱者？"

"对，爱就像太阳，太阳究竟是如何给万物供热？如何照亮黑暗？如何使土地长出庄稼？是无法估量的。"何宗明白衣白帽，一脸慈祥，用演草纸轻轻拍了一下何蓓的头顶，说："天课就是被爱者得到爱的给养后上的天税，是永恒的必然，懂不懂啊？"

"天课就是天税，我懂。"何蓓翻了一个身，拥紧暖烘烘的被子。突然闹铃又闹了起来，何蓓睁开双眼，霍地坐起来，半天才清醒过来刚才还是在做梦，这么清晰的梦，梦的都是她原本就很清楚的事，不知道有什么深奥用意，伸手摸索到闹钟关掉闹铃，头低下去，额头抵在被子上，好大一会儿才爬下床。

何茹带着尔曼已经出门了，家里空荡荡的。何蓓揉了揉睡得有点模糊的眼睛，看见早上闭斋时喝过的茶杯还放在餐桌上，未喝完的茶水上浮出一个圆片，像鱼鳞一样微微有光。何蓓洗了脸，又洗干净杯子，擦洗了地板，给养在房间各处的花草浇了水后，出了家门，去孤儿院做义工。

孤儿院里倒是有不少来行善的人，戴了塑胶手套，脏的衣服铺盖鞋袜收了来，一洗衣机一洗衣机地洗，晾起的床单飘飘然，孩子们在床单缝隙里跑来跑去，笑声充满欢欣，还挺快乐。何蓓晾晒洗好的衣服，晾着晾着想起何茹和尔曼，不知今天她俩会去哪里玩。

昨天晚上临睡前，何茹说她要带尔曼再出去玩一天。可见自己带尔曼去青海湖玩儿，完全没有让何茹满意。她很能理解何茹，虽然并没有做母亲，但生活的经验早已让何茹充满了母亲的温柔和细腻。再回头一想自己，因太累太折腾，居然和来家里做客的小女孩闹了别扭，太情绪化太失控太没大人样了，真羞愧。可是……都已经这样，只能再想办法对尔曼好一点，尽力做些补救。这样一想，何蓓的心里清爽了不少，继续过去跟海蒂一起洗那些没洗完的衣服和床单。

海蒂跟何蓓说："今年的开斋捐，我准备捐给这家孤儿院。"

"我们家开斋捐也还没捐，你今天捐吗？我可以跟你一起捐。"

“好啊。”海蒂戴的是丝绒的盖头，黑底上墨绿色的大朵花影，头一转颜色就一微变。

何蓓走过去从包里拿来三人份的开斋捐给海蒂。

“你、你二姐、你妈的对吗？”海蒂数着何蓓递给她的钱问道。

“不是，我妈在我大姐那边……”何蓓谈到了尔曼从贵德来自己家借住的事情。

“哦，这是应该的，人住在哪里就应该从哪里捐开斋捐。”

孤儿院开在一条旧巷子里面，房子很多，但也相当老，老院墙上面爬满碧绿的藤蔓植物，一位近百岁的老人坐在藤蔓植物搭出的阴凉下，衣着非常干净，神志也相当清醒，看到海蒂拿开斋捐过来交给他，有点高兴，笑着同海蒂讲了几句话，又替孤儿院的孩子们谢谢海蒂。

这位老人是老生意人，孤儿院早前就是他私人办的，现在在政府部门做了登记，又多养了十几个孤儿。海蒂跟何蓓说：“西宁的老生意人，心里都隐藏着一种不动声色的精气神。”认真地想了想又说：“就像包裹在干羊肚里的酥油，外表粗粝，一撕开里面全是金灿灿的、珍贵的东西。”

何蓓静静地听着，好怀念何宗明。一路走过来，在洗衣机这边，海蒂又问何蓓：“你们家怎么老有人来借住？”

何蓓想了想，回答说：“都是我爸的一些旧亲戚，与我们家常有走动。”

做完义工，何蓓就马上回了家。擀好面条，又做了几道凉菜，窗外的天空已变成了暗淡的灰蓝色，但何茹和尔曼还没有回来，家里空荡又寂寞，心里因内疚一直挂念着尔曼，很盼望她们早点回来，等来等去还不回来。就又开了灯，开始做包饺子的馅子，将白萝卜切细焯水捏干剁碎，再装盆里拌葱拌肉拌调味料的时候，从门口传来了一阵响动，何茹和尔曼回来了。

何茹边换鞋边问："你做了什么，闻着怎么这么香？"

"我在包饺子。"何蓓从厨房看出来，看见尔曼头上多了一顶蓝色的遮阳帽，就很热情地问："尔曼，你买了顶遮阳帽吗？"

尔曼说是何茹买给她的，提一袋子油桃向厨房走来，眼睛盯着何蓓搅拌饺子馅儿的筷子看。何蓓觉得纳闷，顺着尔曼的视线往自己手上一瞧，意识到自己正左手握筷子搅拌馅子。

刚才用右手搅拌久了，手腕酸困，就换了左手。在尔曼的目光下又将筷子换到了右手。尔曼在水槽前洗了手又开始洗油桃。何蓓感受到尔曼洗油桃的时候，好几次都抬头看向她拿筷子的手。

饺子馅儿拌好了，饺子皮还没擀，开斋的时间快到了，擀怕是来不及了。何蓓让何茹去对面楼下超市买些饺子皮上来，何茹已经拿掉头巾换了一身家居服，说："啊，我又得换衣服。"尔曼听见了，甩了甩手上的水，说："那我去买吧。"何茹有点感动，给了她几块零钱，叮嘱过马路的时候小心。

家里只剩下何蓓和何茹，何蓓问：“你们今天去哪儿玩儿了？”

“去了青海湖。”

“青海湖？”何蓓以为自己听错了，接连问，“又去青海湖？”

“尔曼想去鸟岛看鸟，我就带她去了。”

“也去鸟岛了吗？她不是晕船吗？”

“我们没坐船，尔曼找的那条路是对的，我借了阿丹叔叔的车，照路开过去就到了。”

“这样啊。”何蓓牵牵嘴角，做出一副不以为意的样子。

“鸟岛上鸟特别多，起起落落，简直就是一个鸟的天堂，更神奇的是每一种鸟尔曼都认识，我从她口中长了不少见识。”

何蓓没反应，房间里很寂静，何茹说的话全被四周奇异的寂静吞了下去，何茹意识到了，怕再多说伤了何蓓的自尊心，也就不说了。

2020年6月4日重写于临潭

作者的话：一粒种子的萌发

写作的要旨是写。就如得到一粒种子，放在手心里看着它，想象它能长成什么样子，会越想越缥缈，要有种下去的勇气，然后浇水施肥，等缓慢出土，缓慢长大，最好绿叶繁茂，开出花，至于结果，大方一点，交给读者也是可以的。

交给读者的意思是，小说是一个故事，故事就有故事自身的完整性，是一个时期截取的一段生活，无限细微琐事都在里面。表达和阅读的本质区别是，阅读有启发的功能，对镜自照，不同的心路，对事物的感受和理解完全不同。而表达是有私心的，总想往拟定的主题靠拢，为凸显效果甚至将某一处特意提起来，剖一刀，抽丝剥茧，但也是一种局限，等时过境迁，谁还在意那些老旧发腐的困守挣扎。就说《儒林外史》，吴敬梓反对的八股文、科举制，塑造的人物到现在早都没有了，照理说这样的小说早已经是过期了的，但并没有，故事的结构，以及里面很多扭曲的形象，腐朽糜烂的症状依然给人深刻感受，发人深省。能永生的作品都有这个特征，是写给过去和未来的信，即使再过几百年几千年，即使身处一切时代，还是展信有所得，能从里面发现新的启示。

从这一点来讲，种子是首要的。写作者在各自的疆域生活，所有的感受和觉知，承担和行动，都像是在山谷的阴面或者阳面收集种子，但无论在哪里它都是平等开放的。非写作者日日在山谷生活，不在意琐碎的行为、琐碎的语言、琐碎的结论，因为这些大多数于他们是潮来潮去，痕迹清浅，也无用处，但写作者不一样，他们需要底子，为此还做过准备和训练，方式也激烈：跃入山谷，消融其中，获得无数的种子，再客观地分辨挑拣，无情地淬炼，一个一个孤立起来，重新排序。

只要愿意收集种子，哪里都有，所以种子的问题是首要的，但不是最重要的，最重要的应该是如何让种子萌发的问题。种子萌发生长的过程需要的要素太多了，这也是它令人入迷的地方，在众多的种子中拿出心仪的一粒，蜕除旧壳使其苏醒，构建一个完整的，又无限延伸的世界。一个新生发的世界，横向很多东西暗中浮现，与过去与未来衔接至严丝合缝；纵向还可无限生长盘旋上升，只要种子自己还有力气继续吸收。基于这一点，写作者往往就容易表达过度，以为添加得越多，身心血肉就越完满越坚固，其实不然，这与写作爱讲文采的人如出一辙，好的文章是点点光斑浮现的静水，流得很深且自带文采，再拿一点浪花做晦涩之姿去上面飞扬，无异于给雪白的栀子喷了一身腥气的鸡血，颜色是有了，但看上去黏稠污浊，即使小心屏住呼吸观望，它也时时要往下滴，给人沉重的负担。这是拿写好的文章来做的例子。要是放在写作过程中就更难了，情绪升起，下笔千言，好词好句好见解好经验都堆积上来，热闹群生，但无秩序，像一个个孤立的进行式，到处有入口到处有出口，纠缠黏着如一簇废草，混沌不堪，而真正的要开出花结成果的通道早就不知道沉潜隐匿到了哪里。

这里有必要说明一点，这与种子的自由吸收不一样，或者可以说，这与天才的自由想象不一样，天才的自由想象给人负担，是因为维度和深邃，有吸引人一层一层去解的魔力，一旦解开了，就如草原上的小草突遇地陷，身临深渊，看见自身看不见的存在，恍然大悟。再回头细想，其精彩深奥像河流在山间林地来回波折，任意改方向穿行，但条理清晰，秩序井然，只抵达该抵达处。

比处处插枝生叶更给人负担，更让人遭罪的是，喜欢从模棱两可甚至无知晓的地方下手写作。举个我所熟悉的例子，藏区作为一个文化符号，在文艺圈是经久不衰的话题，好些写作者也喜欢对藏区生活、藏文化下手。网上曾有人调侃去藏区的拍客，说：

“藏区历史艰深复杂，仗着摄影这玩意儿，门槛低，入手快，分分钟摇身一变就成了艺术家，后期再一加工，难以置信自己那全面碾压黑格尔和北野武的审美天分。再以拍过的人和物、以道听途说，满嘴胡诌，侃侃而谈，想到哪就扯到哪，吹牛又不上税，直说得周围不明就里的人云里雾里、啧啧称奇。”

也有喜欢这样做的写作者，拍客用的是相机，相机还有相机的好处，至少能拍出来真实存在过的画面，写作者由于职业的局限性，只能用文字机械编制，隔膜重重，伤害了藏民族感情不说，还白白浪费了自己的时间和精力，照见自己的虚伪，何苦？

向往遥不可及的一切是向往自由后的孤独所致，每一次写作，都是一次崭新的机会，可以重新认识事物，可以让自由成为可能性，但对写作要有诚心。从我自身来讲，我常常觉得写作阻挡的不仅是我的孤独、我对人群的慌张、我对生活的忧心，它还阻挡我对时间长短的认知。一开始写作我就觉得时间不够用，没有长短，没有黑夜白昼，所有的一切都可以用文字来测量和标记，包括生命。在一件极其专注的事情上专心使用生命，那时间感就会消失，一种浑然不觉的混沌与漫长，让我感觉自己就是那七个避居在山洞中的青年，七人带一条狗一起在山洞里专注酣睡，醒来再带着银币进城买食物，才知在山洞里已逗留了三百年。在其中我最喜欢的是他们的祈求：“主啊！求你将你那里的恩惠赏赐给我们，求你使我们的事业完全端正。”[1]

1 “七人一狗”的典故出自《古兰经》第十八章《山洞》。

山中方一日，世上已千年。这是必须要忍耐的事情。

清人戴名世在《张贡五文集序》中谈到自己年轻时在山野遇见一卖药老翁。与其谈论如何写作，老翁建议他：“为文之道，吾赠君两言：曰‘割爱’而已。”戴名世回到家中，重读自己所做的文章，初读可爱，辞采、议论、才气皆可爱，再读皆可割，因为像极了调料过多的菜肴。后人评：戴氏散文，多清明简洁，不骋才，不发空论，不炫耀华辞丽语。可见是真得“割爱”这个“真谛密钥”的。

古人写文，讲精简，还讲行云流水，“初无定质，但常行于所当行，常止于所不可不止，文理自然，姿态横生”。急于求成，装饰卖弄都是大忌。放到现今来讲可能更是大忌，现今网络无处不达，概念性的东西人人都可轻易取得。所以文章里面没自己的东西，还用绮丽夸张的大幅绸缎去耀人眼目，反而更显卖弄。

戴名世“割爱”之后，又开始思考西晋名家陆士衡“苟背义而伤道，文虽爱而必捐”的道义——文章如有不符合道义之处，即使文句可爱也需弃之。这一处我有我的看法：说理的文章讲立场讲道义，要人认同，还要拿来警示人心，但小说不一样，小说是一个整体，符合道义的不符合道义的只要你不去左右它，它都是合理的，大可以用“天地不仁，以万物为刍狗”的宽厚视角去对待它，让它自然存在，自成体统，读者自会见仁见智。

写小说我不赞成处处加枝添叶地推进，也不赞成理性的近乎绝对的排除法则，同样并不赞成缥缈的写法。但我以为缥缈的缺点不在于它的缥缈，而在于它没有根基。浮土上栽种的花花草草，像极了缤纷的肥皂泡，一场风雨，一地狼藉，但倘是扎根在草原上的花草，冲破各种阻力，辗转损伤生长出来，似众生一般卑微，但动一动根基，可能得掀起一大片，往深就更不敢说。

写作的根基，与生长的根基应该是一路的，逃不开时间和经验的洗刷冲刷。见过很多处都说青年的写作与少儿时的阅读是分不开的，是童子功。我童年时是爱阅读的，字没认识多少，就各类书籍乱翻，读剧本《雷雨》时将“鲁侍萍”念作“鲁待萍”，后来中学时期大声晨读选印在语文课本上的章节，盯早自习的老师走过时，驻足提醒那个字读“侍”，我顿住一看，还真是侍人的“侍”，立马想到她是一个大宅里的丫鬟，“侍”就是去伺候人，怎么可能等待来爱情。算是靠智力上的理解一下子改了过来。最难改的是《我的叔叔于勒》，直接将“于勒”记作“于勤”，在课堂上老师叫起来读课文，我一开口，老师就纠正，是于勒。我明明也认识那个字，但再继续读下去，还是读作“于勤”，一来它是外国人的名字直译过来的，二来这个人物形象在我脑子里太深刻了，我七八岁时读它，只将此人与街边捡垃圾过活的落魄人物联系在一起，无限同情，得需要人帮助。老师一再提醒，我一再读错，老师无奈，说：“我们的这位同学，是坚持想让这个游手好闲的败家叔叔，勤劳一点。”一下惹得全班哄堂大笑。这些简单的错字，有幸在生涯中重新得人提醒纠正，还有些字，以及与其无关的理解，我疑心它们也都以自己的方式深入了我的骨髓，变成了我的顽疾，我一生都需要往回走，去自我帮助和教育自己正确认识它们。

这样看来童子功有时仿佛是不存在的。倒是真实的生活经验起关键作用的情况真有那么几回，感觉很多生活过场都像是储存在内心的碎片，每次一回想，就产生一种想要将它拼接完整的冲动。

我写过一篇题目为《猫胎》的小说。“我”的猫生病了，“我”必须得抱它去让一个叫猫胎的人看看。拥有这个名字的这个人说：“我叫猫胎，我母亲结婚不到三个月就生下了我，我祖母说，我母亲怀的是猫胎，从怀孕到成形再到生产跟猫一样最多只要三个月，于是我就被起名为猫胎。”猫胎是专门给猫看病的大夫，他与猫灵性互通，猫告诉他万物有序，人需要敬畏和尊重。这源于我小时候所经历的一段往事。我小时候住在一块穆斯林聚居的地方，那地方靠近一条大河，大河流淌在宽阔的河道里，河道两面砌有很高的石基，人们常将垃圾沿石基倒下去，时日一久垃圾就变成台阶从河底堆积上来。雨季来临时，偶尔会流一两次大水，其余时间河道都被拿来用作牲口贸易市场，常有人在长长的河道里面跑马，马蹄轻疾，扬起尘土光影。

站在河边的人，以俯瞰的视角看，干枯的河道就像是被归纳在一个大背景中的幽闭而奇幻的玩具，幼童在上面肆无忌惮地玩耍，里面的牛羊马匹被拖拖扯扯。

我上学比同龄人早，放学后若祖父或祖母不来接我，便会将我托付给同一深巷里的那些大孩子。夏日快至，跟那些孩子一起回家的时候，长长的河道里，垃圾腐烂的一边停了好多辆带车厢的蓝色拖拉机，全都灰尘扑面，里面都是黝黑的小猪崽。我那时完全不认识小猪崽，没见过，站住脚观望了好一阵子。拖拉机开走的时候，我发现有一只小猪崽被遗留在了垃圾堆旁。我的好奇心膨胀到无法控制，问身边的大孩子它是什么。那些孩子笑着撺掇我不如去将它抱上来细瞧，他们将我从石基边上吊着胳膊放了下去。我抱到那只猪崽，欢喜地扬起面容告诉他们，是一只光溜溜的很可爱的动物。他们都笑得诡异，命令我快扔掉，不然不拉我上去，我只好远远地绕过去，从一座垃圾堆积的台阶上走上来。

周围的孩子有的嬉耍欢叫说我抱了一只猪，要抱回家；有的劝我赶快扔掉，脏死了；有的远远地躲开我，像怕感染病毒一样；还有的跑在前面，飞奔回去告诉我的祖母，我抱了一只猪……

那一刻我因为触及的是温热生命，以及它眼睛里面的光，内心有不知所措，也有新生出来的柔和与自在。那一刻我的情绪和感受是矛盾的。但童年的单纯是空旷的，那点矛盾在偌大的空旷里面什么都不是。

祖母远远走来，劝我将它放了。我很固执，将猪崽抱得很紧，祖母再劝我放了它，我便在街边台阶上坐下来，眼泪一颗一颗往下滴。祖母很耐心，蹲在我身边，跟我解释它很脏，不能抱在怀里，更不能抱回家。

我很犹豫，但还是将它给放了。回到家后，祖母先给我洗了澡换了衣服，然后放我在太阳下面晒。院里的荷包牡丹一簇簇，花骨朵在花枝上安静绽放，我头发上的水滴下来打湿脸，伸长腿，把一双光脚伸给太阳，阳光温暖如滴汁的黄橙，质地如清洁的蒸馏水。我问：

“阿婆，它真的是猪吗？”

“是，是没长大的猪。”

“可是我抱它的时候，觉得它不脏。”

“人身上沾一根猪毛带回家，家里就会黑暗四十天。”

“它本来在那里好好的，为什么人一抱它，一沾它，就脏了？”

“因为人脏啊。”

“它让人更脏了吗？”

“……”

“那为什么还要让它存在。为什么人不将它们全都给杀了？”

“那不行，万物都有存在于这个世界的权利与自由，也有存在于这个世界的目的与道理。世界辽阔得很,人不可以越界。”祖母说得很缓,年老的眼睛悠悠地望向很远的地方。

我写作的题材多来自这种碎片,也许是内心所拥有的一种理想化在作祟。像积存起来的旧伤,使人沉重,要去完善它,要让它结痂、痊愈。要从它的起源开始,一步一步看清它的走向、变动、结果,要让它完全静止下来,再回到自己的角落。

这与一粒种子在萌发生长过程中的那种力是一样的,需要投入很多,看起来也非常主动和有力,但过程却是不由控制的,再多的设想、期待都没用。它有自己的意志和活力,有自己的轨迹,要长成什么,开出什么花,结什么果,全由它自身决定。种子的基因跟人性里携带的东西一样,与生俱来,在生长中为生长而做选择。这是我从一开始写小说就明白和抓住的道理,人性发乎天性,来去有方向,最接近于生活。《烟雾镇》里,生活在草原上的卓玛阿佳有信念,对诸多的缺陷,持一种坦然的承受,来到古镇,依然坚持自我,大好的姻缘在她面前,她兀自踌躇,无限伤感,但她知分寸,态度始终矜持,知道怎样更好地保全自己。

我在那个古镇生活了很多年,常常被两种人群固执而狭窄的观念撕扯,卓玛阿佳与叔叔这种带着禁忌的爱恋,也见识过很多,初看是悲剧,再看还是悲剧,因其背后庞杂的回藏文化以及连带的信念和气氛,注定是悲剧,但一个一个悲剧因为来回度量，因为认真，很多年后，生发出另一种柔和与自在。若人为进行干预，肯定会写给它一个轰轰烈烈的大团圆，精彩是精彩，但紧随而来的是大团圆之后的大悲剧。生活充满戏剧感的片段是有，但不是全部，生活的无情远胜于戏剧的编排。生活不容处处都是大悲剧，人人都是边走边为周全而思量，让时间去妥协，决不妥协的人肯定是少数，毕竟拿正常生活做戏剧的人也是少数。

2020年2月6日写于临潭

丁　颜